Moritz Heimann

Wintergespinst

Zehn Novellen

Moritz Heimann

Wintergespinst

Zehn Novellen

ISBN/EAN: 9783956975370

Auflage: 1

Erscheinungsjahr: 2017

Erscheinungsort: Treuchtlingen, Deutschland

Literaricon Verlag UG (haftungsgeschränkt), Uhlbergstr. 18, 91757 Treuchtlingen. Geschäftsführer: Günther Reiter-Werdin, www.literaricon.de. Dieser Titel ist ein Nachdruck eines historischen Buches. Es musste auf alte Vorlagen zurückgegriffen werden; hieraus zwangsläufig resultierende Qualitätsverluste bitten wir zu entschuldigen.

Printed in Germany

Wintergespinst

Zehn Novellen

von

Moritz Heimann

S. Fischer · Verlag
Berlin 1921

Erste bis dritte Auflage
Alle Rechte vorbehalten,
insbesondere das der Übersetzung

Meinen lieben Schwestern

Deborah und Ida Heimann

Dank und Gruß

Dr. Wislizenus

1

In seinem Hause, das, vom Dorf eine halbe Stunde entfernt, mit Garten und Gehöft völlig für sich allein im Ausschnitt eines Kiefernwaldes lag, saß an einem Abend gegen Oktoberende der Dr. Wislizenus vor seinem Tische und las. Sein Dienstmädchen, ein junges, gegen den ortsfremden und in vielen Stücken absonderlichen Herrn noch immer scheues Kind von wenig über fünfzehn Jahren, öffnete die Tür und gab ihre abendliche Meldung ab: „Herr Doktor, ich gehe jetzt." — „Schön", sagte er und erhob sich, um nach seiner Gewohnheit hinter dem Mädchen sogleich die Haustür abzuschließen. Er war ein Mann am Ausgang der dreißiger Jahre, mittelgroß und breitschultrig, mit tiefen, trägen und melancholischen Augen in einem Gesicht, dessen luftgesunde Farbe zu seinen überfeinen Zügen in demselben Gegensatz stand wie der kurzgehaltene, aber dichte, braune Bart um Wangen und Kinn; die scharf gezeichnete und dabei nervöse Oberlippe war rasiert.

Er streifte das neben ihm gehende Kind mit einem flüchtigen Blick; ein zarter Busen, ein hübscher Mund, dachte er, und sagte: „Bringen Sie uns morgen einen Liter Milch extra heraus!" Er hatte fast jeden Abend einen Wunsch ähnlicher Art, um nur die Leerheit und Verlegenheit des gleichgültigen Abschiedes in etwas zu mildern. Als sie gegangen war, trat er über die Schwelle, stieg die drei breiten und niedrigen Stufen zum Hof hinab, fröstelte, nahm den ausgestirnten Himmel wahr und fühlte an Brauen und Bart den dichten Nebel, der über dem Erdboden floß. Er ging in das Haus zurück und drehte den Schlüssel in dem elegant und weich federnden Schloß, das er im Sommer hatte anbringen lassen, mit Genuß herum. Zwei winzige Lampen mit offenen, gegen den Luftzug durch kelchartige kleine Gläser geschützten Flämmchen erhellten den Flur mit einem schwachen Schein, der in einem zum Dachgeschoß führenden Treppenschacht bis zur völligen Ohnmacht aufgebraucht wurde. Wislizenus sah gedankenlos aufmerksam in das Glutklümpchen der einen Lampe hinein; je kleiner das Licht, um so mehr Geister zieht es heran. Er durchschritt das Eßzimmer und kam wieder zu seinem mit Büchern und Schriftstücken bedeckten Lesetisch. Er wollte sich setzen, da überkam ihn das Gefühl der Stille.

Er hatte auch vorher die Magd in ihrer Küche nicht gehört, und in die Zimmer kam sie nur auf seinen seltenen Ruf. Doch schien es jetzt, als ob ihre unbehilfliche, stumme, dumpfe Gegenwart sich doch immer wie ein Lärm durch die Mauer geschwungen hätte; nun sie weg war, kreuzte keine Welle von außen in seine Seele hinein. Die Stille schien sich um das Gerüst des Hauses wie eine ungeheure Schwärze dicht zu drängen, dann wegzusinken, und immer

weiter weg, so daß das Haus in einem Kreise von etwas
stand, was noch geheimnisvoller als Stille war und jen=
seits erst wieder an sie grenzte. Und dennoch war sie,
die magisch weggebannte Stille, unerklärlich wie, in das
Zimmer gedrungen, siedete in den dunklen Ecken und suchte
in den konzentrischen Kreisen, die über der Lampe an der
Decke zitterten, noch eine Verwandlung, noch ein Ge=
heimnis zu erleiden. Die Möbel, ein birkenes Klavier,
Kommode und Schrank vom selben Holz, schimmerten wie
die Politur alter Italiänergeigen. Wislizenus sah sich un=
willkürlich um, ob die Fensterläden geschlossen wären.

In diesem Schweigen wurde ihm die Seele leer, nur
daß er die Leerheit noch als eine Spannung aus Beäng=
stigung und Ungeduld durch seinen ganzen Körper bis zur
Bitterkeit verspürte. Seine Gedanken und Empfindungen,
die längst durch jeden Zeugen ihm so unerträglich ins
Oberflächliche, Absichtliche und Lügnerische verkehrt wur=
den, daß er, um sich nicht für immer zu verlieren, Stadt
und Menschen hatte fliehen müssen, hier in der Einsam=
keit ohne Zeugen getrauten sie sich auf andere Weise
nicht ins Klare und blieben wesenlos und furchtsam wie
Gespenster. Gespenster fürchten den Menschen tiefer als
der Mensch sie; und Wislizenus fühlte sich diesen Abend,
wie jeden, fast eher gemieden als einsam. Vor einem
Menschen hätte er sogleich seine gewohnte Fassung wieder=
gewonnen; aber wenn er das weiße Fensterkreuz so lange
anstarrte, bis es zu einem unbegreiflichen Grade vor=
handen und sinnlos war, dann überkam ihn ein Verlangen
nach etwas, das ihn hier sähe und ihm möglich machte,
zu verzweifeln. Kein Mensch und doch ein Zeuge —

ohne einen Zeugen lohnte es sich nicht, das Gesicht zu senken und in Tränen auszubrechen.

Er schreckte zusammen, er hörte den letzten Hall eines langen Klirrens vom Flur; immer wieder nur den letzten Hall, sobald er den Kopf aufmerksam zur Seite wandte. Es war eine Täuschung, denn genau entsann er sich, daß er die beiden kleinen Flurlämpchen nicht auf die Steinfliesen geschmettert hatte; erst jetzt, nachträglich, merkte er das Gelüst dazu in seiner tödlichen Ungeduld.

Er atmete sich zweimal tief zur Ruhe und setzte sich, griff zu seinem Buche, einer mathematisch-philosophischen Abhandlung aus dem Anfang des achtzehnten Jahrhunderts. Er war kein guter Leser mehr; Stellen, von denen seine eigenen Gedanken sich bestätigt glaubten, erfüllten ihn mit einer so großen Genugtuung, daß er nicht dazu kam, sie auf ihre Wahrheit zu untersuchen, sie fielen dadurch aus ihrem Zusammenhang. Sein auf diese Weise abwechselnd taubes und allzu hellhöriges Verständnis zerriß die ruhige Deduktion des ehrwürdigen Schweizer Gelehrten, und indem seine Art zu lesen nichts mehr von Arbeit an sich hatte, half sie ihm auch nicht die Zeit flüssiger und leichter machen.

Eine Stunde ließ er vorbei, dann ging er an das Abendessen, das im Speisezimmer von der Magd sauber für ihn vorbereitet war: Brot, kaltes Fleisch, in einem geflochtenen, dunklen Korb die ländlich spröden, aber einen ganzen Herbst duftenden Äpfel, und eine Flasche roter Meersburger.

Eben als er sich zum zweitenmal eingoß, glaubte er einen Wagen klappern zu hören; der Weg zu seinem Hause war eine Sackgasse, und wer immer kam, mußte zu ihm wollen. Wirklich hielt das Gefährt vor seiner Tür, und durch das Geknarre des noch ein paarmal träge anratternden Fuhrwerks und den derben Zuruf des Kutschers hindurch erkannte sein empfindlicher Sinn die Stimme seines Freundes, des Dichters Wohlgethan.

Es wurde ihm fast schwach von einer jähen, kalten Wut. Ein Dichter, das war das letzte, was er sich im Bereiche seiner Hände, seiner Stimme und, vor allem, seiner Ohren gewünscht hätte. Aber verurteilt, sich selbst zu beobachten, merkte er im selben Augenblick, daß seine Wut, so echt sie war, doch auch ein wenig gespielt war. Es war da in ihm eine Freude über den Besuch, die er verdecken wollte, eine Freude über die Störung seiner Einsamkeit, eine Befriedigung, daß ein geheimer, beschämender Wunsch ihm erfüllt wurde und er noch obenein darüber grollen durfte.

Als er dann aber hinausging, verwandelte jeder Schritt ihn ins Bürgerliche zurück, so daß er mit der schicklichen Eilfertigkeit den Gast zu empfangen strebte. Er traf ihn eben, als er den Kutscher ablohnte. Die Wagenlaterne hing unter der Deichsel, und von dem braunen, winterzottigen Pferde sah man nur vier Beine und den Leib, und dieses phantastische Ungeheuer ohne Rücken, Hals und Kopf kehrte, mit dem schattenhaften Wagen hinter sich, um und fuhr in die Nacht zurück. Unwillkürlich zeigte Wislizenus mit dem Finger auf die Erscheinung. Wohlgethan, der es bemerkte, fragte, was es gebe. „Toller Spuk", lautete die Antwort, ohne daß der Dichter gleich wußte, was gemeint war. Dann fesselte der Anblick der immer kleiner werdenden Wolke von Lichtdunst auch ihn, er machte eine Bemerkung darüber, aber seine Ungeduld war nicht mißzuverstehen, und Wislizenus führte ihn ins Haus, indem er ihm nach einem kleinen Kampfe die Reisetasche abzwang. Nur ein Etui aus gelbem, glänzendem Leder und von der Größe eines Lexikons gab er nicht aus der Hand; und als sie im Speisezimmer einander zur erneuten Begrüßung gegenüberstanden, wog er es in der linken Hand dem Freund vor der Nase.

„Ein Manuskript?" fragte Wislizenus.

„Weiser Mann!" rief Wohlgethan heiter, und ahnte nicht, wieviel Besorgnis sich hinter dem erratenden Wort versteckte. „Aber sage mir einmal erst: du bist hier ohne Bedienung, wie ich sehe; und ich mache dir Umstände?" Wislizenus wies jeden Versuch, ihn zu entlasten, sogleich herzlich und bestimmt zurück, und es wurde ihm davon mit einem Schlage wärmer und wohler. „Soll ich uns einen Tee brauen?" fragte er, „wie in alten Zeiten, mit Rotwein und einem Schuß Mandarinenarrak?"

Wohlgethan ließ es sich gefallen, und während der Freund aus einem großen eichenen Eckschrank, ab und zu gehend, das Gerät und aus der Küche Wasser auf den Tisch holte, knotete er schon an seinem Lederetui. „Du kannst dir denken," hub er an, „daß ich dich mit etwas Zweideutigem, Fragwürdigem überfalle. Würde ich dich sonst überfallen? Ich brauche deinen Rat; mehr noch: deinen Zuspruch."

„Wie, wenn es aber ein Abspruch wird?" warf Wislizenus ein und regulierte die Flamme am Spirituskocher.

„Nun, dann werde ich, wie immer, auf dich hören — oder nicht. Ich bin nämlich vor allem besorgt um die Originalität meiner Arbeit. Ich bin in der Hölle, im Fege=

feuer und im Paradies gewesen und schreibe ein Epos darüber, nichts Geringeres, mein Lieber."

„Ich nehme an, du sprichst von einer modernen Hölle nebst den weiteren Stationen, und also von einem modernen Epos?"

„Das versteht sich; nichtsdestoweniger wird mir die Kritik, vielleicht auch schon die frühere Instanz, den Dante vorhalten!"

„Den Dante — — so so! Aber darum keine Sorge, lieber Wohlgethan: auch Dante ist nicht an einem Tage vom Himmel gefallen, auch er hatte Vorgänger, auch er war ein Plagiator."

Wohlgethan rückte sich befriedigt die Weste zurecht, und nachdem sie ihren Tee getrunken hatten, drängte er förmlich ins Nebenzimmer.

Der Dichter begann seine Vorlesung, anfänglich mit den kleinen Störungen und Unterbrechungen, die bei jedem natürlich sind, der einen leiblichen, bürgerlichen Menschen in eine Phantasiewelt führt und sich bald vor dieser, bald vor jenem ein wenig schämt. Dann wurde er fester, und die harte Fassung seiner Strophen und die Schärfe des Ausdrucks beschwichtigten seinen Argwohn, daß man seine Begeisterung vielleicht für gelegentlich und seinen mysti= schen Flug für Spielerei halten könnte.

2

Der erste Gesang dieses neuen Epos enthielt die Schil= derung einer Pest, die eine kleine Fürstenstadt mit ihrer stinkenden Geißel zerschlägt. Der Dichter begann mit einer allgemeinen Anrufung an die Urfeindin der Mensch=

heit in einem apokalyptischen Stil, ging allmählich ins einzelne über, zeigte das verheerte Land, die verödeten Dörfer, die brennenden Scheiterhaufen, und behandelte dann den ersten Pestfall in der Residenz als ein grausig tragisches Idyll, indem er die Seuche zuerst in der Vorstadt einen alten Handelsgärtner mitten in der Versorgung seiner Beete und Glashäuser befallen ließ. Die schöne, jugendliche Tochter des Gärtners, von ihrer Mutter früh verwaist, sieht den Alten dahinsinken, sie eilt zu ihm, hebt ihn mit der Kraft der erbarmungsvollsten Güte auf ihre Arme, um ihn in das Haus zu tragen. Vor der Schwelle bricht sie unter ihrer Last, aber noch nicht von der Krankheit zusammen. Der Alte liegt zerkrampft am Boden, seine rechte Hand hält die langen Stiele zweier Rosen, so, daß die Blüten auf seinem Munde liegen und sein Atem in die roten Blätter bläst. Auf den Schreckensruf der Tochter kommen zwei Gehilfen aus dem Gewächshaus, aber wie sie die beiden Niedergebrochenen sehen, heben sie im Entsetzen ihre vier Hände abwehrend gegen sie, suchen sich vergeblich aus der Erstarrung zu schütteln und wagen sich nicht näher. Das Mädchen mißt sie mit Blicken, beide haben ihr in Morgen- und Abendstunden zur Liebe nachgestellt; sie ruft sie um Hilfe an, aber sie schütteln nur immer die Hände und die Köpfe. Da nimmt sie dem Alten die Rosen aus der Faust, faßt sie wie eine Rute, tritt vor die beiden Männer hin und schlägt ihnen mit der Rosenrute rasch hintereinander in die blassen Gesichter. Entsetzt rasen sie davon. Der eine von ihnen wohnt in der Stadt bei einer Witfrau zur Miete; noch zitternd vor Schrecken kommt er in seiner Stube an, um sein Bündel für die Wanderschaft zu schnüren; aber schon hat ihn die Krankheit erfaßt.

Und so schildert nun der Dichter, wie das Übel Haus vor Haus und Straße vor Straße sich in das Herz der Stadt hineinfrißt. Die Beschreibung der Seuche mit ihren medizinischen Besonderheiten spart er sich bis zur Erkrankung des Adjutanten am fürstlichen Hofe auf, nachdem er vorher seine glänzende Erscheinung, seine Lasterhaftigkeit und Grausamkeit geschildert hat.

Ungefähr dieses war der Inhalt des ersten Gesanges. Wislizenus hörte mit der intensiven Aufmerksamkeit zu, die dem Vorlesenden das Wort leicht vom Munde nimmt; so daß Wohlgethan in eine immer wachsende Sicherheit geriet und sich in allen Stücken gebilligt, ja bewundert glaubte. In Wirklichkeit wurde er von Wislizenus mehr als einmal um ein paar Dutzend Verse betrogen, und nicht die reine, dumpfe Freude, zu nehmen, was gegeben wurde, hörte ihm zu, sondern die Überwachheit eines Sachverständigen. Wislizenus ließ sich von keinem Zug der Komposition überraschen, sondern erkannte sogleich seinen Zweck und fühlte also jede Willkür der Bindung mit doppelter Klarheit. In solchen Augenblicken verlor er, ohne es an seiner Miene merken zu lassen, die Aufmerksamkeit und fühlte, wie auch bei jedem Fehler und jeder Schwäche anderer Art, eine Verwerfung und Geringschätzung gegen den Dichter, der er immer versucht war, nachzusinnen, so daß er sich mit Willen zum Hören erst wieder zurückleiten mußte. Bei allem Hochmut dieser Regungen waren sie doch von Selbstverachtung nicht frei, denn als guter Kenner seiner selbst spürte er eine Schadenfreude darin, deren Bewußtsein ihn demütigte.

Als der Vorlesende nach der Beendigung des ersten Gesanges aufsah, nickte Wislizenus: „Es ist sehr gut! sehr gut, sehr stark."

Wohlgethan erwiderte eifrig: „Das war nicht mehr als ein Vorspiel. Jetzt erst beginnt das Gedicht. Ist es dir recht, wenn ich gleich weiterlese?"

Wislizenus bat darum, aber Wohlgethan zögerte noch und bemerkte: „Das, was nun kommt, bedarf allerdings noch überall der Feile. Du mußt es dich nicht stören lassen, wenn dir Einzelheiten ungenügend erscheinen."

Wislizenus beruhigte ihn: „Du weißt, daß ich auch das Unfertige recht zu hören verstehe, und ein Werk wie dieses wird noch lange ein stete Arbeit von dir wollen. Du wirst noch für die zehnte Auflage Korrekturen einfügen, das prophezeie ich dir."

Wohlgethan errötete: „Prophezeist du zehn Auflagen?"

„Auch das", sagte Wislizenus.

Der Dichter wurde glücklich über die ganze Haut. „Du hast recht," sagte er, „es muß verbessert werden, solange es lebt! Ein solches Werk muß seine Form haben wie einen glasharten Überguß, wie der Stahl von Geldschränken, von dem jeder Meißel abflitzt."

Er begann den zweiten Gesang zu lesen. Das Land und die Stadt sind verödet. Die Pest, die nichts mehr zu morden hat, liegt wie ein gelblicher Nebelschwaden unbeweglich über der Erde. Und in diesem Schwaden hocken auf Hecken, Gemäuer, Baumästen und Zäunen die Seelen der Toten als weißliche Kugeln von verwestem Licht. Sie schaukeln leise hin und her und können sich nicht aufwärts in den reinen Luftraum lösen. Mit einer schnellen Verwandlung ließ der Dichter die Wolke der Seuche gleichnisartig zu einer Wolke der menschlichen Leidenschaften werden und verteilte auch in diesem Luftpfuhl die schwankenden Seelen phantastisch, doch mit beginnender Ordnung.

Während dieser Stellen geschah es, daß Wislizenus tief erblaßte und sich so stark in seinen Sessel zurücklegte, daß der ohnedies etwas unsicher gewordene Dichter es merkte und fragend aufsah.

„Verzeih", sagte Wislizenus und strich sich über die Stirn: „Es gibt keine Phantasie über unser Leben nach dem Tode, die ich nicht, und sei es auf einen Augenblick, auf eine Stunde, eine Nacht, ja manchmal auf eine ganze Woche glaubte. Es gibt nichts so Absurdes, daß ich es nicht einmal, und nichts so Gewisses, daß ich es immer glaubte. Das Irrsinnige hat keinen gänzlich irren Sinn für mich, und die reine Wahrheit keinen gänzlich reinen. Doch du sollst dich nicht stören lassen, Wohlgethan, für dich war das ja ein Triumph."

Wohlgethan fuhr fort; aber das Bewußtsein, so wörtlich genommen zu sein, beunruhigte ihn, er fühlte sich stellenweise verzagt und mußte sich dabei ertappen, zuweilen selbst nicht zu verstehen, was er las, sondern die Worte nur wie einen betäubenden Druck im Gehirn zu spüren, wobei er doch sicher war, richtig und mit Ausdruck zu lesen.

3

Aber von jetzt an war die tiefe Stille des Hauses gestört. Beide, der Leser und der Hörer, lauschten zuweilen zerstreut hinaus, und es wunderte sie nicht, als sie vom

Wege her eine Stimme sich nähern glaubten. Nicht lange, und sie erkannten wirklich eine menschliche Stimme, die sich in einem betrunkenen Singsang entlud und in ein veritables Heulen überging.

Wohlgethan warf sein Manuskript nervös hin, mit einer vorwurfsvollen Geste, als trage sein Gastfreund schuld an der Störung. Der aber lächelte und hörte nur immer mit einem wunderlichen Vergnügen dem Toben von draußen zu. Als er jedoch den Dichter vor Wut an der Lippe kauen sah, raffte er sich höflich und entschuldigend auf und sagte, daß er selbst von dem Zwischenfall überrascht sei, es komme manchmal in drei, vier Wochen kein Ungerufener zu ihm heraus. „Aber", fügte er hinzu, „das wird dich doch nicht aus dem Konzept bringen; fahre nur fort!"

Draußen ging das Geheule und Gesinge weiter, und der Trunkenbold schien sich damit zu vergnügen, auf dem Staketenzaun mit einem Prügel Harfe zu spielen. Wohlgethan las mit zusammengezogenen Augenbrauen ein paar Verse, dann aber unterbrach er sich: „Ich kann nicht," und reckte den Kopf zum Hören, „das ist ein toller Hund, nichts Besseres. Wenn eine Hundeseele in einen Menschenleib fährt, dann ist der Teufel los."

Wislizenus maß ihn mit einem seltsamen Blick, stand auf und machte sich an einer Kommode zu schaffen: „Ich kann dir nicht helfen, lieber Dichter, oder soll ich dir den Hund niederschießen? Ich habe einen schußfertigen Revolver hier im Schub."

Wohlgethan versetzte hochmütig: „Wenn es keine bürgerlichen unangenehmen Folgen hätte, ich sagte nichts dawider."

„Wir wollen ihm doch noch eine Gnadenfrist geben", meinte Wislizenus und begab sich wieder auf seinen Platz. Der Betrunkene war verstummt und schien weitergegangen. Es war plötzlich stiller als vorher im Haus, und Wohlgethan fing wieder zu lesen an. Dem Hörer schien es, daß die Unterbrechung dem Dichter irgendwie nicht unwillkommen gewesen sein mochte. Sie war gerade an einer Stelle eingetreten, wo das Gedicht einen kleinen Bruch hatte. Es kam von der weiter als nötig malenden Schilderung der bleichen, kugelhaften, erschrocken hin und her wehenden Seelen nicht los und bedurfte eines gewaltsamen Überganges: Vom reinen Himmel dröhnt Posaunenklang, der Erzengel Michael, die Wage in der linken, die Lanze mit dem Fähnlein in der rechten Hand, fährt mit Scharen von Engeln hernieder, die Seelen im Schrecken lösen sich von den Stellen, an denen sie kleben, und wimmeln dem Marktplatz zu. Erst in dieser Schilderung gewann die Dichtung wieder Kraft; aber Wislizenus war tiefer verstimmt als bei jeder früheren Schwäche, und es war nichts von Schadenfreude, sondern eher eine Erbitterung in seinem Urteil. Dichter, o Dichter, sagte er in seiner Seele, und er überhörte nicht ein Geräusch, das ihm wie das Klinken seiner Hoftür vorkam. Und richtig, ein paar Augenblicke später donnerten ein paar harte Fäuste schon gegen die Haustür.

Wohlgethan fuhr entsetzt in die Höhe: „Das ist doch aber —"

Wislizenus beruhigte ihn: „Jetzt haben wir ihn, jetzt werden wir ihn am ehesten los." Er nahm aus seiner Börse ein Geldstück, ging hinaus, holte sich eine brennende Lampe aus der Küche und schloß die Haustür auf. Er leuchtete einem riesenhaften Menschen, der in der Blendung des plötzlichen Lichtes verstummte, ins Gesicht und fragte ihn ruhig und ohne sonderliche Strenge: „Was wollen Sie hier?"

Der Betrunkene starrte ihn an, sein Gesicht war von einem mächtigen Bart umwuchert, seine Augen blinzelten irre und wild, sein Atem strömte im Nebel sichtbar wie eine Wolke von ihm aus. Er wußte nichts zu antworten und heftete seine Augen auf die Schwelle.

Wislizenus reichte ihm das Geldstück hin und sagte: „Da, kaufen Sie sich was dafür, Schnaps am besten; Sie haben noch nicht genug."

Der Betrunkene nahm das Geld und sah Wislizenus an. Er war weder aus dem Dorfe, noch auch aus der Gegend überhaupt. Einen solchen fanatischen, wahnsinnigen Blick hätte in dieser dürftigen, sich kläglich und klüglich haltenden Bevölkerung kein Auge hervorzubringen vermocht. Die beiden Männer starrten einander an.

„Warum haben Sie denn noch Licht, he?" fragte der Betrunkene.

Wislizenus wußte nicht, warum er mit dem ganzen Aufwande, nicht nur einer gelegentlichen, sondern seiner letzten Energie antwortete: „Weil ich hier lese, und dazu brauche ich Ruhe, und nun scheren Sie sich!"

Der Betrunkene drehte erst seinen ganzen Leib weg, ehe er die Füße regte, dann tappte er davon. Wislizenus blieb noch ein Weilchen stehen. Die Sterne, wie von einem wahnsinnigen Engel ausgeschüttet, funkelten, der Nebel schwankte in Strähnen, von den Feldern her kam der Geruch von Rüben, Kohl und verfaulenden Pilzen.

Wislizenus trat zurück und schloß die Tür wieder ab. In seinem Zimmer fand er den Dichter mit einem Bleistift in seinem Manuskript Notizen machend, und kaum aufsehend, als er zu ihm trat. Er nahm, indem er den Bleistift in eine an der Uhrkette baumelnde Hülse zurücksteckte, sogleich sichtlich erfrischt seine Vorlesung wieder auf: Die Seelen der Verstorbenen, vom Engel Michael wie Schafe zusammengejagt, fahren auf dem Platze der Residenz auf und ab, gewöhnen sich aneinander und erkennen einander. Damit hebt ihre Qual an. Aber ehe sie ihr gänzlich ausgeliefert werden, gibt es noch eine Unterbrechung; die schöne Gärtnerin aus dem ersten Gesang kommt lichthaft, doch in ihrem Umriß unverstellt, nur blinden Auges, in ihrer Rechten noch die Zuchtrute weisend, dahergeschwebt, hält still und schlägt die Augen auf. Kaum aber hat sie gesehen, so wirft sie Kopf und beide Arme dem Himmel entgegen und fliegt wie ein Pfeil aus dem düstern Brodem ins Helle hinauf. Und wenn dieser stummen Gespenster- und Todeswelt noch Sinne geblieben wären, so hätte sie die Bewegung des Mädchens als einen Schrei des Entsetzens und ewigen Abschieds vernommen; so aber waren sie zurückgelassen, der Wohltat der Sinne beraubt und zum Wissen verdammt.

„Damit schließt der zweite Gesang," sagte der Dichter, „und im dritten beginnt die Hölle, die Hölle des Wissens."

Wislizenus hatte einen winzigen Rest vom Geruch der Nacht in seinen Sinnen; der peinigte ihn, daß er eine Erinnerung, einen Gedanken, ein Einverständnis über seine Person hinaus suchen mußte. Nach einem Seufzer des

Verzichts brach er, als der Dichter schwieg, unvermittelt aus: „Verflucht sei doch keiner wie der Mensch, der uns lehrte, in der Natur etwas zu suchen, das spricht! Welch eine Qual, das Unfaßbare vor Augen zu sehen. Die Trauer, daß die Natur uns nichts gibt, das ist alles, was sie gibt. Die Linie des Horizonts ist die größte Marter, die ich kenne; das Licht ist eine schlimmere Ungeduld als die Pubertät; und wenn ich nun denke, daß es doch vielleicht Menschen geben könnte, die in Heiterkeit Herren darüber sind, worüber ich nicht Herr bin —! Zu denken ein Gemüt, das alle Schönheit, alle Seele, die Feierlichkeit, das Geheimnis der Bäume, des Horizonts, des Lichtes und der Dunkelheit nicht, wie ich, mit Trauer und Sehnsucht faßte, sondern mit Freudigkeit und Besitz! Es ist das Wesen des Horizonts, traurig zu machen — wie? das sagte ich schon? — aber zu denken der, den es heiter machte! Die Unfaßbarkeit der Schönheit — zu denken der, der sie faßte — versteh es recht: nicht der die Schönheit faßte, sondern die Unfaßbarkeit! Doch verzeih! glaube nicht, daß ich nicht gehört hätte! Vielleicht nur — bin auch ich schon unter deinen ‚wissenden Seelen'."

Der Dichter schüttelte besorgt den Kopf und sagte ungekränkt: „Du bist nervös, Freund. Die Einsamkeit, ja, in dieser Übertreibung, wie du sie pflegst, ist doch ein Gift."

„Laß weiter hören," sagte Wislizenus; und der Gast begann seinen dritten Gesang, der von der Strafe der Seelen handelte, die zum „Wissen" verdammt sind. Jetzt löste das Gedicht sich in Gestaltung auf, und es war schnell ersichtlich, daß es Repräsentanten der Menschheit einzeln vornehmen, ihre Lüge entlarven und ihre Sünde abstrafen wollte.

4

Aber der Vorlesende kam nicht weit, ein Gegenstand wurde an die Haustür geworfen, von dem Wislizenus sogleich vermutete, daß er das Geldstück wäre, das er dem Betrunkenen gegeben hatte. Und wirklich donnerte es gleich darauf wieder an die Tür, und ein heulendes Schimpfen hob an. Wohlgethan war tief gekränkt. Wislizenus aber sah ihn an und wurde mit einem Schlage blaß bis in den Bart; ihm schwindelte, wie einem bei vorgestellter Wut schwindelt; er ging an die Kommode, nahm seinen Revolver heraus und steckte ihn in die Tasche. Als er an der Haustür war, den Schlüssel umdrehte, hörte er den Betrunkenen, immer brüllend, zurücktaumeln, er öffnete die Tür und trat hinaus. Der Betrunkene stand fünf Schritte vor ihm auf dem Hof, riesengroß in dem schwachen Licht vom Flur, er lachte wütend und schrie:

„Willst du Hund mir für eine lumpige Mark dein Haus abkaufen? Willst mir dein Licht abkaufen für eine Mark? Willst Bücher lesen?"

Wislizenus nahm den Revolver aus der Tasche und trat auf den Betrunkenen zu. Der schrie ihn mit gesteigerter Wut an: „Für eine Mark tu' ich es nicht wieder." Wislizenus hob den Revolver und schoß; der Betrunkene fiel mit einem japsenden Laut zusammen.

Einen Augenblick blieb Wislizenus stehen, dann ging er zurück, schloß, wie jedesmal, die Haustür sorgfältig und kam in sein Zimmer. Dieses Mal traf er den Dichter nicht beim Korrigieren, Wislizenus ging hinter ihm zur Kom=

mode und legte den Revolver hinein, dann nahm er wieder seinen Platz ein.

„Was war das," fragte Wohlgethan entsetzt, „es war mir doch, als ob — ich hörte doch —"

Wislizenus sah ihn prüfend an. „Du kannst jetzt ungestört weiterlesen. Lies weiter, Wohlgethan! er wird dich nicht mehr stören."

„Was hast du gemacht?" fragte der Dichter.

„Ich habe ihn abgeschossen wie einen Hund, der er war," lautete die Antwort.

Er ist wahnsinnig, fuhr es Wohlgethan durch den Sinn, und alle seine Glieder lösten sich vor Schreck. Er sah, wie seinem Gegenüber die Schläfen bebten, aber seine Stimme klang beherrscht, als er fortfuhr, ohne daß freilich Wohlgethan unterscheiden konnte, ob der Wahnsinn oder der teuflische Hohn zu ihm spräche:

„Wäre ich an deiner Stelle, oder wären wir beide an der Stelle irgendeines verschollenen Helden, so würden wir uns über diesen Zwischenfall leicht fassen. Sollte das flüchtige Leben einer Fliege" — er zeigte auf eine, die winterträge an dem Manuskripte kroch — „nicht leicht wiegen gegen Verse, die vielleicht die Unsterblichkeit von Jahrzehnten in sich tragen! Gesteh es: auf eine so großartige Weise ist noch keinem Dichter geschmeichelt worden."

Doch Wohlgethan war nicht imstande, die Sache von dieser Seite zu nehmen. Mit einer fast kindlichen Bangnis rief er aus:

„Aber, Wislizenus, ein Mensch! es ist ja ein Mensch!"

„Ich dachte, es wäre ein Hund," erwiderte Wislizenus, „ich dachte, es wäre eine Fliege. Hund, Fliege, Mensch, liegt an dem Namen was? Du wirst doch nicht den Aberglauben des Wortes haben! Ich versichere dir, es war ein gänzlich verwahrloster Landstreicher und Chausseefeger. Er war, und jetzt ist er nicht mehr. Schade, ich dachte, daß dir damit etwas Gutes geschehe, — aber wem ist denn was Übles geschehen? Niemandem. Ich versichere dir wiederum, es hat ihn keine Qual gekostet. Der Schmerz ist ein Übel, der Tod nicht. Er war, und jetzt ist er nicht mehr, basta. Lies weiter."

Wohlgethan zitterte vor Furcht: „Lesen?"

Wislizenus sagte: „Er war einer von den wilden Landstreichern, vielleicht schon über die Fünfzig, der sich nach seiner ersten Zuchthausstrafe, wenig über zwanzig Jahre alt, von der menschlichen Gesellschaft abgelöst hat. Seinem Aussehen nach würde ich ihn für einen Litauer halten. Niemandem ist Übles mit seinem Tode geschehen, es sei denn, du glaubtest, ihm selbst. Glaubst du das?"

„Ich kann nicht philosophieren in diesem Augenblick," erwiderte Wohlgethan.

„Kannst du es nur, wenn es ein Spaß ist?" höhnte Wislizenus offen heraus; „glaubst du, daß er eine Seele hatte? Nein, du glaubst es nicht, so wenig du es von der Fliege glaubst. Dann ist also nichts weiter geschehen, als daß eine etwas groß geratene Fliege geklatscht wurde. Oder bist du ein wenig angesteckt von deinem eigenen Gedicht? und hätte er also doch ein Stück Seele gehabt? Oh, nicht wahr, lieber Freund, dann haben wir —."

Unwillkürlich warf der Mitschuldige ein: „Wir?" „Nein, ich," sagte Wislizenus, „dann habe ich ihm wohlgetan, dem Leibe, den die Seele gewiß gequält hat, und der

Seele, die sich verzweifelt in ihrem Gefängnis stieß. Dann hockt sie vielleicht, diese Seele, draußen auf dem Zaun und schaut durch den hölzernen Fensterflügel zu uns herein. Eine Seele kann gewiß durch ein fichtenes Brett sehen."

Wohlgethan, aufs äußerste gequält, erhob sich zitternd und wollte hinaus.

„Wohin?" fragte Wislizenus.

„Nachsehen, ob nicht zu helfen ist," sagte Wohlgethan mit Tränen in den Augen.

Aber als er sich zum Gehen wandte, hielt ihn das laute Gelächter seines Freundes zurück. „Nun, Wohlgethan, setz' dich," sagte er. „Hast du wirklich diesen ganzen Spuk geglaubt? Oh, die Eitelkeit der Dichter ist doch grenzenlos! Es als möglich anzunehmen, daß man einen Menschen tötet, damit ein Dichter ungestört Verse vortrage!"

Zweifelnd, aber von einem beginnenden Jubel bedrängt, sagte Wohlgethan: „Ich habe doch den Schuß gehört!"

„Natürlich hast du ihn gehört," rief Wislizenus, „er hat ja geknallt. Ich habe den Revolver ständig voll Platzpatronen; ohne die getraute ich mich nicht so allein hier zu hausen. Mehr als einen Knall aber hat man wohl in den seltensten Fällen nötig, und für die seltensten Fälle — sorge ich nicht. Ohne ein Gewaltmittel, kannst du sicher sein, wären wir den Kerl nicht losgeworden. Der kommt nicht wieder, ich sah ihn noch gerade durch den Nebel davonturkeln, dem Walde zu, dort mag er seinen Rausch ausschlafen, oder in der Feuchtigkeit verklammen, oder sich an seinem Hosenriemen aufhängen. Würde es dir irgend etwas ausmachen, welcher von den drei Fällen eintritt?"

Wohlgethan sann einen Augenblick nach und antwortete: „Doch. Wenn ich in der Zeitung lese, daß da und da im Walde ein erhängter Trunkenbold aufgefunden wurde, so ist mir das vollkommen gleichgültig. Wenn es aber dieser und jener bestimmte Mensch ist, den ich kenne oder der mir auch nur begegnet wäre — am Schalter eines Bahnhofs, wenn ich ein Billett löse, gleich ist ein Interesse da, und mir wenigstens ist es in solchen Fällen so, als ob mein Verhältnis zu ihm stärker gewesen wäre, als es in Wirklichkeit war."

„Nun, siehst du," sagte Wislizenus, „so hätte ich ihn ja schon deshalb nicht töten dürfen, weil er gar nicht so losgelöst in der Welt herumschwamm, wie ich glaubte; hing er doch schon mit einem Fädchen an dir."

„Und an dir," versetzte Wohlgethan lebhaft, „und nicht an einem Fädchen, sondern an einem Seil, wenn du ihn getötet hättest. Der Mord ist ja eine Tat in der moralischen Welt auch ohne seine Wirkung, — und das war der Fehler in deiner ganzen Philosophiererei von vorhin. Du wolltest den Mord nur nach seiner Wirkung wägen, das eben ist der Fehler."

„Sieh da," sagte Wislizenus, „nun bist du wieder ein Dichter."

Als aber Wohlgethan nach einem weiteren Gespräch doch wieder zu lesen anhub, mußte er die Bemerkung machen, daß er aus dem Umkreis seiner eigenen Dichtung vertrieben war und sie so von außen fühlte, wie kaum ein fremder Hörer. Eine schreckliche Nüchternheit befing ihn, und seine Verse klangen ihm nüchtern, willkürlich und sinnlos am Ohr vorbei. Dabei konnte er sich nicht enthalten, zuweilen hinauszuhorchen und in den dunklen Fenstern nach einem Paar Augen zu spähen.

Sein Gedicht bewegte sich indessen jetzt lebhafter vorwärts als in den einleitenden Partien. Es zeigte an scharf aufgefaßten Beispielen, wie die wissend gewordenen Seelen der Lüge inne wurden, von der sie während des Lebens umgeben waren. Da war zuerst ein reicher Wohltäter, dicker als die andern bleichen Lichtkugeln, der im Schweben noch wackelte und immer dicker wurde von der Erkenntnis, daß er Heuchelei statt Dank, Neid statt Dank, Fluch, Haß und Todesfeindschaft statt Dank überall geerntet hatte, wo seine Hilfe hingeflossen war; und alles das schmeichelte ihm jetzt mehr, als ihm im Leben Demut und Kriecherei geschmeichelt hatten; so daß er sich aufblähte vor Selbstgefälligkeit und moralischer Überlegenheit hoch über die andern Seelen hinaus; aber im Augenblick des Triumphes spürt er durch all seine Gespenstatome hindurch, daß er auch gelogen hat mit jedem Pfennig und jedem Goldstück, die er in die Hände der Armut gelegt, daß er unterdrückt, verhöhnt, verachtet und verspottet hat, wenn er spendete: er sinkt wie ein geplatzter Kinderballon zu einem Mißhäutchen zusammen, — und da lachten die Seelen auf dem Markte.

So in einem bösen, immer böseren Reigen führte der Dichter seine Typen vor. Aber die saubere Ordnung und Vollständigkeit seiner Gesichte erschien ihm jetzt pedantisch und quälte ihn, so daß er immer abgehackter las und für jeden Vorwand, aufzuhören, dankbar gewesen wäre.

So war er denn wie erlöst, als Wislizenus, gleichsam unwillkürlich und bezwungen, bei einem Absatz ihn unterbrach: „Es ist stark; stark und gut." Wohlgethan, der verständlicherweise dem Wort nicht glaubte, sah ihn bedenklich an; aber Wislizenus stand auf, und als ob er von der Vortrefflichkeit des Gehörten geradezu bedrängt wäre, ging er durch das Zimmer und sprach mit dem Verständnis, das ihn auszeichnete, und dabei mit gut gesteigerter Hingerissenheit über das Werk.

Sonderbarerweise wurde Wohlgethan davon nur immer mutloser. Es war in den Worten seines zweideutigen Freundes etwas, was das Gedicht als Leistung richtig und dabei weit über das Mittelmaß einschätzte, was ihr aber einen Platz ganz außerhalb der Wahrheit anwies, in der die wirklichen Meisterwerke der Kunst zu Hause sind. Niemals hatte Wohlgethan eine solche Hellhörigkeit für diesen zweideutigen Ton gehabt wie jetzt, und so überwand er sich, und mitten während der Expektoration des andern klappte er sein Manuskript zu und sagte: „Weiter wollte ich dir ohnehin nicht vorlesen." Wislizenus nahm das mit einer lebhaften Geste an, als verstünde er den Dichter vollkommen. Dann erkundigte er sich nach dem Plan und Fortschritt des Werkes, aber Wohlgethan wich ihm aus und sagte: „Verzeih, daß ich darüber nicht spreche, ich möchte mir jedoch nichts vorwegnehmen; man muß sich eine gewisse Selbstüberraschung sichern. Ich bin dir sehr dankbar, daß du mir zugehört hast und bisher nicht ganz widerwillig gefolgt bist."

Wislizenus, den das geschlossene Manuskript befriedigte, bezeigte eine große Wärme und sprach noch einmal zusammenfassend über das Gedicht, in einer Weise, die den Dichter, und schließlich ihn selbst, mit dem Stand der Dinge, nämlich mit der Lektüre und dem Aufhören der Lektüre, aufs beste versöhnte. „Nun aber," schloß er, „müssen wir noch etwas miteinander trinken und auch rauchen, und dann heißt es zu Bett, es ist elf Uhr vorbei, da schläft die ganze Welt hier — bis auf das, was wacht, natürlich."

Er brachte aus einem Schrank im Nebenzimmer Gläser und eine Kiste Havannazigarren, bat den Freund, sich zu bedienen, und holte inzwischen aus einer Kammer neben der Küche den Wein, eine dicke Flasche, deren ehrwürdiger Altersstaub etwas Besonderes versprach und auch hielt. Er goß ein, es war ein schwerer, wie reines, flüssiges Harz leuchtender weißer Burgunderwein von einem alten Jahrgang. Dann setzte er sich wieder an seinen Platz, aber bevor er mit dem Freunde anstieß, legte er ihm die Hand auf den Arm und sagte: „Diese unendliche Stille! jetzt erst ist sie wieder da, jetzt erst hat sie auch dich vollständig bezwungen und deine widerstrebenden Wellen in sich bezogen."

Der Dichter horchte ins Zimmer hinein, und auch ihm schien die Stille so ungeheuer, daß er sich im Augenblick kaum vorstellen konnte, das Haus stehe über der Erde, vielmehr schien es tief hineingesunken und überlagert von Schichten der Dunkelheit und des Schweigens.

Sie saßen unter spärlichem Gespräch, rauchten, tranken die Flasche und noch eine zweite leer, ohne daß der Dichter merkte, daß der andere ihm immer zweimal einschenkte, ehe sich einmal. Dann begleitete Wislizenus seinen Gast in das unter dem Dach gelegene, ziemlich kahle, aber saubere Fremdenzimmer, deckte ihm das Bett ab und sagte,

er selbst schlafe in dem Zimmer geradeüber, falls Wohl=
gethan etwas wünsche; er habe, da die Post sehr früh zu
ihm herauskomme, nur noch eine Viertelstunde zu schrei=
ben. Dann wünschten sie einander gute Nacht, und Wis=
lizenus ging in sein Zimmer hinunter.

5

Er saß eine Viertelstunde in seinem Sessel, ohne sich zu
rühren, und er bedurfte der äußersten Anstrengung, um
sich zu erheben und an die Arbeit zu gehen, die ihm be=
vorstand. Seine Tat erregte ihm aller paar Minuten ein
augenblickskurzes Erstarren; aber nur weil sie so vollkom=
men unwiderruflich war. Nur weil es ihm unverständlich
war, war es ihm schauderhaft zu denken, daß, ein paar
Stunden in seinem Leben zurückgerechnet, ein Motiv von
Flaumfederleichtigkeit genügt hätte, etwas zu verhindern,
worein keine Macht der Welt jetzt noch eine Änderung
bringen konnte. Vor dieser Tatsache wurde sein Impuls
zur Tat ihm noch geringer, als er ohnehin gewesen war.
Sobald er aber wieder diesem Impuls nachdachte, korri=
gierte er seine ganze Gedankenkette, indem er, statt ein
paar Stunden aus seinem Leben, jetzt ein paar Stunden
im Leben überhaupt zurückrechnete; und nicht etwa nur
im Leben seines Freundes, des Dichters, oder des toten
Vagabunden. Denn nun sah er den Freund vom Wagen
steigen, sah die vier Beine und den Leib des Pferdes im
Nebellicht sich riesenhaft davonbewegen, und wußte nicht,
wo er das Messer hätte einsetzen müssen, um das Stück
dieser wenigen Stunden aus der Welt herauszuschneiden.
Und unter der Verschnürung dieses Zwanges vermochte

er nun auch den toten Vagabunden nicht so von allem
Zusammenhange der Menschen loszulösen, daß ihn ein
Zufall hier auf den Hof geblasen hätte. War es kein
Zufall, so war es das Schicksal, — und plötzlich schien
es dem verstrickt sinnenden Manne etwas tief und groß=
artig Erregendes zu sein, sich vorzustellen, wie dem bär=
tigen Straßenläufer eine Parze den Faden zugesponnen habe,
von der Wiege, vielleicht auf einem Weichselfloß, bis zu
diesem abseitigen Hofe einer märkischen Kiefernebene. Da
war einer jener Augenblicke der Erstarrung, und wie mit
einem lautlosen kugelförmigen Brausen fühlte Wislizenus
sein Haus von allen andern menschlichen Häusern abseits in
einer Einöde liegen, wie kaum einer der Kontinente sie noch
bergen mochte; der Vagabund aber wuchs ihm in diesem
Zustand, der eine schwache, wankende Ähnlichkeit mit dem
Alpdrücken seiner Kindheit hatte, zu etwas so irrsinnig
Großem, als ob sein breiter Bart den ganzen Hof füllte.

Dennoch war in all diesem keine Spur von Angst. Die
vollkommene Sicherheit, die Wislizenus wußte, schützte
ihn vor jeder inneren Hast, sie glich etwa dem Zustande,
wenn er am Morgen eine Belästigung durch einen zu
schreibenden Brief fühlte und dann beschloß, die Arbeit
bis zum nächsten Tage zu schieben, wo ihm dann der be=
freite Tag besonders lang und heiter vorkam.

Er horchte zur Treppe hinauf, und als ob ihn das ver=
sichert hätte, daß der Dichter schliefe, richtete er sich be=
sonnen auf sein Geschäft ein. Er ging in die Küche, die
neben dem Hausflur lag und ein Fenster nach Stall und
Garten hin hatte, und schloß vorsichtig die Läden fester.
Dann öffnete er, nachdem er seine elektrische Taschenlampe

zu sich gesteckt hatte, die Haustür ohne Geräusch und ging auf den Hof. Die Nebelschicht war gewaltig in die Höhe gewachsen, die Sterne waren verschwunden, und eine zarte, zähe Feuchtigkeit schlug sich nach allen Seiten hin nieder. Er näherte sich, die Füße über den Erdboden schiebend, der Stelle, wo er den Toten vermutete, blieb nach ungefährer Schätzung stehen und ließ jetzt erst den scharfen Stich seiner Taschenlampe vor sich im Dunkel suchen. Sobald er gefunden hatte, was er suchte, ließ er den dünnen Stich des Lichtes auf dem dunklen Körper mehrmals auf und ab zucken, und zu seiner, ihn wunderte selbst wie ungeheuern Erleichterung sah er den Toten auf dem Rücken, mit dem Kopf zum innern Teil des Hofes nach dem Stalle zu liegen. Er prägte sich die Lage des Körpers genau ein, stellte das Licht seiner Laterne ab und steckte sie in die Tasche. Dann schritt er zum Stalle, die Schritte zählend, es waren sechzehn, sperrte die Stalltür auf und ging wieder die sechzehn Schritte zurück. Er hatte sie aber in der Sorgfalt seines Zählens etwas kürzer genommen als vorhin, und als er sich bückte, faßten seine Hände in das kalte, feuchte Gesicht des Toten. Einen Bruchteil einer Sekunde zitterte sein Bewußtsein so genau im Gleichgewicht, daß es um ein Haar in ein fassungsloses Entsetzen hätte umschlagen können. Aber er hielt sich und nahm mit voller Kraft, wobei nur eine Hitzwelle über seinen Körper ihm zeigte, wie kalt er eben gewesen war, den Toten über den Arm, zog ihn zu seinem Leibe empor und schleppte ihn rückwärts in den Stall. Hier ließ er ihn sachte nieder, legte seine wieder angezündete Taschenlaterne auf den Holzklotz und sah sich genau um. Der Stall enthielt nichts als sauber aufgeschichtetes buchenes Brennholz, ein paar alte, zum Zerschlagen hineingestellte Kisten, Axt und Säge und anderes Handwerkszeug, wie es in einem gut gehaltenen Hause gebraucht wird. Er bettete den Leichnam an der dunkleren Wand des Stalles und stellte die Kisten davor. Dann nahm er einen Arm voll der Buchenscheite, soviel ungefähr am nächsten Morgen zum Heizen des Küchenherdes und eines Ofens nötig schien, und wollte den Stall verlassen; aber zwei-, drei-, viermal schien es ihm an Holz zu wenig, und er packte sich jedesmal noch einen Griff davon auf den Arm. Und so, eine lächerliche Last von Holz in der Beuge des linken Arms an sich pressend, und ein paar Stücke in der rechten Hand neben sich schleppend, schlich er sich hinaus und in die Küche, wobei er die Tür mit dem Ellenbogen herunterdrücken mußte, und hob seine Last in den Kasten, in welchem, wie er mit Befriedigung feststellte, noch Holz war, so daß die Magd am nächsten Morgen nicht notwendigerweise die ihr abgenommene Arbeit bemerken mußte. Dann ging er sachte zurück, schloß die Stalltür und steckte den Schlüssel zu sich. Und mehrmals ging er vom Stall gemessen sechzehn Schritte hin und wieder, mit den Füßen breit über den weichen Erdboden wischend. Der Nebel brodelte in dem schwachen Licht vom Flur dick und troff wie Regen. Wislizenus war höchlichst damit zufrieden und sagte sich, kaltmütig vor lauter Erschöpfung: gäbe es einen Verdacht, so fände der Dümmste soviel Spuren wie nötig. Es gibt aber keinen Verdacht, und so verraten auch die deutlichsten Spuren nichts. Eben, während er diesen Gedanken hatte, trat sein Fuß einen harten Gegenstand in den Sand, er hob ihn auf, es war ein knotenreicher Stock aus Wacholder ohne Krücke. Das Hauptindizium, dachte er, und nahm den Stock ins Haus mit. Er stellte ihn in eine Ecke des Hausflurs, löschte die kleine Lampe und ging in sein Zimmer nach oben, zu schlafen.

Wirklich verfiel er, kaum daß er sich im Bette ausgestreckt hatte, in Schlummer; und als er aufwachte, war er sogleich so überwach und übermunter, daß er glaubte, es sei schon Morgen und Zeit, der Magd das Haus aufzuschließen, wie er täglich zu tun hatte. Er machte Licht, es war halb drei Uhr. Rechnete er nach, so konnte er nicht länger als anderthalb Stunden geschlafen haben. Er löschte das Licht wieder und sah so angestrengt in das überströmende Dunkel des Zimmers, als ob er beobachtet würde. Er sah sich mit einer Last von an der Schnittfläche ziegelroten Buchenscheiten aus dem Holzstall über den Hof gehen, im vollständigen Dunkel der Nacht. Wie konnte er sich sehen, wenn es doch dunkel war? und doch sah er so bestimmt, daß er die scharfe Keilform der harten Buchenstücke so genau wie ihre Farbe bemerkte.

Es fiel ihm ein, daß in den Erzählungen russischer Dichter die Mörder immer in einen so tiefen Schlaf, wie der seinige gewesen war, verfielen, und immer, wie er, mit plötzlicher Überwachheit daraus aufjagten. Aber was sie auftrieb, war immer das Gewissen, die beginnende Neugeburt ihrer Menschlichkeit. Er jedoch, Dr. Wislizenus, lag da, hörte ein leises Graben und Schaben des Wurms im Holz, hörte von den Treppenstufen die Geräusche, die unschuldigen, die doch nichts weiter waren als ein über ein paar hundert Jahre hingezogenes Erdbebenkrachen des versinken=

den Hauses, all das leise Knacken und winzige Splittern, das vom Quillen der Feuchtigkeit, vom Nachzittern der Tritte, von der bloßen Schwere der Lasten stammte, und wußte nichts vom Gewissen — so wie er nichts vom Strich des Horizonts mit dem Mond darüber wußte, von Wald, Wasser und Luft nichts wußte; und sogleich wies er es mit Geisteskraft triumphierend zurück, daß in dieser Form, in diesem Vergleich das Gewissen sich einschleichen könnte. Es schien ihm sicher, daß das Gewissen nur aus der Furcht vor den Folgen der Tat entstünde. In Salas y Gomez gäbe es kein Gewissen, und ich bin in Salas y Gomez. Salas y Gomez raget aus den Fluten — zu denken die Nacht des Weltmeers, die eine unbewohnte Insel umfängt! Wenn ich jetzt schliefe, würden auch nur Träume dieses Salas y Gomez hier bevölkern, ungehört würde es im Gebälke ticken! Könnte sein, daß ich eine unsterbliche Seele habe, die einmal Rechenschaft ablegen muß. Gut, so werde ich bis dahin warten. Ja, wenn die Wahrscheinlichkeit davon wie tausend zu eins wäre, so würde ich mich um einen Vorteil betrügen, wenn ich auch nur eine Stunde früher als nötig Qualen wegen einer Tat erleiden wollte. Das wäre so sinnlos, wie es ehemals sinnlos war, daß ich über die Tötung eines Käfers Qual empfand.

Während Wislizenus diesen und ähnlichen Gedanken nachging, konnte er nicht verhindern, daß er, ohne jeden Zusammenhang, sich selbst wieder mit dem Arm voll Holz aus dem Stall schreiten sah. Er schüttelte seinen Kopf gegen das Bild wie gegen Kopfschmerzen, aber es blieb, ging und kam wieder, unabhängig von seinem Willen.

Wie lächerlich dieser Magddienst an ihm! Das stumme, aufdringliche Bild flüsterte ihm etwas in die Seele: etwas von der ungeheuern, nie zu fassenden Sinnlosigkeit und Nutzlosigkeit seiner Tat.

Wislizenus richtete sich auf. Das Bewußtsein von der Sinnlosigkeit der Tat fing an ihn zu quälen und zu zerfleischen. Er erinnerte sich, daß er an seinem Freunde, dem Dichter, etwas hatte strafen wollen mit seiner Tat. Aber in seinen überheblichen Gedanken über den Dichter, über die Dichtung, über das tote, affektierte Gerede des Verses gewahrte er jetzt seine eigene, unfaßbar große Lebensschwäche.

Wen der Schein und das Gleichnis, der Selbstbetrug des Weisen und der kindliche Hochmut des Dichters bis zur Ratlosigkeit, bis zum Gelüst, sie zu verhöhnen und zu strafen, empören kann, der steht unsicher in seinen Schuhen, und daß er immer recht hat, ist nur sein lügenvollstes Unrecht, nichts Besseres. Wislizenus hatte die Stadt und ein in Jahrzehnten aufgebautes Leben verlassen, weil er glaubte, die Wirklichkeit so hüllenlos entdeckt zu haben, daß jede Form menschlicher Gemeinsamkeit davor zu einer Nichtigkeit wurde. Ein Mensch, der seine Notdurft verrichtet, erregt das Lachen oder den Ekel — denk ihn nicht obenhin, denk ihn wirklich, und er erregt weder Lachen noch Ekel. Eine nackte Frau im Bett, von ungefähr vorgestellt, macht wollüstig, aber stell' sie dir nicht von ungefähr vor, stell' sie dir wirklich, ja in der Wollust selbst vor, und dir macht sie keine. Ein Geschwür, eine Wunde, eine Verkrüppelung so schaudervoll, daß sie nicht das Mitleid, sondern die Mordlust wecken, sie sind nicht schaudervoll, wenn du sie wirklich betrachtest, Linie an Linie, Farbe neben Farbe.

Aber Wislizenus ließ diese Gedanken nur wie Hunde an sich emporspringen, wehrte ihnen nur mit den Händen und schenkte ihnen keinen Blick; sein Blick suchte über die Meute hinweg den Jäger. Und plötzlich fühlte er einen schweren Schlag: Es ist! Die Welt ist! In diesem Augenblick ist sie, zum erstenmal. Der ganze Verlauf bis hierher hat den Sinn, diesen Augenblick geschaffen zu haben. Bis hierher war alles Traum, Schauspiel und Wahn — jetzt aber ist die Welt! Sie ist — und nun erst ist sie auf ewig unverständlich.

Weiter versuchte er in die Nacht nicht vorzudringen, weiter wäre er freilich auch nicht gekommen. Er ließ sich in das Bett zurückfallen, stopfte sich die Kissen unter jede Höhlung des Körpers und verbrachte, ohne sich zu regen und ohne zu schlafen, die langsamen Stunden; bis endlich die ersten Sperlinge schlugen und das Haus und der Stall und der Garten wieder aus der Nacht in das Licht empor gehoben wurden.

6

Es war freilich nur erst ein graues, schwaches Licht in der Welt, als er aufstand, die Haustür öffnete und den Hof, aufmerksam suchend, hin und her schritt. Der Nebelregen hatte alle auffälligen Spuren zur Genüge verwischt. Um das viele Holz zu rechtfertigen, heizte er den kleinen weißen Ofen in seinem Arbeitszimmer selbst, setzte sich an seinen Tisch, wo zwischen den Büchern noch die Weinflaschen, Gläser und Zigarren und Aschenschalen von gestern standen, und ließ diese abgestandene Anordnung, gegen seine sonstigen Gewohnheiten, unberührt. Die Magd kam, er hörte sie in der Küche wirtschaften. Da sie sich über nichts im Leben ihres Herrn wunderte, weil nichts im Leben ihres Herrn ihr verständlich war, nahm sie es auch mit ihrer gewohnten, scheuen Gleichgültigkeit hin, daß er geheizt hatte. Sie deckte im Speisezimmer den Frühstücks= tisch mit ihren bäuerischen, schüchternen Gebärden, und Wislizenus fühlte durch ihr Ab= und Zugehn den Tag in sein gewohntes Geleise gebracht.

Nicht lange, so fand sich Wohlgethan ein und gewahrte mit Erstaunen den reich besetzten Tisch, auf dem drei große, in der Form verschiedene Kannen, eine jede über einer kleinen Spiritusflamme, warm gehalten wurden.

„Tee, Kaffee, Schokolade, was befiehlst du?" „Das ist ja sybaritisch," meinte Wohlgethan. „Ach," sagte Wisli= zenus, „das ist quoad Magen mein einziger Luxus, er wäre unnötig, wenn ich eine Magd hätte, die von selbst wüßte, was sie mir an jedem Morgen zum Wetter ge= hörig zubereiten müßte; dann brauchte ich nicht für alle Möglichkeiten zu sorgen. Teewetter hatten wir schon eine ganze Woche nicht, für Kaffee ist es noch zu flau, ich werde Schokolade nehmen. Wenn ich eine Phantasie habe, woran ich zuweilen zweifle, so wird sie durch diese Düfte — trinkst du den Tee so dünn? — jedenfalls wird sie nach der geographischen Seite hin nicht erregt. Höchstens an die Verpackung denke ich zuweilen, ein Kaffeespezial= geschäft gehört zu den stilvollsten Dingen, die ich kenne, ja, und dann natürlich an das Wetter. Heute ist Scho= kolade, bald wird es Kaffee sein, und dann werden ja auch die Tage für Tee noch einmal in die Welt kommen."

Das war nicht die gewöhnliche Art zu reden bei Wislizenus, und Wohlgethan sah über seine an den Mund gehobene Teetasse aufmerksam zu dem Gastfreund hinüber. Die Magd kam herein und sagte: „Ich habe ein Markstück beim Abfegen auf der Schwelle gefunden."

„Sechzehn," unterbrach Wislizenus.

Das Mädchen legte das Geldstück auf den Tisch. „Was sechzehn?" fragte Wohlgethan. „Sechzehn Schritt," erhielt er zur Antwort und ein rätselhaftes Lächeln dazu. Das Mädchen wußte nicht, ob es gehen oder Bescheid bekommen sollte.

„Die Mark gehört Ihnen," sagte Wislizenus, „ich habe sie gestern schon einmal verschenkt, aber der stolze Vagabund hat sie mir gegen die Tür zurückgepfeffert, fort mit Schaden," und er schob das Geldstück dem Mädchen hin.

Wohlgethan wurde es unbehaglich zumute. In der Nüchternheit des Morgens erschien ihm der ganze gestrige Abend wie etwas widerwärtig Übertriebenes. Sein Verdacht gegen Wislizenus kam ihm ganz unausdenkbar absurd vor, und während er sich das mit den stärksten Ausdrücken innerlich sagte, spürte er, daß er Wislizenus ohne die Witterung von Verdacht nicht mehr würde anschauen können. Ja, er fühlte die ganze Niedertracht jedes Verdachtes in dem Zwiespalt in sich, nach welchem man einen Menschen wegen eines vermuteten Verbrechens verachtet, den man wegen eines eingestandenen oder sonstwie offenbaren beklagen, bewundern, sich vor ihm entsetzen, aber jedenfalls ihn nicht verachten würde.

„Wie verteilen wir den Vormittag?" fragte Wislizenus. „Ich schlage vor: erst ein Spaziergang, dann liest du vor Tisch deine Sache zu Ende."

„Lesen?" fragte Wohlgethan hastig, „o nein, ich habe auch nichts mehr zu lesen. Vom vierten Gesang habe ich ja kaum mehr als eine Skizze. Zwölf sollten es werden, ich weiß nicht. Nein, und am Vormittag lesen, das geht nicht, ich bin ein Abendvogel, das weißt du ja."

Wislizenus ließ eine kleine Pause vorbei, ehe er sagte: „So wirst du heute abend weiterlesen."

Doch Wohlgethan wehrte das sogleich ab: „Heute abend muß ich in Berlin sein, ich gedenke mit dem Mittagszuge zu fahren. Ich habe ja, Egoist, der ich bin, wieder deine Zeit und dein Interesse mehr als gebührlich für mich genommen."

„Ja, Egoist, der du bist, Dichter, der du bist," unterbrach ihn Wislizenus, „schade, nun hast du mir alle deine starken Geister ins Haus gebracht, und heute abend werde ich hören, wie sie noch ein Weilchen herumfegen, in acht Tagen haben sie sich zur Ruhe gelegt, wie der Staub unter dem Dach."

„In acht Tagen?" fragte Wohlgethan gespannt; worauf Wislizenus lebhaft erwiderte:

„Ja, so lange werde ich wohl brauchen. Du unterschätzest doch hoffentlich nicht selbst die Wirkung, die von deinem Werke ausgeht. Den Himmel und die Hölle beschwören, das ist nichts Alltägliches, und man findet sich nicht so schnell damit ab, wenn man auch weiß, daß alles nur ein Gleichnis ist. Vielleicht nicht einmal ein bloßes Gleichnis. Das Volk beobachtet immer richtig, es schließt nur falsch;

und wenn es nicht aufhört, von Gespenstern zu fabeln, so bin ich nicht abgeneigt, zu sagen: es muß etwas daran sein. Grade daß die Gespenster nur Unsinn und Schabernack treiben, grade das könnte vielleicht mehr für, als gegen ihre Existenz aussagen. Man könnte sich vorstellen, daß der Mensch die Aufgabe hat, das Leben durch die Seele oder die Seele durch das Leben bis auf den letzten Tropfen aufzuzehren, und wem das nicht gelingt, der ist nicht fertig, nicht zu Ende, nicht vollendet oder erlöst oder wie du es nennen willst, und der muß weiterspuken, wie er auch vor dem Tode mehr gespukt als gelebt hat. Goethe und Napoleon spuken nicht, aber der Faule, der Dumme, der Eitle, der Hochmütige, der Geizhals, die gehen um. Sehr viel weniger Frauen gehen um als Männer, und Kinder hoffentlich gar nicht. Es ist sehr interessant, daß du deine Hölle unbewußt so zu bevölkern scheinst, wie das Volk seine Kirchhof- und ehemaligen Spinnstubengeschichten."

Wohlgethan wurde es warm ums Herz, und Wislizenus merkte wohl, daß es nur noch eines burschikos derben Wortes bedurft hätte, um ihn zum Bleiben zu bewegen. Aber er hütete sich wohl, in diesen Ton zu verfallen, sondern befliß sich einer höflichen Haltung, wodurch alle Entschließungen gültig wurden. Sie verhandelten weiter bis ins einzelne über Wohlgethans Epos, nur Wislizenus richtete bei aller scheinbaren Aufmerksamkeit seine Gedanken auf den Ablauf der Stunden, dessen ihm geläufige Anzeichen er auf das genaueste kontrollierte.

Er fürchtete, daß die Magd vor der Zeit nach dem Stallschlüssel fragen könnte, und war froh, als ein Blick auf die Uhr ihm zeigte, daß es nahe an zehn war. Als er aufstand, erhob sich auch Wohlgethan und machte nun seinerseits den Vorschlag, auf einem Umwege nach einem ausgiebigen Spaziergange ins Dorf zu gehen.

Wislizenus dachte einen Augenblick nach, dann rief er das Mädchen herein. „Hast du deine Sachen schon gepackt?" fragte er Wohlgethan, und auf die bejahende Antwort gab er dem Mädchen den Auftrag: „Nehmen Sie die Tasche des Herrn Doktor und tragen Sie sie ins Dorf zum Gastwirt Moser. Dort bestellen Sie, ich ließe um ein Fuhrwerk bitten zu dem Zuge, der um halb zwei geht, es braucht aber nicht hier herauszukommen, wir werden selbst noch vor der Zeit im Gasthof sein, denn wenn es dir recht ist, Wohlgethan, so essen wir unten. Unser Mittagessen steht zu unserm Frühstückstisch immer in einem bedenklichen Kontrast. Und, Johanna, Sie brauchen dann heute nicht mehr herzukommen, ich gebe Ihnen frei. Morgen früh wie gewöhnlich." Er sah sich in beiden Zimmern schnell um und fügte noch hinzu: „Im Arbeitszimmer sind Sie ja fertig, nun räumen Sie nur hier noch das Geschirr weg, mehr habe ich für heute nicht nötig."

So geschah es. Nach einer knappen Viertelstunde verließ das Mädchen, mit der ledernen Tasche Wohlgethans, das Haus, und eine Weile darauf machten die beiden Männer sich auf ihren Spaziergang. Sie gingen in den Forst, aus dem Wislizenus sein Grundstück herausgeschnitten hatte, tief hinein, kamen an einen See, der in dem Schleier der sonnenlosen Herbstfeuchtigkeit recht groß aussah, und beschlossen, um den See herum zu spazieren, einen Weg ins Dorf von guten anderthalb Stunden. Der See war überall umbufcht, wenn auch die Erlen und Weiden fchon befendünn in die graue Luft ragten. Birken ftanden noch im Goldfchuppenkleid des Herbftlaubes, und ferne Pappeln täufchten mit dem Honiggrün ihrer Blätter einen Frühlingsreft in die Landfchaft, fo wie fie ja im Frühjahr etwas vom Herbft vorwegnehmen. Das Schilf, das ftellenweife weit in den See hineinbuchtete, war im ganzen noch grau, zeigte aber fchon den rötlichen Anhauch des Winters. Nur die Akazien waren in ihrer Herbftentwicklung unterbrochen, ein früher Nachtfroft hatte wie ein Brand die gefiederten Blätter gekrümmt und getötet, fo daß fie wie eine zarte Wolke den Wipfel grau umhüllten. Es war völlig windftill, und kein Blatt bewegte fich. Der Anblick war ungewöhnlich friedevoll. Schläge von frifcher Saat leuchteten ftill, die kalte Feuchtigkeit der Luft, die in der Nähe menfchlicher Behaufung und menfchlicher Hantierung etwas Unwirtliches bekommt, war hier draußen in der tiefen Lautlofigkeit von großem Reiz; und die beiden Spaziergänger atmeten, ein jeder von feinen zwifchenmenfchlichen Gedanken befreit, tief und ftark. Nur entdeckte Wislizenus in fich, daß er die anderthalb Stunden Weges, die vor ihm lagen, fonderbarerweife wie einen Gewinn betrachtete, wie einen Waffenftillftand oder etwas Ähnliches. Und immer, wenn der Stachel diefes Gedankens ihn traf, ließ er feinen Schritt entfchiedener ausgreifen, als wollte er dem Schickfal feinen Willen und feine Kraft bezeugen.

Sie kamen um den See herum, durch einen kleinen Birkenwald auf die Felder, die das Hinterland zu der einen

Seite der Dorfstraße bildeten, und bogen über ein bäuer=
liches Gehöft ins Dorf ein.

7

In der Wirtsstube wurden sie von dem Gastwirt, einem
kleinen, fetten und bleichen Menschen, empfangen. „Schönen
guten Morgen, meine Herren, bitte näher zu treten. Fuhr=
werk steht zur Verfügung, meine Herren, Ihr Mädchen
hat alles bestellt, Herr Doktor." Er komplimentierte sie
in das halb private Zimmer für die nobleren Gäste, das
neben der großen Wirtsstube lag, und bot ihnen seine
kleine Auswahl von Mittagsgerichten an, die aber, wie
Wislizenus wußte, von der tüchtigen Hausfrau aufs
beste zubereitet wurden. „Das Gescheiteste ist, Herr
Moser, Sie schicken uns Ihre Frau," sagte Wislizenus.
„Wird gemacht, Herr Doktor," antwortete der Wirt und
rief hinaus.

Während die Frau, eine zarte, freundliche, saubere Er=
scheinung, kam und wegen des Essens so lange verhan=
delte, bis man sich wie gewöhnlich auf Koteletten mit Zu=
behör geeinigt hatte, hörte Wislizenus den Wirt in der
Gaststube schimpfen. „Was sitzen Sie denn da immer in
der Ecke? Faul ist die Bande, daß sie nicht die Hand
rührt um ein Stück Brot. Wenn Sie nicht bald machen,
daß Sie rauskommen, schmeiß ich Sie raus. Scheren Sie
sich hin aufs Feld, helfen Sie Rüben putzen, dann können
Sie sich ein Fünfgroschenstück verdienen. Nehmen Sie sich
bloß in acht, daß meine Geduld nicht zu Ende geht —"
und in diesem Stile weiter, wobei Wislizenus mit seinem
geübten Ohr bemerkte, daß das alles nicht ganz so böse

gemeint war, und daß eher ein gutes Zureden als eine Drohung in den Worten lag. Die Wirtin deckte ein weißes Tuch über den Tisch und sagte dabei: „Das ist eine Herumtreiberin, der ist der Kerl davon gelaufen, und nun sitzt sie den ganzen Vormittag da drin auf der Fensterbank und geht manchmal hinaus, kommt dann wieder, trinkt einen Schnaps nach dem andern und redet kein Wort."

Die Frau ging ab und zu, legte die Gedecke auf, und als sie sich zur Küche wandte, fragte Wohlgethan: „Was für ein Kerl?" Die Wirtin verstand die Frage erst nach einem Blick mit offenem Mund, und gab Auskunft: „Ihr Kerl, mit dem sie getippelt ist."

Wohlgethan wurde, ohne es zu merken, blaß und sagte zu Wislizenus mit einem Lächeln: „Das ist vielleicht unser Besuch von gestern gewesen."

„Sehr wohl möglich," antwortete Wislizenus, „sogar wahrscheinlich."

Die Frau ging in die Küche hinaus. Wohlgethan stand auf und trat an die Glastür, die zur Gaststube führte. Nahe bei der Tür, durch die sie gekommen waren, sah er das Frauenzimmer hinter einem braun gestrichenen Tisch sitzen, ein Schnapsglas vor sich. Sie hatte einen blau und rot gewürfelten Umhang um die Schultern, einen verbeulten Kapotthut auf dem Kopf. Ihr Gesicht war rot und geschwollen, von Wetter, Trunk und Lastern, doch sichtlich auch von Tränen. Sie wischte sich noch jetzt zuweilen mit dem Zeigefinger die Augenwinkel aus. Ihr Alter war unbestimmbar, sie konnte ebensoweit in den Dreißigen wie in den Vierzigen sein. Dabei lag in dem verstockten, trotzi=

gen Schmerz, mit dem sie dasaß, etwas, das über ihrer Verkommenheit einen Hauch von besserem Wesen bildete.

Wohlgethan hatte das alles mit einem Blick übersehen und kam in Verstimmung an den Tisch zurück. Auf eine Bemerkung von ihm begann Wislizenus, ihm allerlei von diesen Straßenläufern zu erzählen, die er oft im Wirtshaus beobachte, und sprach um so beflissener und ruhiger weiter, als er Wohlgethans zerstreute Verstimmung wachsen fühlte.

Zu ihrer beider Erleichterung kam das Essen, und als sie eben fertig gespeist hatten, knallte auch schon der Kutscher mit der Peitsche vor der Tür. Es gab einen hastigen Aufbruch, Wislizenus begleitete Wohlgethan zum Wagen, während der Wirt und die Wirtin, unter Bezeugung ihrer Höflichkeit, in der Haustür stehenblieben. Als nach dem teils forcierten, teils doch herzlichen Abschied Wohlgethan davongefahren war, trat Wislizenus in das Wirtshaus zurück und bat um Kaffee. Die Wirtin ging an ihre Arbeit, Wislizenus streifte die Landstreicherin mit einem prüfenden Blick, gewahrte dann, daß ihre Augen unter zusammengewachsenen Brauen schielten, was sie weniger entstellte, als ihr einen phantastischen, wilden Ausdruck verlieh.

Als sich Wislizenus wieder in dem hinteren Zimmer an den Tisch setzte, wo inzwischen die Spuren des Mittagessens abgeräumt waren, folgte ihm der Wirt und begann in vertraulicher und zynischer Weise zu schwatzen. „Meinen Sie wohl, daß ich die wegkriege, Herr Doktor?"

Wislizenus tat, als ob er nur aus Höflichkeit fragte: „Was hat es denn für eine Bewandtnis mit dem Frauenzimmer?"

„Nun lassen Sie sich erzählen," sagte der Wirt. „Sie kam gestern nachmittag so gegen vier, kann auch halb fünf gewesen sein, es dunkelte schon, mit einem Kerl hier an: ob sie über Nacht bleiben könnten. Haben Sie Schlafgeld und Papiere? frage ich; das war alles in Ordnung — ich muß von Polizei wegen die Frage stellen, woher so ein Plunder die Papiere hat, geht mich nichts an. Ich kann auch gerade Arbeiter brauchen, ich habe noch Rüben draußen, und meinen Knecht brauche ich zum Pflügen, und also, schön, sagte ich ihnen allen beiden, daß sie ein paar Tage Arbeit haben könnten."

Wislizenus unterbrach den Wirt: „Ich könnte wohl auch meinen Garten anfangen umzugraben."

„Schönes, fruchtbares Wetter, versteht sich," sagte der Wirt. „Ja, also die beiden setzten sich, genau da an den Tisch, wo das Frauenzimmer jetzt sitzt; was der Kerl war, war ein statiöser Mensch, einen Kopf größer als ich, sie redeten nicht viel miteinander, mit einemmal war meine Karline verschwunden. Der Kerl denkt offenbar, sie ist schon in den Stall zum Schlafen, und geht nach. Wie er die Stalltür aufmacht und die Laterne hebt, hat er seine Bescherung. Da liegt sie mit dem Hausknecht im Heu. Und nun, denken Sie, der Kerl, der das doch gewohnt sein muß, kriegt einen Rappel, schlägt die Stalltür zu, ohne ein Wort zu sagen, und geht davon. Das Weibstück kam nachher wieder in die Stube und wartete bis in die halbe Nacht, aber wer nicht kam, war der Kerl. Ja, nun kriege ich sie nicht weg. Sie will warten, bis ihr Andreas wiederkommt."

Indem trat die Wirtin mit dem Kaffee ins Zimmer, der Wirt unterbrach sich, machte sich zu schaffen, und

Wislizenus geriet darüber, und als er den bleichen, aufgeschwemmten Menschen mit der zarten, sauberen Frau verglich, auf den Verdacht, daß nicht der Hausknecht, sondern der Wirt selbst in seiner offenbar verwilderten und wahllosen Sinnlichkeit den Weg ins Heu gefunden hatte.

Die Wirtin trat in die zur Gaststube führende Tür, kreuzte die Arme über dem Leib und betrachtete eine Weile die Landstreicherin. Eine Regung von weiblichem Mitleid mochte über sie gekommen sein, und sie sagte: "Der Herr hier weiß etwas von Ihrem Mann, er hat ihn gestern abend noch gesehen."

Auf das hin polterte die Frau aus ihrer Ecke hervor und streckte ihren grotesken, mit dem Hut bedeckten Kopf zu Wislizenus ins Zimmer. Der sah flüchtig auf und warf hin: "Er sprach um eine Gabe an, machte Krach und ging dann weiter, nicht zum Dorf zurück, sondern in den Wald." Die Wirtin erläuterte: "Herr Doktor wohnt draußen, nicht weit vom See."

"Er ist ins Wasser gegangen," schrie die Landstreicherin, "ich habe es gewußt. Wie ich sein Gesicht gesehen habe, habe ich gewußt, der tut sich was an." Sie trat aufgeregt, mit der rechten Faust auf die linke schlagend, ganz ins Zimmer. Aber der Wirt faßte sie beim Arm und geleitete sie wieder auf ihren Platz. Wislizenus hörte ihn sie energisch, aber leise zurechtweisen, wie man einen Hund kuscht. Er zahlte und verließ das Wirtshaus zur Hintertür und hielt den direkten Weg nach seinem Hause.

8

Auf dem Wege fiel ihn eine Pein an, deren er nicht Herr wurde. Seine Tat, die er als ein vollkommenes Nichts vor sich und dem Weltlauf durchsetzen wollte, wuchs ihm vor Augen mit der Schnelligkeit, wie etwa ein mörderischer Wucherpilz in einer kinematographischen Darstellung. Schon nahm das bloß Kriminalistische unbequeme Dimensionen an, noch war ja der Tote nicht gründlich vor nachforschenden Augen verborgen und eigentlich kaum etwas geschehen, die Spuren des Ereignisses zu verwischen. Gestern abend, als er sich die Arbeit auf zwei Nächte verteilte, hatte er geglaubt, ein Tag sei eine geringe Spanne Zeit; jetzt aber schien ihm der halbe Tag, sowohl der hinter ihm lag, als der noch vor ihm lag, in aufdringlicher Weise die Länge seiner Stunden vorzudehnen. Prüfte er die ganze Lage, so mußte er sich gestehen, daß es nur einer winzigen Änderung seiner Willenskraft bedurfte, und sie war in einem Augenblick noch vollkommen ungefährlich, im nächsten fast schon verzweifelt. Aber diese kleine Änderung war er nicht mehr Herr. Gestern hatte er die Tötung eines Menschen mit einem Blick wie aus zehntausend Meter auf die Erde angesehen, heute fühlte er sich versponnen und gegen allen seinen Stolz in das Getriebe niedergezwängt.

Dennoch erreichte er es immer wieder, seine Kaltblütigkeit zurückzugewinnen und sich klarzumachen, wie unwahrscheinlich es wäre, daß im bürgerlichen Sinne ihm irgend etwas Verhängnisvolles passieren könnte. Schließlich war Wohlgethan der einzige, der zu fürchten gewesen wäre, und, deſſen war er ſicher, der würde den Mund nicht eher auftun, als bis ihn einmal das dichteriſche Gewiſſen jückte. Der würde nicht eher ihm, dem Freund Wislize= nus, den Strich unter die Rechnung ſetzen, als bis er es mit der nötigen biographiſchen Emphaſe tun könnte, oder wenn es ihm ſonſt bequem wäre, ihm ſonſt zu einer Atti= tüde verhülfe. Hat jemals ein Dichter eine ehrliche Emp= findung gehabt, und wenn er ſie hatte, iſt er ihr reinen und einfachen Sinnes gefolgt?

Wislizenus fühlte böſer und wilder als in der vergan= genen Nacht den unbändigſten Haß, nicht nur gegen Wohl= gethan, ſondern gegen die Dichter und ihre Werke über= haupt in ſich aufzucken; einen ſo übermächtigen, daß er die körperliche Erregung der Wolluſt an ſich erlitt; zu= gleich den Haß der Ohnmacht, aller Welt die Wahrheit über die Nichtigkeit, Eitelkeit und Lügenhaftigkeit der Dichter beweiſen zu können. In einem gemalten ſeelen= vollen Auge ſteckt mehr Seele, als in allen aufdringlichen Dichtungen zuſammengenommen — und welch ein Betrug iſt noch dieſes gemalte Auge! Wislizenus ging Schritt auf Schritt in dieſem Gedankengang weiter, der ihm wieder alle Erſcheinungen vernichtete, indem er alle wirklich nahm. Und damit gewann er auch wieder ein Mittel, ſeine Tat in eine Bagatelle zu verwandeln, nur daß es nicht mehr mit Stolz, ſondern mit Bitterkeit und Verzweiflung ge= ſchah.

Aber hierbei fiel ihm unverſehens ein, daß die Land= ſtreicherin in den Augen ihres Gefährten den Selbſtmord geſehen hatte; und ſo abergläubiſch wie die Verbindung auch anmutete, ſeine Tat, ſinnlos für ihn ſelbſt, bekam für das Schickſal des Vagabunden eine mehr als zufällige, eine geheimnisvoll vorbeſtimmte Bedeutung. Wo er am freieſten geweſen zu ſein glaubte, bei einer ungeheuerlichen Handlung faſt ohne Motiv, da alſo wäre er das unfreieſte Ding geweſen, ein Werkzeug in der Hand eines Dämons, ein Ziegel, den der Sturm vom Dach auf einen Menſchenkopf ſchmettert. Und wie ſehr er ſich auch dagegen ſträubte, die nicht bezweifelte Notwendigkeit des Weltganzen ſchon in einem einzigen Teile abgeſchloſſen offenbar zu ſehen, und ſo ſehr er dieſes als Aberglaube und Schwachſinn verwarf, er hatte fortan keine Geiſtesmacht mehr dagegen.

Zu Hauſe angekommen, wurde er von dem ſchweigſam beredten Einverſtändnis ſeiner Wohnung wieder zur Ordnung gebracht. Er kleidete ſich um, legte eine derbe, blauleinene Arbeitshoſe und eine gleichfalls leinene, weiße Jacke an und machte ſich daran, ſeinen Garten umzugraben. Der Stall lag mit dem Giebel, in welchem die Tür war, nach dem Hof zu, mit der Front zum Garten hin. Hier war in einer Ecke ein Kompoſthaufen angelegt, und in deſſen Nähe begann Wislizenus ein Grab auszuheben. Abwechſelnd ſchaufelte er an der Grube und warf in dem von draußen ſichtbaren Teil des Gartens ſeine regelrechten Spatenſtiche um; ſo hatte er ſich in der vergangenen Nacht ſeine Arbeit eingeteilt. Da er die verrotteten Blätter des Kompoſthaufens als Dung in den Garten eingrub, war das Hin- und Wiedergehen, falls ihn jemand beobachtet hätte, begründet. Aber es kam, wie gewöhnlich, den ganzen Nachmittag über niemand dort hinaus, die Arbeit ſelbſt machte ihn tüchtiger und enthob ihn jeder

Angst, und als es zu dunkeln anfing, ließ er den Garten im Stich und vollendete, wiewohl zitternd von der großen Anstrengung und unter strömendem Schweiß, das Grab in kurzer Zeit; die Wurzeln eines Apfelbaums, die die Stätte des Grabes durchzogen, machten ihm, da der Spaten nicht scharf genug war, besonders zu schaffen.

Was ihm aber jetzt noch bevorstand, das erfüllte ihn zugleich mit Schauder und mit einer tiefen Verlockung. Er ließ die volle Nacht herankommen, ehe er sich in den Holzstall begab. Seine entzündete elektrische Taschenlampe legte er auf den Hauklotz, räumte die Kisten beiseite und hatte nun, wovor ihm gebangt und wonach er verlangt hatte, den Toten vor Augen. Er bezwang sich und sah hin. Was er sah, schien ihm infolge des schwachen und magisch bläulichen Lichtes weniger schreckhaft, als es in Wirklichkeit war. Das Gesicht des Toten hatte nicht die erdige Vergeistigung, die sonst über einem toten Gesicht liegt, sondern es schimmerte in einer unwirklichen Transparenz aus dem schwarzwuchernden Bart hervor. Nur die Augen, die Augen standen offen. Und Wislizenus deckte sein weißes Tuch über das Gesicht. Dann machte er sich daran, wie gestern rückwärtsschreitend, den Toten hinauszutragen, und die Schwäche, die ihn dabei überfiel, war fürchterlich. Er konnte sie nur überwinden, indem er den Körper des Mannes immer fester gegen sich drückte, der Gedanke übermannte ihn: nur die Liebe kann eine solche Last tragen.

Es gelang ihm, den Toten in sein Grab zu betten. Es war neblig wie gestern, und über dem Nebel funkelten die Sterne fast schon winterlich. So schwach das Licht da=

von auch war, genügte es ihm doch, das Grab zuzuschaufeln, die Spuren durch Würfe von dem Komposthaufen zu bedecken. Dann versorgte er sein Haus und sein Gerät, kam in sein Zimmer und setzte sich an seinen Tisch. Er fing zu zittern an, warf den Kopf im Stuhl zurück und gab sich, von den ersten spärlichen Tränen fast verbrannt, der erlösenden Verzweiflung hin.

Aber die Nacht brachte er nicht eigentlich in Verzweiflung zu Ende, sondern sein Gefühl glich am ehesten der Trauer, einer breiten, nicht ganz von Selbstgenuß freien, musikalischen Trauer. Er versuchte sich über das ganze Bett hinzudehnen, und ob er auf dem Rücken oder auf der Brust lag, immer hielt er die Arme weit ausgebreitet. Dabei wich das Bewußtsein nicht von ihm, daß die gegenüberliegende Kammer, daß das ganze Haus leer war, er selbst Alleinherrscher in seinem nächtigen Bereich. Nur die kurzen Schlummerunterbrechungen seiner hingebungsvollen, bitteren Bereitschaft endeten immer mit derselben quälenden, unbeschreiblich erschlaffenden Nüchternheit. Und wie er in der vergangenen Nacht das Bild des Mannes mit den Buchenscheiten nicht hatte abwehren können, so in dieser nicht die Vision eines Grabes in seinem Garten, eines regelrecht aufgeworfenen Grabhügels, dessen Decke und Böschungen mit noch erkennbaren flachen Spatenschlägen geglättet waren und das mit Kränzen und besonders mit einer Anzahl trivialer Palmenwedel gehörig prangte und trauerte.

Früh war er auf den Beinen, und als das Mädchen mit Brot und Milch vom Dorfe kam, hatte er sich längst im Garten warm und frisch gearbeitet. Er hatte es sich abgerungen, über die Stelle des Grabes hin und her zu gehen; und als sie ihn zum Frühstück rief, stieß er den Spaten in den Boden, holte sich vor ihren Augen eine Harke und reinigte die ganze Ecke des Gartens von den herumliegenden Klumpen der verwesenden Blätter und anderer Bestandteile des Komposthaufens. Er erklärte ihr, daß er die Beete für Gemüse und Blumen zugunsten eines Standes von Nadelbäumen, die er im nächsten Frühjahr setzen wolle, unwirtschaftlich genug, beschränken werde, und folgte ihr dann ins Haus. Als er auf seinem Tische die derben, spröden Äpfel in ihrem braunen Korbe vorfand, ging ihm für einen Augenblick die Sicherheit aus, er fühlte es in seiner Kehle würgen, und es war ihm, als ob er in seinem ganzen Leben keinen Apfel mehr essen würde.

Das indessen war vorläufig seine letzte Prüfung. Denn nun dehnte sich der Tag, dehnten sich die Tage ins Leere vor ihm aus. Die Ungeduld, die ihn erfaßte, war die der Langeweile. Er las und schrieb ohne Ausdauer, unterbrach jede Tätigkeit durch eine andere und war ohnmächtig, sich das geringste Ereignis auszumalen, das seinen Zustand hätte durchbrechen können.

9

So ging die Woche zu Ende und dann der Sonntag, von dessen Ruhe und Waffenstillstand unmerkliche Spuren selbst bis zu ihm drangen. Am Montagmorgen fiel ihm, er wußte nicht was, im Betragen seiner jungen Magd auf; mittags kam überraschenderweise ihr Vater zu ihm heraus. Es war ein kleiner und behender, sonst nicht auf den Mund gefallener, dreister Mann, der aber dieses Mal vor Wislizenus erst die Mütze drehte und verlegene Redensarten machte, ehe er seine Sache vortrug. Und kurz und gut, er kündigte dem Herrn Doktor den Dienst seiner Tochter auf, ja sogar: obwohl Herr Doktor zweifelsohne nie anders als sorglich und freundlich gegen das junge Ding gewesen wären, müsse er als verantwortlicher Vater doch bitten, das Kind schon heute aus der Stellung zu lassen und am besten gleich mitzugeben.

Wislizenus, der über das unerwartete Verlangen sehr betreten war, fühlte sich auch nicht beruhigt, als er die Gründe des Mannes erfuhr. Jene Landstreicherin, die er im Wirtshaus gesehen hatte, war, trotz alles Lamentierens, von dem Wirt davongejagt worden. Allgemein war man der Ansicht, daß ihr Gefährte sich keineswegs ein Leid angetan, sondern wahrscheinlich, wie sie beide gewollt hatten, sich nach Berlin aufgemacht hätte. Sie schien es zu glauben, ließ sich vom Wirt die Papiere aushändigen und zog davon. Bald aber stellte sich heraus, daß sie die Gegend nicht verlassen hatte. Sie war hier und da gesehen worden, niemand wußte, wovon sie sich nährte, vielleicht ging sie über Tags in benachbarte Dörfer betteln; so viel war sicher, daß sie sich immer wieder in der Umgegend einfand, daß sie in Torfhütten oder Heumieten oder wohl auch im Freien irgendwo übernächtigte. Und nun hatte es sich herausgestellt, daß Lüdriane von Knechten, zugezogenes Volk, das bei der Leutenot aufgenommen würde — nicht einen Schuß Pulver wert — hinter dem Frauenzimmer her wären. An den Abenden gingen sie truppweis auf ihren widerwärtigen Raub aus, die Wirtshaustüren klappten in einem fort, das Gejohle dauerte bis in die Nacht, und wenn sie zurückkämen, ließen sie keine anständige Frau, die ihnen begegne, ohne Anflätigkeit und handgreifliche Beleidigungen vorbei. Unter diesen Umständen sei es unmöglich, daß ein junges Mädchen, nun gar abends, sich getrauen dürfe, den weiten Weg hier von Herrn Doktor bis ins Dorf zu machen.

Das Mädchen hätte ja im Hause schlafen können, wie jede Magd; aber Wislizenus erinnerte sich, daß schon beim Mieten die Eltern das nicht hatten zugestehen wollen. Jetzt noch einmal den Vorschlag zu machen, wehrte ihm eine zornige Mutlosigkeit.

„Herr Doktor werden ja ohne Schwierigkeit etwas Passendes finden", meinte der Mann. „Das braucht Ihre Sorge nicht zu sein", erwiderte Wislizenus schroff. Er machte der Unterredung ein Ende, indem er das Zimmer verließ. Als er auf dem Hofe erregt hin und her ging, sah er Vater und Tochter zur Tür heraustreten, achtete aber ihrer Verlegenheit nicht, sondern ließ sie ohne Abschied ziehen.

Er war zornig, als ob er einer Undankbarkeit begegnet wäre. Sich sogleich einen Ersatz aus dem Dorfe zu holen, schien ihm dafür die rechte Strafe und Genugtuung; aber wiewohl er sich beim Auf- und Abgehen, heftig gestikulierend, diesen Beschluß einredete, wußte er, daß er ihn nicht ausführen würde. Er wußte, daß er irgendwo in seiner Seele einen unerwarteten, lähmenden Schlag empfangen hatte. Waren die Miene und Haltung des Mannes nicht drohend gewesen? War nicht eine versteckte, verstockte Feindseligkeit in der Entschiedenheit gewesen, mit der er seine Bitte vortrug? Wäre nicht die Heiterkeit in Wislizenus für immer zerstört gewesen, so hätte er keinen Sinn in der Drohung und Feindseligkeit gesucht — kleine Leute, die kündigen, nehmen leicht eine solche Miene an, wie der Vater des Dienstmädchens ihm gezeigt hatte. Aber Wislizenus mußte deuten und Zeichen sehen.

Er ging hinaus und prüfte die Zimmer und Kammern, öffnete Schränke, zog Schübe heraus, es war alles in Ordnung. In der Küche fand er in einer Schüssel Kartoffeln geschält, geschnitten und gewaschen, auf einem Teller Fleischstücke in Bröseln, eine Konservenbüchse mit Reineclauden geöffnet. Indem er das Geschäft, ein neues Mädchen zu dingen, aufzuschieben glaubte, beschloß er für heute, sich das Mittagessen selbst zu bereiten. Er zündete Feuer im Herd an, setzte die Kartoffeln im richtigen Topf zum Sieden hin, fand auch das Tischzeug und legte es auf. Dann briet er das Fleisch, es geriet auf der einen Seite zwar etwas schwarz, aber schließlich stellte er sich sein ganzes Mittagsmahl in leidlicher Sauberkeit auf den Tisch. Als er aber essen wollte, waren die Kartoffeln kalt geworden, das Fleisch war zäh, und der Appetit darauf ihm auch sonst durch den Geruch beim Braten verschlagen. Er hielt sich an die süßen Früchte, deren Zucker ihn erfrischte, die ihn aber doch nicht genug sättigten, um ihm seine beginnende Mutlosigkeit vor diesem Geschäft zu nehmen. Dann mußte er abräumen, das Geschirr reinigen, Wasser tragen, und als er sich endlich die Hände gewaschen hatte, war es längst vier Uhr vorbei. Die Zeit hatte ihm schon lange keine Früchte getragen, dennoch schien es ihm, als ob er sie erſt jetzt verlöre. Es kam ihm das erſtemal im Leben zum Bewußtſein, wieviel Arbeit, Treue und Entſagung dazu gehören, auch den kleinſten Haushalt zu führen, und er traute ſich nicht zu, ſo viel für einen Menſchen zu ſchaffen, wie ſeine ſchmale vierzehnjährige Magd für zwei geſchaffen und dabei immer noch einen lebendigen Tag gehabt hatte. Als er Licht machte und die Haustür ſchloß, erinnerte er ſich der Befriedigung, mit der er jeden Abend das Mädchen zu entlaſſen pflegte. Hatte die Hoftür nur erſt geklappt, ſo war das Mädchen in die Nacht, in das Nichts zerſtoben. Heute aber klappte die Tür nicht, und gerade heute fühlte er ſich nicht allein. Er erſehnte ihren Schritt, das Kratzen eines Beſens, das Klirren eines Tellers. Er ſah ihre Geſtalt vor ſich, und indem er ſich ruhelos durch die Zimmer trieb, wurde ſie ihm, was ſich bisher niemals angedeutet hatte, auch als Weib gegenwärtig. Und da geſchah es nun, daß er, wie in einem Blitz, die Gefahr erkannte: wenn ſie noch hier im Hauſe diente, ſo würde er ſie, vielleicht heute, vielleicht morgen, irgendwann, aber ſicherlich bald, überwältigen, zerſtören, töten — und das war es, was ihr Vater gefürchtet und was ihn ſo drohend gemacht hatte!

So völlig grundlos der Verdacht auch war, ſo trug er doch das Seine dazu bei, daß Wislizenus nicht die Sicherheit fand, ſich für Eſſen und Trinken und weſſen er ſonſt bedurfte, aus dem Dorfe zu verſorgen; gerade daß er es ſich gefallen ließ, jeden Morgen einer Semmelfrau, die für ein paar Pfennige den Weg bis zu ihm hinaus nicht ſcheute, Weißbrot und Milch abzunehmen. Er erinnerte ſich, im Laufe des Sommers einmal das

Preisverzeichnis eines Berliner Versandgeschäftes bekommen zu haben, und suchte einen halben Tag lang nach dem Papier, fand es auch schließlich. Nun bestellte er sich durch die Post Vorräte und Konserven in einem Umfang, als ob es eine Expedition auszurüsten gälte. Die Sachen kamen, er fühlte sich freier, fühlte sich noch mehr auf einer Insel einsam und geborgen als vorher.

Und von nun an fegte er Haus und Hof, wusch und putzte er Geschirr, und kochte. Unter den Konserven waren Büchsen, die durch einen einfachen Handgriff in kleine Herde zu verwandeln waren, denen ihr Brennmaterial in Gestalt von festem Spiritus, als kleine, widerwärtig weiße Paste, beigegeben war; eine Vorrichtung, die Wislizenus besonders praktisch gedünkt hatte. Aber die auf diese Weise zubereiteten Speisen schmeckten fad und entnervt, und Wislizenus mußte sich wieder in das Hantieren mit Pfanne und Kessel schicken; anfangs tischte er sich die Speisen immer noch sorgfältig, und solange er Wäsche hatte, reinlich auf; aber es dauerte nicht lange, und er gewöhnte sich an den Schmutz. Er aß zuweilen aus der Pfanne, am Herde stehend; es kostete ihn jedesmal einen Entschluß, das Geschirr zu reinigen; war er aber erst dabei, so konnte er sich mit Arbeiten ähnlicher Art nicht genug tun. Stundenlang wühlte er dann in den Dachkammern alte Kisten mit modrigem Papier, Zeitschriften und broschierten Büchern um, bis er den Staub der Heiserkeit in seiner Kehle schmeckte und sich ihrer durch tiefes, knarrendes, sinnloses Sprechen vergewisserte. Oder er fegte den Hof gründlich wie eine Tenne, oder putzte die messingnen Türgriffe des ganzen Hauses.

So hielt er sich sein Anwesen in gutem Stande, er selbst aber verkam. Er rasierte sich nicht mehr die Oberlippe, schnitt sich nicht den Bart und ließ sein ganzes Gesicht von einer Wildnis zuwachsen, die er selbst noch um vieles unheimlicher und melancholischer glaubte, als sie war. Der Herbst blieb klamm und kalt, die Betten wurden feucht, und Wislizenus lernte, plump und geschlagen und jämmerlich zusammenzukriechen, wenn er schlafen wollte, und fröstelnd und müde, vor dem kalten Wasser scheu, in den Morgen zu schleichen.

Ein Brief, den er von Wohlgethan bekam, frischte ihn noch einmal auf. „Zugestanden," schrieb der Dichter, „lieber Wislizenus, daß ein toter Landstreicher in der Wirklichkeit mehr wiegt als hundert tote Helden im Heldengedicht. Du hast mir eine Lehre gegeben, und es kann sein, daß ich dir dafür dankbar bin, ich weiß es nicht genau, — es kann ja auch sein, daß deine mit so vielem Aplomb an mich gebrachte Lehre nur eine glatte, bürgerliche Trivialität ist. Eine gemalte Rose riecht immer nur nach Öl und Terpentin, und von einem ganzen Snyders mit Wildschweinskopf, Rebhuhn, Fasan und Hummer, nebst Rettigen, Spargeln und blauen Riesentrauben wird kein Philister für einen Groschen satt. Zugestanden, daß eine Platzpatrone oder eine andere Patrone empfindlich laut und aufdringlich knallt. Zugestanden alle Weisheit, Sattheit und Überlegenheit. Soll ich deswegen Ingenieur werden? Etwa Elektrotechniker oder sonst etwas mit mathematischer Rechtfertigung? Ich kann zurzeit freilich, das gestehe ich dir offen, nicht arbeiten, die Verse fließen mir nicht, und wenn ich sie kriechen sehen soll — lieber sehe ich Raupen auf Kohlblättern kriechen. Dir wird das nicht besonders wichtig erscheinen, du bringst einen Landstreicher zu Fall und braust einen Abendtee. Ich aber —" und in ähnlichem Stile ging es sechs ganze groß, flüchtig und ohne Korrektur geschriebene Seiten lang. Es war ein recht pikierter Brief; gut so; der hatte seinen Hieb weg; der hatte ein Stückchen Menschenübermacht am eigenen Leibe erfahren.

Aber am nächsten Morgen empfing Wislizenus einen andern Brief von dem Dichter — aus einer andern Tonart.

„Ich habe dir gestern aus einer üblen Laune geschrieben, du wirst mir das Zeugnis ausstellen, daß das meine Gewohnheit nicht ist, und ich finde es heute selbst unbegreiflich, ich glaube, ich habe dir nicht einmal für den seltsamen, mich wahrhaft revolutionierenden Abend bei dir gedankt. Muß ich es Laune nennen? Es scheint mir treffender, von einer Krisis zu sprechen. Die Bilder stockten, stauten sich an einem Hindernis, schwollen gegeneinander in meiner Seele an, und ich fürchtete, daß sie sich ins Nichts ergießen würden. Da schrieb ich dir meinen Brief in Unmut, aber der Unmut war nur die Maske eines bitteren, sehr bitteren Verzagens. Immer wieder gibt es diese Augenblicke des Unterliegens, und gegen ihren Druck und ihre Schmach hilft doch die hundertfach gemachte Erfahrung nicht, daß sie vorübergehen wie ein Wölkchen, ja, daß in ihnen der neue Durchbruch der Kraft sich anzeigt. Eben dieses letzteren darf ich mich rühmen, gegen dich darf ich es. Mein Werk strömt, und strömt in das richtige Bette. Jetzt erst höre ich auch hinter jedem deiner Lobsprüche den Tadel, ich gebe dir recht und werde dich ins Unrecht setzen. Das Schiefe meiner Konzeption besteht

darin, daß ich mit einem erdichteten Geschick eine erdich=
tete Welt heimsuche, ich werde eine wirkliche Welt heim=
suchen. Mein kleines von der Pest geschlagenes Fürstentum
wird nicht die Insel bleiben, die es jetzt ist, ich werde mich
nicht darin tummeln, wie ein Knabe in einem Park. Dieses
Fürstentum und sein Fürst und der Adjutant des Fürsten
werden das Jahr 66 gegen Preußen mitmachen. Ich werde
Modelle haben. Ich werde Bismarck in mein Gedicht mit=
einbeziehen. Ich sehe mit einem Schlage so tief in die Dinge,
daß ich das Recht habe, zu richten. Ich werde wirklich an
Dante rühren, und jetzt, wo ich das weiß, beunruhigt
mich die Rivalität mit dem großen Schatten nicht im ge=
ringsten."

Wislizenus las den Brief, der sich immer weiter in eine
bald vage, bald mit tatsächlicher Kraft aufblitzende Hoffnung
schwang, las und verstand ihn schließlich nicht mehr, so
ungeheuer war die Gleichgültigkeit, die, schwer wie ein
körperliches Übel, in ihm zu lasten begann. Nicht einmal
der Enttäuschung war er noch fähig, daß auch Wohlgethan
seiner Macht fortan entzogen war. Aber an diesem Tage
kochte er sich kein Essen, sondern suchte mit stumpfem
Eigensinn so lange in Küche und Kammer herum, bis er
in einer Schublade einen Kanten glashartes Brot ent=
deckte, das er splitterweise mit den Zähnen abbrach und
verzehrte.

Die Welt war inzwischen in den Winter gekommen, in
einen trüben, kalt regnerischen Winter, dessen Tag sich nur
wie ein müdes, blindes Greisenauge öffnete. Der Sonder=
ling auf dem abgelegenen Hofe führte sein gemiedenes,
aber übrigens nicht beargwöhntes Leben immer tiefer in

den Schmutz hinein. Abwechselnd versagte er sich die Nahrung, und verfiel einer gierigen Wut, zu essen. Abwechselnd ließ er die Unsauberkeit im ganzen Hause wie einen pelzigen Schimmel wachsen, und fegte und scheuerte unermüdlich wie eine taubstumme Magd.

10

Eines späten Nachmittags, als er, menschlicher gefaßt als sonst in den letzten Wochen, vom Stall in den Hof und wieder zurück, immer sechzehn Schritte tat, klinkte es an der Hoftür. Herein kam ein Weib in einem blau und rot gewürfelten, mit Schmutz bedeckten Umhang und mit einem formlosen Kapotthut auf dem Kopf, die Landstreicherin aus dem Wirtshaus. Ihre Augen schielten unter den zusammengewachsenen Brauen zu Wislizenus hin, er unterbrach seinen Gang nicht, und sie wagte sich weiter auf den Hof. Er ging ins Haus hinein und verließ es nicht vor dem nächsten Morgen. Da war sie weg, aber Wislizenus fand in dem Stall, den er längst nicht mehr verschloß, Anzeichen, daß sie darin übernächtigt hatte. Am Abend kam sie wieder.

Es dauerte nicht lange, und sie hielt sich über den Morgen hinaus auf dem Hof; nicht lange, und sie stand neben ihm in der Küche, als er eben aus der Pfanne mit dem Löffel zu essen begann. Sogleich holte er sich einen Teller, füllte von dem Inhalt der Pfanne die Hälfte darauf und ging mit dem Essen in sein Zimmer.

Sie blieb, sie wuchs ungeheuerlich in das Haus hinein, er kochte für sie. Und in einer Nacht fühlte er, daß sie im Hause schliefe. Es war ihm unmöglich, sich vorzustellen, in welche Ecke sie sich hingelagert hätte; aber er fühlte, daß sie im Hause schliefe. Ihr Gesicht sah ihn mit einer entsetzlichen Verführung aus dem Dunkel an.

Am Morgen nach dieser Nacht wusch er sich zum erstenmal wieder mit Energie und nahm sowohl den ersten Schauder als auch die Erfrischung des kalten Wassers begierig an. Er ging hinunter, und der Eindringling war verschwunden. Wislizenus tat seine häuslichen Verrichtungen umständlicher und sorgfältiger als sonst, aß früher als sonst, und dieses Mal ungestört, zu Mittag und setzte sich darnach an seinen Arbeitstisch; las mit Anstrengung und Stolz, bis es dunkel wurde. Dann zündete er die Lampe an und las weiter.

Aber in der Nacht wußte er wiederum, daß der Gast im Hause war — sie lag auf dem Diwan im Arbeitszimmer, nirgend anders, roh, mit gelockerten Kleidern, sicherlich wach, ja mit offenen, horchenden, triumphierenden Augen. Sie wartete — indem er es wußte, ohne es zu wissen, war er in den Wirbel des Blutes gezogen, aus dem keine andere Macht als die des Zufalls rettet, und nicht mehr gegen den Aberwitz seiner Vorstellung, nur gegen ihren Sieg suchte er sich zu wehren. Er knirschte Schimpfwörter zwischen den Zähnen hervor, aber er hörte sie nirgends in seiner Seele, sie kamen nur aus der Gewohnheit der Sprache. Er rief die Frauen, eine nach der andern, die er geliebt und besessen hatte, in seine Phantasie, da ekelte ihn vor ihrer Gewaschenheit, vor ihrer Schönheit, vor den treuherzigen, täuschenden Augen. Es schien ihm: je blanker der Leib, je engelhafter das Angesicht, um so schauerlicher der Liebesvorgang, um so mehr

Unzucht. Wahrheit ist nur im Tier, und zum Tiere macht den Menschen nur der Schmutz. Er hob sich auf, tappte hinunter und fand, wo er suchte, eine Schlafende.

Am die fünfte Stunde des nächsten Tages, wieder lesend und dieses Mal durch den abgestumpften Sinn vor Zerstreuung bewahrt, hörte er den Eindringling die Haustür öffnen. Er begann zu zittern, die Buchstaben der aufgeschlagenen Seiten gefroren zu einem formlosen Gallert.

Die Landstreicherin kam schwer, leise und klotzend herein, und das Anerhörte geschah, sie setzte sich zu ihm, gegenüber, an den Tisch. Sie lächelte zweideutig; und er starrte verzweifelt in ihre schielenden Augen. Immer mehr zu ihm hingezwungen, wie es schien, beugte sie sich über den Tisch vor, griff in ihre Brust und holte ein kleines Päckchen Papiere heraus. Es waren ihre und des abhanden gekommenen Landstreichers Polizeipapiere.

Wislizenus stand langsam und zitternd auf, er wollte sprechen, und zutiefst in seiner Seele sammelte sich noch einmal das Wort der Gesundheit und Kraft, nüchtern und übermächtig genug, das freche Weibsbild zu vertreiben. Aber je näher er das Wort zur Kehle bekam, um so sinnloser wurde es, er öffnete den Mund und stöhnte.

Die Frau spießte den Zeigefinger auf die Polizeipapiere und schob sie triumphierend auf dem Tisch ihm zu.

Das Wort erlosch vollends in seiner Seele, er ließ die Schultern sinken, und mit dem schweren Schritt, den man wohl annimmt, wenn man im plumpen Scherz einen überraschen will, ging er hinaus; das Weib neben ihm, an ihrer Brust, wohin sie die Polizeipapiere gesteckt hatte, wild und hastig knöpfend.

Auf dem Hof kehrte er noch einmal um, nach dem Hausflur zurück, dort stand in der Ecke, wohin er ihn gestellt, der Wacholderstock des toten Landstreichers. Niemandem, auch der Dirne nicht, war er aufgefallen. Wislizenus faßte ihn und wanderte hinaus. Als er, ohne Überrock, wie er war, fröstelnd sichtlich zusammenschauderte, drängte sich die Dirne an ihn und nahm auch seine Schultern unter ihren Umhang, und sie zogen in den Wald hinein. Aus dem Hause leuchtete die Lampe golden in die Nacht nach ihnen aus und erlosch in immer trüberem Schwelen kurz vor dem Anbruch des Tages.

Die Erscheinung des Vaters

1

Es ging gegen Morgen; das Giebelzimmer, worin die Kinder schliefen, erhellte sich nur wenig, die kalte Februarnacht hatte die Fensterscheiben dicht verpelzt. Aber den gesund schlafenden, zehnjährigen Knaben und seine um ein Jahr ältere Schwester hätte auch ein stärkeres Licht nicht geweckt; so wenig wie das Ereignis der Nacht sie geweckt hatte. Doch nun wurde die Tür unsanfter als sonst aufgeklinkt, und die Kinder fuhren aus dem Traum, das Mädchen sogleich zierlich zwischen ihren Zöpfen sitzend, Leonhard aber auf den linken Arm gestützt und irgendwie von einer zu grellen Wachheit geblendet. Er sah seine Mutter in der Tür stehen, und sogleich war es ihm zumute, als hätte er sie auch schon die Treppe heraufkommen hören. Die Mutter trat weiter ins Zimmer, und unter den Augen ihrer Kinder verwandelte sich die schreckenvolle Botschaft, die sie heraufgetragen hatte, in eine Trauer voll Barmherzigkeit und Schonung. Doch sagte sie ohne Stocken, denn die Härte in der Stimme sollte sie selbst vor dem Zusammenbrechen schützen: „Euer Vater lebt nicht mehr; ja, Kinder, ihr habt ihn nicht mehr."

Dem Knaben fiel mit einer weichen, fast angenehmen Schwäche der stützende Arm unter dem Leibe zusammen; zwischen diesem Gefühl und den ausbrechenden Tränen hatte er einen Augenblick, den er in seinem langen Leben nicht mehr vergaß, und von dem er nie entscheiden konnte, ob die Erinnerung ihn mehr entzückte oder beschämte, einen Augenblick von Hellsichtigkeit, ohne daß er etwas sah, von Raumfühligkeit, ohne daß er das Bewußtsein seines Körpers verlor, eine vollkommene, aufgelöste und die Schwere aufhebende Lagerung aller Glieder.

Er stützte sich wieder auf den Arm, der zitterte, doch ihn trug. Die Mutter brachte ihm seine Schwester aufs Bett, kniete sich hin, so daß die Stirn auf dem scharfen Rand des Bettrahmens lag, und empfing die Liebkosungen ihrer sonst immer spröden und zurückhaltenden Waisen.

Als sie sich aufrichtete und dem Töchterchen die Tränen in stillen Perlen aus den Augen rinnen sah, kam die erste und bitterste Verwandlung der Witwen über sie: der Tod, das unfaßbare Ereignis, war durch Mitteilung und Bestätigung zu etwas Faßbarem geworden. Schwer und verstummt nickte sie den Kindern zu. Während der Sterbe= stunden in der Nacht war sie zwei=, dreimal auf Augen= blicke in die schneidende, sternschimmernde Kälte hinaus= gegangen, um des leidenschaftlichen Gebetes loszuwerden, daß die Qual des Ringenden sich endige; sie hatte das Haus zum Stöhnen, die Baumskelette des Hofes zum Rauschen, die scharfblitzenden Himmelslichter zum Klingen gezwungen; nun war die Kraft der Ekstase verronnen, der Sturm in der Ferne vergangen, und jedes Ding vor ihren Augen, bis zu den Pfosten des Bettes, stand für sich selbst, unzugänglich, unaussprechlich und sinnlos. Nun erst spürte sie es, daß sie achtundvierzig Stunden nicht aus den Kleidern gekommen war; eine Müdigkeit von geisterhafter Art umfing sie, so daß sie, lahm an ihrem Willen und mit vermindertem Bewußtsein, doch in einem schwebenden Zustand gehen, denken und sich besinnen konnte, ohne gegen die Pein des herandringenden Alltags zu trotzen. Sie kleidete die Kinder an und führte sie in die Kammer des Toten hinunter. Aber als sie bemerkte, daß die beiden sich nicht getrauten, mit Blick und Gebärde zu der schweigenden Gestalt zu sprechen, nahm sie sie wieder hinaus und behielt sie bei jedem Schritt in der beginnenden Hausarbeit neben sich.

Die Magd war ins Dorf geschickt, um Telegramme zu bestellen; auch ein Fuhrwerk hatte sie zu besorgen, das aus der benachbarten Kreisstadt einige dort wohnende Verwandte nebst allerlei Waren herbringen sollte. Die Gäste wurden schon für den frühen Nachmittag erwartet, und so gab es vollauf zu schaffen und zu rüsten. Bald wurden die Kinder es müde, der Mutter an der Schürze zu hängen, sie trappten in ihr Zimmer hinauf, hauchten auf die der Ofenwärme noch widerstehenden, vereisten Scheiben und sahen zu, wie es sich in ihnen klärte, wie ein plötzlicher Tropfen klingend absprang und wie die Bächlein schließlich auf die Fensterbretter niederrieselten. Am Nachmittag kamen die Verwandten, zwei Oheime, Brüder der Mutter, im Wagen vorgefahren. Sie waren trotz der Februarsonne durch und durch gefroren und brachten mit ihren Decken, Fußsäcken und dem Zwang, die Schultern zu bewegen und die Hände zu reiben, ein lautes und trotz aller Zärtlichkeit überraschend nüchternes Wesen herein.

Gäste, auch wenn sie Verwandte hießen, waren eine Seltenheit im Haus, und die Kinder hätten wohl auch an diesem Trauertage das Gelüst verspürt, ihnen einen Reiz und Wert abzugewinnen; aber sie fanden sich nun, wo die üblichen onkelhaften und körperlichen Scherze wegbleiben mußten, doch nicht ins Verhältnis mit ihnen. Sie wurden verlegen, da die Liebkosungen feierlich ausfielen; sie kamen sich zu winzig für die ernsten Blicke vor, die sie auf sich fühlten: Hauptperson zu sein waren sie nur im Spiel gewohnt, und witterten etwas Trügerisches darin, daß sie es jetzt wirklich sein sollten. Als das Gespräch zwischen der Mutter und den Verwandten dann einen ihnen unverständlichen Verlauf nahm, von Rente, Hausverkauf und sonstigen Vermögensumständen handelte, fühlten sie sich, obgleich sie währenddem von einem Arm zum andern gingen und von der Mutter immer wieder mit Kraft ans Herz genommen wurden, doch mehr beiseite gesetzt als sonst, wenn die Erwachsenen ihre Angelegenheiten trieben, und drückten sich endlich beiseite. Das Mädchen setzte sich in die Ofenecke auf eine Fußbank, und so aus der Entfernung gewann sie an dem Gespräch der Großen Interesse; Leonhard aber verließ geräuschlos das Zimmer.

Schon bei der Mitleidsbezeigung des einen der Oheime war er, unfähig aufmerksam zu bleiben, mit seinen Gedanken zu dem toten Vater in die Kammer geschweift; vorsichtig ging er jetzt dorthin. Es war ein kleines, schmales Zimmer, das nur von einem winzigen Fenster Licht empfing. Ohne jeden Schauder, ohne die geringste Bangnis stand er am Bett, nahm das weiße Tuch von dem Antlitz des Daliegenden und schaute aufmerksamer, einfacher, leidenschaftsloser hin, als er in seinem bisherigen Leben irgend etwas angeschaut hatte. Er hatte auch einen schlafenden Erwachsenen bisher noch nicht gesehen. Er hatte auch nie an sich erfahren, daß seine Liebe, die nur immer als eine Laune, als eine Lust, als eine Kraft aus ihm herausgebrochen war, wohin, das nahm er nicht in acht — daß diese Liebe sehen könnte. Nun sah er einen wunderbar schlafenden Mann. Freilich war ihm ein weißes Tuch umgebunden, als ob er Ohrenschmerzen hätte. Aber neben diesem Weiß, und vielleicht auch von dem dunkel= rötlichen Bart, der Lippen, Kinn und Wangen umfloß, schien das verblichene Gesicht noch einen Hauch seiner zarten Röte zu bewahren, und die edle Form der Stirn schimmerte in ihrer gütigen Reinheit. Kinder erwarten, wenn sie von einem Toten hören, das Wunder seines Wiederauflebens weniger als Erwachsene, und Leonhard wußte von keinem andern Verlangen als nach diesem un= gestörten — unerwiderten Sehen.

Mehrmals im Verlauf des Tages wiederholte er seinen heimlichen Gang. Es passierte ihm, daß, wenn er sich setzte und sich dabei zufällig nach hinten bog, das Gesicht seines Vaters, anders gelagert, als er es verlassen hatte, aber doch mit der unveränderten Feierlichkeit des Todes= schlafes, vor ihm in der Luft aufging; und sogleich trat er mit aller Vorsicht und mit einer tiefen Genugtuung seinen Gang wieder an. Niemand bemerkte etwas davon, und niemand hatte auch acht darauf, daß er blaß ge=

worden war und zuweilen bis zum Schüttern der Brust fror.

Er war schon länger als zwei Jahre von Hause fort und besuchte in einer für seine Raumbegriffe weit entfernten Stadt die Schule. Sein Verlassenheitsgefühl war im ersten Jahr so groß gewesen, daß fast seine Lernfähigkeit daran zugrunde ging; und als es zur Sehnsucht abklang, waren es nicht gerade die Eltern, um die seine Gedanken kreisten. Ja, wenn er in den Ferien zu Haus war, wurden sie ihm zuweilen sogar fremd; und zwar nicht so, als ob sich zwischen ihn und sie im stetigen Verkehr ein Flor oder eine Ferne gelegt hätte, sondern mitten in der vollen Vertrautheit kam, manchmal für einen Augenblick, manchmal aber auch für einen ganzen Tag, dieses Gefühl der Fremdheit bis zum äußersten möglichen Grad über ihn, ein Erstaunen und Vorbeigleiten, ein überwaches, einsames Gefühl. Solange er sich erinnern konnte, war sein Vater krank gewesen; und mit einer ihm sonst nicht geläufigen Intimität hatte Leonhard seinen Schulkameraden öfters davon erzählt, denn er war stolz darauf, daß der Vater sein Leiden aus dem Krieg mit heimgebracht hatte; Flaschen mit Fähnchen und der silberne Löffel im Glas Wasser gehörten unzertrennlich zu seiner Vorstellung vom elterlichen Schlafzimmer. Aber daß dieser Zustand ein leidvolles Ende nehmen könnte, wäre ihm so wenig in den Sinn gekommen, wie jede sonstige Veränderung im Wesen des bei allen Leiden gleichmäßig gütigen und ernsten Mannes ihm denkbar war. Selbst als der Brief der Mutter eintraf, worin seine Pensionsvorsteherin — Tante Röschen, wie sie von ihren Pfleg-

lingen genannt wurde — mitten im Schuljahr gebeten
wurde, Leonhard zur Fahrt nach Hause auf die Bahn
zu bringen, war er zwar durch das Ungewöhnliche einer
solchen Fahrt heftig erschreckt, aber weder Furcht noch
Sorge ließen ihn ahnen, was ihm wirklich bevorstand.
Auch fand er den Kranken in leidlichem Zustand, sah
ihn jeden Tag viele Stunden außer dem Bett und ver=
stand bis zur Auffässigkeit nicht, warum die Mutter ihn
immer wieder neben dem Lehnstuhl des Vaters zu sitzen
zwang.

Jetzt, wenn die Vision des stillen Angesichts ihn wieder
verlockt hatte, durchdrang ihn das Gefühl einer alles Ge=
wohnte überfliegenden, einer unermeßlichen Vertrautheit,
die dennoch mit jener Fremdheit, die ihn früher oft blitz=
artig überfallen hatte, verwandt war. Durch den ganzen
Tag und durch den nächsten dazu trieb er sich mit der
Erwartung des Augenblicks, wo er den Vater sehen
würde, und mit der Genugtuung, wenn es geschehen war.
Sprach man zu ihm, so hörte er nicht, gab aber die richtige
Antwort; doch seine eigene Stimme hörte er noch, wenn
sie schon eine Weile verklungen war. So, während die
andern alle im Haus vom Kummer ihres Verlustes nieder=
gebeugt einhergingen und Teilnahme und Trost wechsel=
seitig immer aufs neue nahmen und gaben, war ihm zu=
mute, als trüge er einen geheimen Besitz und Gewinn
mit sich, zu dem ihm keiner etwas dazuzulegen, keiner
daran teilzuhaben vermöchte.

Erst der Begräbnistag erschütterte dieses Gefühl von
Auszeichnung und Sicherheit; und zwar nicht die An=
sammlung der Leidtragenden, noch der Gesang der Schul=

Kinder, noch die Rede des Pfarrers am offenen Sarge beim roten Geflacker der Kerzen, — das alles machte ihn wohl bange und betäubt, gleich seiner Schwester, in deren Hand er die seine während der ganzen Feierlichkeit verkrampft hielt, doch mehr in physischer Befangenheit, als in Bedrängnis der Seele. Als aber der Sarg auf dem Leichenwagen stand, die Mutter mit den Kindern und dem Pfarrer auf der vordersten Kutsche Platz genommen hatte und der ganze Zug geordnet war, schlug die heiße Angst in sein Herz und wogte ins Blut. Ein Zeichen, und die Pferde des Leichenwagens zogen an: in diesem Augenblick stürzte sein Traum zusammen. Als die Räder knarrten und der Wagen mit dem Vater nun wirklich davonfuhr, während der paar Schritte, die die Kutsche, in der er selbst saß, noch hielt, indessen das vor ihm sich entfernte, stand es schwarz und verzweifelt vor ihm auf: das Unwiederbringliche, das Unaufhaltsame, das Verlassensein und die Ohnmacht. Er wollte Hilfe bei der Mutter suchen, aber sie saßen in der engen, offenen Dorfkutsche festgeklemmt und sahen alle gradaus.

Es war grimmig kalt, und dazu begann es zu schneien; der Wind fegte ihnen die scharfen, dichten Flocken heftig entgegen; Leonhard fror und mußte sein Zittern bezwingen, der heiß geborstene Schmerz von vorhin verebbte kalt und tot. Mit Scheu gewahrte er, daß seine Schwester weinte; das harte Wetter machte sie ihrem stillen, treuen Schmerz nicht abtrünnig. Er aber war in der Stadt weichlicher geworden, und der unbequeme Sitz, die Kälte und der Schnee bezwangen ihn, so daß er aufhörte, zu fühlen und zu denken.

Sie hatten einen Weg von fast einer Stunde; zuletzt durchs Dorf, wo sich einige Männer mit Kriegsdenkmünzen und viele Frauen dem Zuge zu Fuß anschlossen. Als sie am Kirchhof angekommen waren und abstiegen, war Leonhard zu seiner eigenen, vollkommen deutlichen, bittersten Beschämung außerstande, sich zu sammeln. Er ging und stellte sich, wohin man ihn wies, und nahm leer und unaufmerksam teil. Nur ein kleiner, sonderbarer Vorgang riß ihn aus seinem erschöpften und peinvollen Zustand: die Mutter stand während der Zeremonie auf die Arme des einen ihrer Brüder gestützt; als die ersten, gefrorenen Schollen aus der Hand des Pfarrers auf den Sarg fielen, machte sie eine jähe, kurze Bewegung, wie einen Sprung auf das Grab zu; der Bruder hielt sie fester, und in einem hilflosen Zusammensinken ergab sie sich.

Auf dem Heimweg erstaunte Leonhard zum zweitenmal vor seiner Schwester. Sie faßte die Hand der Mutter, streichelte sie und fragte, — was Leonhard niemals gewagt hätte: „Mama, warum sprangst du so auf?" Die Mutter sah sie lange und ohne Verwunderung an und sagte: „Ja, Kind, glaubst du denn, daß einem das gleichgültig ist?" — eine Antwort, deren unbegreifliche Nüchternheit auf Leonhard den Eindruck des Rätselhaften machte, so daß er ahnte, daß der Witwenstand der Mutter ihr Verhältnis zu den Kindern irgendwie verwandeln müßte.

2

Da Leonhard die Fahrt zu seinem sterbenden Vater gezwungenermaßen allein hatte machen müssen und alles gut gegangen war, konnte man es wagen, ihn auch die

Rückreise ohne Begleitung machen zu lassen. Die Zeit des Kinderbilletts war auch zum erstenmal hinter ihm, und so bestätigten es ihm die äußern Umstände, daß er einen großen Schritt zum selbständigen und den Erwachsenen gleichberechtigten Leben gemacht hatte. Einen wie großen, das merkte er gleich bei der Ankunft. Tante Röschen hatte ihn empfangen; komisch war sie in den Augen ihrer Pfleglinge von jeher, jetzt war sie lästig. Sie trug ihm, trotz seiner Abwehr, die Tasche, sie fragte nach allem Überflüssigen und gab sich selbst die Antwort, sie weinte, und Leonhard konnte nicht wissen, daß sie über ihre eigenen Toten weinte. Daheim gab sie ihm nicht zu essen, sondern fütterte ihn; und als er an ihren Bemühungen nicht weich genug dahinschmolz, holte sie wirklich, wie immer, wenn sie es mit kleinen Widerspenstigen zu tun hatte, ihr Zauber- und Lockmittel aus dem Tassenschrank: ein Vexierglas, das mit einer roten Flüssigkeit gefüllt war; setzte man es aber an, so floß kein Tropfen daraus. Sie irrte sich jedoch zu ihrer größten Betrübnis, Leonhard ließ sich den Versuch mit dem Glas nicht aufzwingen. Schließlich rief sie ihre beiden andern Zöglinge, zwei ernsthafte Abiturienten, von der Studierlampe herein und begann die Wollust des Jammerns und Klagens nach Herzenslust auszukosten. Die jungen Leute mochten ihren kleinen Kameraden gut leiden, aber auch ihre Teilnahme wirkte auf Leonhard nicht. War es seine Schuld oder die der Reisefremdheit oder die der ganzen Umgebung, Leonhard stand im Tau ihres Mitleids unbenetzt und eigentlich so, als ob alles, was man sagte, nur gerade ihn nichts anginge.

Am nächsten Morgen tat Tante Röschen ein übriges, indem sie Leonhard eine Stunde länger schlafen ließ. Sie hatte einen den besonderen Verhältnissen angepaßten Entschuldigungszettel schon verfaßt und händigte ihn dem etwas ängstlich gewordenen Leonhard ermutigend ein. Dennoch drückte ihn das grundlose schlechte Schülergewissen, als er in der kahlen Morgenzeit durch die leeren, nicht wie sonst vom gleichstrebenden Zug der Schüler hallenden, zwecklosen Straßen ging. Die Weite und Öde des Marktes, die Blässe des Lichts, das stumme, scharfe Funkeln der Fensterscheiben fielen ihm auf. Aber der Ordinarius, sonst gewiß kein Mensch wie andre, sondern eine unheimliche Einrichtung der fernthronenden Provinzialschulbehörde, empfing ihn mit einer unerwarteten, zugleich erschütternden und befreienden Freundlichkeit. Er las nicht einmal den Entschuldigungszettel, sondern legte dem tief schüchternen Jungen seine Hand auf die Schulter, nickte mit den Augenlidern und sagte: „Ich weiß, ich weiß." Auch die Schüler, die nie ganz sicher sind, wie eine Sache mit dem Lehrer ausgeht, waren durch das Verhalten des Gestrengen sichtlich ermuntert; sie machten Leonhard, als er sich setzte, mit großer Beflissenheit und mit mehr Geräusch, als ihnen sonsten erlaubt war, Platz, und wer seine Hand grade nehmen konnte, tat es.

So schien sich alles gut anzulassen. Aber vierzehn versäumte Schultage bei völliger Trennung von dem sich gleichmäßig abwickelnden Pensum sind für den Schüler keine Kleinigkeit; sie schaffen einen leeren Raum um ihn. Leonhard war befähigt genug, ohne sonderliche Anstrengung alles zu leisten, was die Schule verlangte; aber jetzt merkte er doch, daß die Zapfen des Rades, das ihn unmerklich mit umgetrieben hatte, von ihm gelassen hatten. Jetzt galt es, sich freiwillig, ja mit selbstverantwortlichem Eifer wieder darunter zu schieben. Er zögerte. Das normale Maß von Arbeit hätte er nicht gespürt; darüber hinaus zu gehen hätte ihn nur geringe Anstrengung gekostet; aber darunter zu bleiben, lässig herabzusinken, war eine nie vordem gekannte Lust, eine Süße der Trägheit, deren Verführung fast unwiderstehlich war. Eine der kleinen Schulungeheuerlichkeiten kam hinzu, ihn in seiner Entfremdung zu bestärken. Der Deutschlehrer gab die Aufsatzhefte zurück und fragte Leonhard, wo denn das seinige wäre. Leonhard erwiderte, daß er keinen Aufsatz gemacht habe. „Warum denn nicht?" fragte der Lehrer, gewiß nur aus Zerstreutheit. „Ich bin verreist gewesen, mein Vater ist gestorben", erwiderte Leonhard. „Wie muß es heißen?" fragte der Lehrer die ganze Klasse, „nun, wie muß es heißen?" Niemand wußte es. „Mein lieber Vater", gab schließlich der Lehrer selbst zur Antwort, ein großer, freundlich beleibter, grauhaariger, wohlgefälliger Mann.

Leonhard wurde für einige Zeit ein mittelmäßiger, ja ein kümmerlicher Schüler. Zu seinem Glück nahmen ihn die Wiederholungen des Pensums, die vor dem Ostertermin üblich waren, wie von selbst in ihre Welle mit und halfen ihm vorwärts. Seine Leistungen erreichten dadurch scheinbar die an ihm gewohnte Höhe, aber seine Fähigkeit zum Fleiß blieb noch lange gestört. Es hörte auf, daß er seine Rechenexempel und Exerzitien den Mitschülern zum Abschreiben zeigen konnte; er wurde nur grade noch rechtzeitig fertig mit allem, nur im Drang der letzten Not. Wenn jetzt die Schule aus war, schwang sie nicht fröhlich und lebendig in seinen Gedanken weiter, sondern war hinter ihm in einen Abgrund versunken.

Dafür begann ein anderes, beispielloses Leben in ihm aufzudämmern. Eine Stimme, zart wie der erste Vogelpfiff nach einem Gewitter, lockte eine glückselige Bereitschaft, eine freudige Erwiderung aus seinem Innersten herauf. Nach dem strengen, langen Winter war der Frühling schnell und stürmisch gekommen. Die Wolken segelten an dem reingefegten Himmel. Leonhard sah sie, mit dem Blick des Kindes der Ebene, als etwas körperlich Festes, hoch oben Schwebendes, das mit Wasserdunst und Nebel nichts gemein hatte; am Abend, wenn die Sonne hinunter war und das feurige Licht — zog es sie zur menschlichen Sehnsucht näher herunter oder hob es sie noch weiter von ihr weg? — wenn der Glutstreifen an ihrem Rand und die rötliche Beseelung ihrer Berge und Täler sie grenzenlos verklärte, wurden sie dem Knaben zu einer mehr als irdischen Erscheinung. Dort wohnen die seligen Geister, dachte er mit Entzücken; und einmal fühlte er, noch ehe er ihn fühlte, den Gedanken: mein Vater ist auf einer von diesen.

Die Süße seines Geheimnisses durchdrang ihn schaurig bis in alle Fibern. Als er sich von dem Anblick losgerissen hatte und in seine Straße einbog, wandelte ihn eine Schwäche an, eine wütende Ungeduld und wütendes Versagen. Er sah den Erker seines Hauses knappe dreihundert Schritte vor sich und vermeinte, daß es unmöglich sei, dorthin zu gelangen. Nicht die Schwäche, sondern die rätselhafte Ungeduld ließ es ihm unmöglich scheinen,

Die Erscheinung des Vaters

und mit ausbrechenden Tränen hielt er sich an dem nächsten Kastanienbaum fest.

Leonhard blieb lange in dem Glück seiner wunderhaften Vorstellung, er fühlte sie wie eine Auszeichnung, und wenn sie blasser wurde, reizte er sie künstlich auf. Der Blick nach oben, den er getan hatte, erweiterte allmählich auch seinen Blick über die Erde, immer aber vorerst noch in derselben Willkür und Träumerei, wozu ihn die Wolken verführten. Kam er an einem eisernen Gitter vorbei, so wurden ihm die Stäbe zu Lanzen, wie er sie in Schwabs klassischen Sagen von Helden geschwungen sah, und er dichtete sich in homerische Kämpfe hinein. Wenn auf der Moorwiese, die mit einer Ecke in die Stadt eindrang, die Nebel brauten, so hauchten Ungeheuer und Drachen ihn an. Der Löwe des Androklus wurde sein Begleiter und half ihm bei unbestimmten Abenteuern. Im Naturgeschichtsunterricht verfehlte er die einfachsten Fragen, weil er die Blumen der Schule nicht für dieselben ansah wie die in Wiese und Feld. Da die Gesangsstunde des gemischten Chors, woran er teilnahm, noch bis in die Dämmerung dauerte, wurde sie ihm lieb und heimlich, Musik fing an zu sprechen und zu bedrängen, und er wünschte sich, die Harfe spielen zu können; wie aber eine Harfe aussah, wußte er nicht. War so fast jeder Tag ihm mit einem wesenlosen Gespinst versponnen, so fand er am Abend nicht den rechtzeitigen Schlaf; unruhig wach, malte er sich aus, daß Feuer im Erdgeschoß ausbreche, und wie er es anstellen würde, durch das Fenster auf den Kellerhals zu springen und zu entkommen.

Nur wenn er an die Heimat dachte, bekamen seine inneren Bilder Wesenheit und Leben. Auch sie waren aus dem Lichtstoff der Träume gewoben und waren doch voll zauberhafter Wirklichkeit. Er sah sich selbst auf seinen kindlichen Wegen, einen untersetzten, mürrischen, unternehmungslustigen Knaben. Jenseits des Wiesenbaches, unerlaubt weit vom elterlichen Hause, strebte der Kiefernwald auf, senkrechte Pfeiler wie die der Insel Staffa, die in der Gartenlaube abgebildet war. Die Gräben und Raine wurden wieder so tief, die Bretterzäune und Hofmauern so hoch wie für den Fünfjährigen; die Pappeln um eine Feldscheune rauschten warnender, als wenn sie eine heidnische Opferstätte zu bewachen hätten. Der Scherenschleifer hatte einen Zigeuner im Streit erstochen, man hatte den Sterbenden vor dem Wirtshaus liegen sehen, und merkwürdigerweise kam der Scherenschleifer nach wie vor mit seinem Sieb und dem Bügel, woran die Scheren hingen, und man sprach mit ihm wie vordem. Einmal waren Zauberkünstler im Dorf gewesen, und sein Vater, obwohl er damals an der Krücke ging und oftmals unterwegs nach dem Atem rang, hatte ihn zur Vorstellung hingeführt. Er saß auf dem kleinen, erhöhten Chor der Musikanten. Viel Sonderbares geschah; das Sonderbarste, als zwei Tänzer mit gewaltigen, dicken und runden Köpfen hereinkamen. Sie tanzten, und während sie sich drehten und verbeugten, wurden sie dünner und länger, bis sie mit den Glatzköpfen an die Decke stießen. Sogleich schrumpften sie wieder zusammen; dann wuchs abwechselnd der eine, und der andere blieb klein, und der große drehte seinen Oberkörper im Kreis fast über den ganzen Saal hin; bald ging die Verwandlung langsam, bald blitzschnell, und immer im Tanz.

Und viele Dinge noch aus den zeitlosen Jahren der ersten Kindheit tauchten nach und nach in ihm auf, durch nichts miteinander verbunden als durch die gleiche Magie der Existenz, bedeutungslose darunter, wie der Anblick einer kleinen Bohlenbrücke, die von Erlendickicht zu Erlendickicht über einen Bach führte, ein Spaziergang ohne Ereignis an der Hand des Vaters, eine Bewillkommnung durch eine Bäuerin, und ähnliche, die aber dadurch, daß sie in der langen, vollkommenen Vergessenheit frisch erhalten waren und daß sie ursach- und folgenlos dastanden und weil er sich ihrer erinnerte, zu einer Bedeutung gelangten, wie nichts aus seiner sichtbaren Welt. Mit dem Wort „Erinnerung" decken wir sehr verschiedene seelische Vorgänge. Leonhard sah, wie erwähnt, in seinen Heimatschwelgereien fast immer sich selbst. Wenn er nun aber sich neben seinem Vater am Chausseegraben in einer kindlichen Verrichtung erblickt, die grünen Aufschläge der Joppe und seinen damaligen Stolz, die Kürassiermütze, ja den Ausdruck seiner eigenen Augen mit erfaßt — das ganze Bild nicht etwa zusammengesucht, sondern in einem Guß klar ausgestaltet — kann man das im gewöhnlichen Sinn Erinnerung nennen? Denn das innere Bild wiederholte ihm ja nicht, was er in einem bestimmten, vorübergewehten Augenblick der Vergangenheit sah, sondern was er war! Jedermann hat dieses Geheimnis erlebt, und so bewahren wir nicht nur unsre früheren Bilder, sondern auch unsre früheren Existenzen lange noch, wie Geister unter dem Siegel Salomos gebannt, bis der Zauber einer Sekunde sie frei macht.

Der Frühling wurde klarer und stiller, und die Wolken lagerten fest wie Gebirge am Horizont. Eines Tages ging Leonhard nach der Chorstunde zufällig auf einem andern Weg nach Haus als gewöhnlich. In der Seitenstraße, durch die er den Umweg nahm, befand sich ein Haus mit einem großfenstrigen Kaufmannsladen; der Laden hatte den Winter über leer gestanden, weil sein Inhaber, wie schon viele seiner Vorgänger, Bankerott hatte ansagen müssen; er war als Unglücksstätte allgemein bekannt. Als Leonhard ihm in Front kam — er hatte schon von weitem das Schaufenster mit Messern, Ketten, Äxten und sonstigen Eisenwaren prahlen sehn —, wurde die Tür von innen geöffnet und ein Mann trat auf die Schwelle und mitten in das gelbe Licht des Abends; ein untersetzter Mann mit einem braunrötlichen Bart um Wangen, Kinn und Lippe, mit einem zart leuchtenden Gesicht und einer auffallend klaren Stirn. Sein etwas verschleierter Blick begegnete dem Auge Leonhards.

Leonhard ging weiter. Nach wenigen Schritten fing er zu zittern an, in seinen Augen brannten Tränen auf. Dieser fremde Mann in der Ladentür, das war ja sein Vater; nicht ihm ähnlich, sondern er selbst.

3

Trotzdem Leonhard von dem Überfall und Blitz seiner Eingebung mit einer Gewalt durchzuckt war, als wäre er von Kopf zu Fuße ein einziger bloßgelegter Zahnnerv, trotz der Wollust und Ungeduld seines Schmerzes und Glückes, war er anfänglich gegen seinen Gedanken und gegen die Verführungen der Phantasie, die darin ver-

borgen lagen, nicht eigentlich nachgiebig. Er machte sich
klein davor, wie vor dem Auge eines Lehrers, wich aus
und versuchte sich ins Unbetroffene, Unbefangene hin=
überzuspielen. Aber der Blitz, der niedergefahren war,
hatte ihn gespalten; und neben dem Knaben und Schüler,
der über das durchschnittliche Maß seiner Jahre wenig
hinausragte, ging fortan ein Wesen mit anderen, höheren,
geistigeren Sinnen, mit Erlebnissen, die den irdischen
Doppelgänger nicht mitergriffen; ein Gespenst zuweilen,
das aber manchmal auch dem andern, dem leibhaftigen
Wesen das Blut wegsog und es als Traum und Gespenst
durch seinen vorgeschriebenen Tag hindämmern ließ.

Leonhard sah das Unmögliche seiner Vorstellung mit
Klarheit, und doch war sie ihm faßbar, selbstverständlich
und einleuchtend. Das Unmögliche und das Unbezweifel=
bare strebten einander wie zwei Wölbungen entgegen,
die in ihrer Vollendung sich gegenseitig trugen und so
erst den Raum und die Schönheit seines Gefühls bildeten.
Kindern ist nicht alles Widerspruch, was uns so dünkt,
wie sie andererseits auch nicht Wiederholung dort ent=
decken, wo wir sie sehen, und gewiß haben die Engel
schon oftmals gelacht, wenn der Erzieher jungem Gehirn
zum besseren Verständnis eines Dinges Bild und Gleich=
nis reichte, sich in Befriedigung wiegte und nicht von
weitem ahnte, daß das Kind ihm gerade in diesem Augen=
blick auf Nimmerwiederkehr entwischte, indem es das
Gleichnis als ein neues Ding annahm und in sein Raben=
nest davontrug. Kinder lernen: Gott ist ein Geist, und
das sehen sie; oder vielmehr, sie sehen nicht, sondern sie
haben ein Organ, eine Vorstufe aller Sinne, die erst im

Wachstum und in der Trennung der Sinne aufgezehrt wird.

Und Leonhard war freilich schon zu alt, als daß das Unmögliche ihn allmählich nicht doch hätte beklemmen müssen. War dieser fremde, in der Stadt erschienene Mann sein Vater, was mußte dann am Winterabend des Begräbnisses auf dem Kirchhof geschehen sein? Hatte der Totengräber, der alte Appel mit der nie ausgehenden Pfeife im Mundwinkel, ein Klopfen aus dem Grabe gehört? Und wenn so Ungeheuerliches geschah, war es dann verwunderlich, wenn etwas weiteres Ungeheuerliche hinzukam und nichts von dem Geheimnis ruchbar wurde, und der gerettete Scheintote in eine neue, von der vorigen durch den Abgrund des Grabes für immer geschiedene Daseinsform einging?

Doch Geschichten von Scheintod und wunderbarer Rettung durch Grabräuber waren bei den Knaben gang und gäbe, und es war Leonhard nicht wohl dabei, wenn eine Welt des Spukes und des Gruselns die Hände nach seinem Licht und Heiligtum ausstreckte. Er floh vor der andrängend sich verwirrenden Erklärung; er schob sie auf wie eine Arbeit, nicht ohne schlechtes Gewissen, aber doch erlöst. Wie es auch geschehen sein mochte, es war gewiß, daß sein Vater lebte; vielleicht wußte er nicht mehr, daß er einen Sohn hatte, und war doch nur um dieses Sohnes willen wiedererstanden.

Leonhard hatte als fünfjähriger Knabe seine Mutter einmal mit der Frage überrascht: „Nicht wahr, Mutter, die Sonne gehört nur mir und dem lieben Gott?" Wenn jetzt eine ähnliche Erkenntnis ihm zuteil ward, so stieg sie

nicht, wie die tiefsinnigen Weisheiten der frühen Kinderzeit pflegen, vom Grunde einer vollkommnen Heiterkeit
wie eine Blase auf, sondern nahm ein Eigenleben außerhalb seiner an und wirkte störend und bildend auf ihn
zurück. Während ihm die Welt, Stunde für Stunde und
Tag für Tag, pfennigweise aufgezählt wurde, besaß er
ihren ganzen Schatz. Er wußte etwas, was unter allen
Menschen nicht ein zweiter wußte. Der Gang der Sonne,
die Freude des Windes, das abendliche Dunkel der
Gassen und der Atem der eigenen kindlichen Brust webten
alle an dem gleichen Wunder. Er schlummerte nicht
mehr vom Tag in Müdigkeit weg, sondern der träume-
reichen Nacht entgegen, und jeder Tag war etwas, das
erobert werden wollte.

Leonhard ging beinah täglich vor dem Eisenladen vorbei. Zuweilen sah er durch die Scheibe der Tür den
Mann bei einer Hantierung, das eine und das andere
Mal auch wieder auf der Schwelle des Ladens mit ruhigem Blick die Straße mustern. Gewahrte er ihn nicht,
so war er in wechselndem Grade enttäuscht, hielt sich aber
selten zu besserem Glück vor dem Schaufenster auf. Eines
Morgens kam ihm das Verlangen und steigerte sich zu
einem Gefühl der Pflicht, dem Manne Nähe und Liebe
zu erweisen, sei es auch nur, daß er seine Stimme hörte
und seine Hand berührte. Mit einem Entschluß, wie er
glaubte, und mit Herzklopfen näherte er sich dem Hause,
ging immer langsamer, um dem andern Zeit zu gewähren,
wagte einen dreisten Blick durchs Ladenfenster und stellte
sich schließlich vor die Auslage, als ob er jedes Messer
und jede Axt einzeln prüfen wollte. Der Mann war

nicht zu erblicken, und Leonhard strich, in der Gewißheit, daß es vergeblich sei, vor dem Hause auf und ab. Länger als eine Viertelstunde brachte er so hin, beschloß die kühnsten Wagnisse und verwarf sie, und war froh, als ihm einfiel, daß er sich eilen müsse, um zum Essen zu kommen. Tante Röschen, die immer nachsichtige, wollte ihn nicht schelten, aber schon im Interesse der beiden Großen durfte sie den Vorwurf nicht unterdrücken, daß das Essen kalt geworden sei, und warum er auf sich habe warten lassen. „Ich mußte zum Direx, Hefte hinbringen", antwortete er. „Das kann doch nicht so lange dauern", warf der eine der beiden Primaner unwillig ein. „O," erwiderte Leonhard, „der Direx war sehr freundlich zu mir und fragte mich." „Na, wonach hat er dich denn groß gefragt?" wollte der Primaner wissen. Leonhard, der bis dahin frisch und keck und ohne Überlegung ge= sprochen hatte, wurde gegen diese Sprache empfindlich wie gegen ein Unrecht und antwortete: „Nach — Hause; nach meinem Vater. In dem Zimmer war das Bild eines Römers, darunter stand Togatus; wer war das?" Die Primaner lachten.

Es war Leonhards erste wirkliche Lüge, und obgleich sie zu einer demütigend nachwirkenden Schwächlichkeit herabgesunken war, weil er den Namen seines Vaters und das elterliche Haus hineingezogen hatte, fühlte er sie als ein kühnes, kostbares Stück Freiheit, und sah bei Tisch die beiden jungen Leute und Tante Röschen öfters mit einer neuen Sicherheit, ja mit Überlegenheit an.

In der Folge geschah es, anfänglich selten, allmählich häufiger, daß er ohne Grund und Vorteil bei den gleich=

gültigsten Anlässen falsche Erklärungen, falsche Auskünfte und Antworten gab. Er dachte sich mögliche Beschuldigungen aus und entkräftete sie, die gar nicht ausgesprochen waren, mit dem vorwurfsvollen Stolz des guten Gewissens. Vorübergehend brach sogar die Lust an der Lüge wie ein Katarakt aus ihm hervor, allen Sinn und alle Vorsicht, aber auch alle Gefahr mit einer strömenden Gewalt fortschwemmend. In dieser gesteigerten Zeit riß ihn, den Schüchternen, die durch eine unwahre Ausrede geschaffene Lage zu Wagnissen hin. So entzog er sich einmal einem Auftrag der Tante Röschen, indem er vorgab, er sei zu seinem Ordinarius in die Wohnung bestellt. Ein solcher Gang war für gewöhnlich schlimmer als der zum Zahnreißer, doch Leonhard zog wohlgemut an dem Porzellangriff der Klingel, ließ sich von dem öffnenden Dienstmädchen zum Lehrer führen und brachte freimütig seine Bitte vor, auch außerhalb des wöchentlichen Termins ein Buch aus der Schülerbibliothek entnehmen zu dürfen. Nachher freilich war er etwas benommen von seiner Kühnheit, und von dem glücklichen, sogar profitlichen Verlauf seines Unternehmens eher herabgestimmt als erhoben.

Der Zustand seines schlafwandlerischen, immer höher kletternden Lügens dauerte ungefähr eine Woche. Auch nach der Genesung davon blieb Leonhard noch lange in der Bereitschaft, mit der Wahrheit zu spielen, wie er, nicht wie sie wollte. Waffe und Schutz lag darin und eine Kraft, die über den Nutzen des Augenblicks weit hinausreichte. Fragen, die ihm unbequem waren, weil sie ihm zu nahe gingen, und die er sonst nur mit der Ver=

stocktheit des Knaben hatte abwehren können, schüttelte er jetzt mit einer lügnerischen Antwort ab; und auch daß er ein gutes Gedächtnis haben mußte, wie das Sprichwort vom Lügner verlangt, erfuhr er mit Lust.

Alles das zusammen half ihm, seine Persönlichkeit gegen die ihn umgebende Welt zu begrenzen. Die phantasielose Sehnsucht, die ihn bisher gequält und in Ohnmacht niedergedrückt hatte, löste sich, wie der Morgennebel über den tief und rein aufschimmernden Farben der Wiese zergeht.

Und nun fand er auch wie von selbst Entschluß und Mut, es mit seinem Vater zu versuchen. Er schrieb an seine Schwester und bat sie, ihm bei der Mutter eine Mark für ein Taschenmesser zu erwirken. Nach drei Tagen bekam er einen freundlichen Brief von Hause mit dem gewünschten Geld in Briefmarken. Es gelang ihm beim Pedell, sie einzuwechseln, und als die Schule aus war, machte er sich gleich von jeder Begleitung los und eilte davon. Er kam vor den Eisenladen; Türe und Schaufenster waren durch Rolläden dicht verschlossen.

4

Sein Schmerz wurde, nach einer kurzen, lähmenden Bitterkeit der Enttäuschung, still und weich und löste die kleine, verhärtete Seele im Tiefsten auf. Sein Glaube war nicht widerlegt, nicht über den Haufen geworfen; er ging ein, wie eine Blume ohne Nahrung.

Wieder bevölkerten sich die Wolken am Abendhimmel mit Geistern, aber Leonhard fühlte, daß er jetzt zu seinen eigenen Geschöpfen hingrüßte. Er hatte einmal in einem

Buch, das auf dem Arbeitstisch der Primaner aufgeschlagen lag, einen Vers gelesen und von ungefähr behalten: „Die Wolken, die wie Berge sind, sind schöner als die Berge." Er sagte ihn sich auf und verstand ihn mit Entzücken.

Jetzt hörte er zu lügen auf, und selbst wenn er es noch weiter gewollt hätte, wäre es ihm nicht geglückt; es wäre dumm und unsicher ausgefallen, seine Erfindungsgabe war versiegt. Dafür fand er den Mut, sich abseits zu stellen, wenn es ihm behagte, und lernte, die Dinge, auch wo sie ihn nicht zur Abwehr reizten, von weitem anzusehen.

Er sah. Er sah, daß die Stadt nüchtern war und nichts zu schenken hatte. Er sah, daß die Stuben Tante Röschens voller armseliger Lächerlichkeiten staken und den Vergleich mit dem elterlichen Hause, worin die Mutter und die Schwester Blumen des Jahres aufstellten, nicht ertrug. Er merkte, daß das Leben in den Straßen träge floß, und gerade die Gestalten, an denen er bisher in Angst vorbeigeblickt hatte, die alte, betrunkene Frau, der Schlagetot und Nichtstuer, erregten seine Teilnahme. In der Schule war es, als ob er den geheimen Hebel des Verständnisses in die Hand bekommen hätte; alles wurde ihm leicht, er rückte in die Zahl der guten Schüler auf; und nun, wo sie ihm nicht zu schaffen machte, befriedigte ihn auch die Schule nicht, und sie hatte keinen Reichtum, keine Freude an ihn zu verteilen.

Da half er sich selbst. Er behorchte die stummen Dinge des Alltags und ließ nicht nach, bis sie zu ihm sprachen. Der Geruch der Bleistifte, die großen Buchstaben am Kopf der Zeitung, die kleinen Bilderchen der Annoncen:

gekreuzte Hämmer, kühnspringende, langschweifige Pferde, Bienenkörbe, Genien mit Füllhorn, sie wisperten zu ihm lebendige Sprache. Es blieb nicht länger bei dem, was der Zufall brachte. Alte Zeitschriften aus Tante Rös= chens Kleiderschrank wanderten in Leonhards Stube, und aus den Holzschnitten stieg eine bleiche Welt über der wirklichen Welt noch einmal geisterhaft auf.

Und auch die wirkliche faßte ihn mit neuen Klammern. Leonhard, von Schularbeiten wenig gequält, hielt sich, sobald es anging, nicht im Haus, nicht in den Gassen; er streifte durch Wiese und Wald, lernte den Tageslauf der Sonne wie ein Lied, und in der wachsenden Vertraut= heit mit Nacht und Mond und Sternen vertiefte sich die Scheu und Seligkeit seines immer weiter begehrenden Herzens. Von aller Kreatur ging eine lächelnd verhaltene Botschaft aus, ein Wort von tiefster Dringlichkeit, das Last und Macht der Erde auf jeden legen wollte, der bereit war, es zu vernehmen. Bereit sein aber, was hieß es anders, als dann und wann einsam sein, wie ein Herz in der Nacht? Und so, mit einem Panzer, wie Siegfried nach dem Bad im Drachenblut, mit einer Haut, die zart und wehrlos war, wie die eines Krebses, der seine Schale abgeworfen hat, wuchs Leonhard dem Leben zu.

Die vergebliche Botschaft

1

Ein junger Beamter, mit Namen Vinzenz Hüttenvogel, kehrte später als sonst, auch erregter als sonst, von der Oper nach Hause zurück. —

Er bewohnte in einer sich schon ins Land verlierenden Vorstadt ein freundlich ausgestattetes Zimmer, nebst kleinerem Schlafkabinett, die er von einer wortkargen, etwas wunderlichen, nicht viel über die Vierzig alten Frau gemietet hatte. Seine Vermögensumstände waren geordnet, hielten ihn aber knapp und gewöhnten ihn an eine häufigere Enthaltsamkeit, als seinen jungen Jahren natürlich war. Er half sich, obgleich aus guter, bürgerlicher Familie, ohne Bedienten, und ließ seine häuslichen Bedürfnisse von der Zimmerwirtin besorgen. Er besuchte häufig die Theater, und wenn er sich auch allen Eindrücken mit Phantasie und Leidenschaft hingab, so hinderte ihn doch an dem völligen, wahllosen Enthusiasmus der Jugend sein eigenes Talent, das ihm längst zur Gewißheit, aber auch andern urteilsfähigen Leuten bemerkenswert geworden war.

Heute nun entbehrte sein Zustand der Erhebung und
Besonnenheit, mit denen er aus dem Theater heimzu-
gehen pflegte; und er, der immer bemüht war, ein Kunstwerk als sichtbare Gestalt und Ganzes vor sein Auge zu
halten, konnte es nicht verhindern, daß ihm, wie ein
Gassenhauer dem Philister, nur eine einzige Melodie aufdringlich im Ohr lag, Cherubins Arie „Ihr, die ihr
Triebe des Herzens kennt". Während er den Überrock
sorgfältig an seinen Platz hängte, darnach die alte Öllampe
mit dem Argandbrenner anzündete, und bei sonstigen,
halb zerstreuten Hantierungen unterbrach er sich zuweilen
und lauschte irgendwohin, von wo es ihn ganz persönlich
aufreizend, spöttisch und dringlich zu fragen schien: „Sagt,
ist das Liebe, die hier so brennt?" Er war selbst kein
schlechter Musiker und, wie in den damaligen, nicht verwahrlosten Zeiten üblich, auch in der Theorie einigermaßen unterrichtet; da er außerdem sang und gegen das
Klavierspiel eher eine Abneigung aus der Kinderzeit bewahrt hatte, so hatte er sich seine musikalischen Sinne
nicht ohne Ostentation rein erhalten, und besonders ein
Gebilde wie den Figaro war er wohl imstande, mit den
Ohren zu sehen, — denn das ist die Weise, wie die
Meisterwerke Mozarts aufgenommen sein wollen. Diesen
Abend aber hatte ihn etwas gezwungen, zu hören, sich
aufregen zu lassen und in leidenschaftliche Unruhe zu geraten.

Als er sich einen Augenblick niedersetzte und die Arme
vor sich auf den Tisch legte, gewahrte er auf dem linken
Ärmel seines blauen Frackes von dem milden Lichte der
Öllampe angeglüht ein rotgoldenes Frauenhaar. Er er-

staunte und fühlte mit einem Schlag die betäubende Verwirrung offen ausbrechen, die seit ein paar Stunden in seinem Blut rumorte. Dieses zart gewundene, goldene Haar konnte freilich nicht anders als durch Zufall, wahrscheinlich beim Gedränge an der Garderobe, an ihm haften geblieben sein; aber sonderbarerweise glich es in Farbe und Länge völlig dem Haar, das, in unverhüllt weiberhafter Fülle, an dem Scheitel des Pagen Cherubin in der heutigen Oper geleuchtet hatte.

Vinzenz schloß die Augen, um den Abend noch einmal durchzuprüfen. Seine Nachbarn waren, zur Linken und zur Rechten, junge Männer gewesen; vor ihm hatte eine alte, schon ergraute Dame gesessen; bei den Garderoben entsann er sich genau, in seiner Nähe nur ein paar auffallend lichte Blondinen und eine italiänisch anmutende, dunkelhaarige Frau gehabt zu haben; einen persönlichen Gruß hatte er einzig und allein mit seinem Freunde Altmüller ausgetauscht, einen beiläufig flüchtigen Gruß, wie es seinem Verhältnis zu dem luxuriösen und leichtfertigen jungen Menschen entsprach.

Wieder betrachtete Vinzenz den goldenen Faden; dann nahm er ihn mit spitzen Fingern vom Ärmel, und wäre er von Cherubins Scheitel gewesen, er hätte ihn gewiß zu küssen versucht. So aber überkam ihn ein plötzlicher, physischer Widerwille gegen das tote, einzelne, ausgefallene Haar, er trat zum Fenster und wollte es hinausfliegen lassen. Aber der scharfe Wind drückte es sogleich von seiner weit hinausgehaltenen Hand gegen das Fenster zurück, und Hüttenvogal sah es wieder, dieses Mal im überhellen Vollmondlicht und blasser als vorher, aufleuchten. Aber da überkam ihn eine Heiterkeit, und als er, nach geschlossenem Fenster und niedergelassenem Vorhang, mit langsamen Schritten durch sein Zimmer auf und ab ging, löste sich die Verwirrung seines Blutes in eine Harmonie auf.

Die Sängerin des Cherubin, Nanette Luegg, eine wunderschöne Person, deren Erscheinung mehr als ihr Talent sie zum Liebling des Publikums gemacht hatte, war diesen Abend zum erstenmal der Kritik Hüttenvogels überlegen gewesen. Was ihr sonst in seinem Urteil schadete, verhalf ihr heute zum Siege: ihr Mangel an höherer Einheit der Phantasie. Sie hatte gar nicht versucht, einen Knaben anders als durch das Kostüm vorzutäuschen, und hatte selbst dieses so gewählt, daß sie in ihren weiblichen Reizen und in ihrer weiblichen Haltung nicht behindert wurde. Und so hatte sie die Rolle nicht anders durchgeführt, als wenn sie etwa im Privatleben, wie man ihr nachsagte, ihrer Laune oder der Laune eines Liebhabers maskeradenhaft nachgegeben hätte. Sie sang und spielte ihren Pagen, unbekümmert, nicht im Dienste einer versuchten und ja auch selten glückenden Schauspielkunst, sondern allein im Dienste der Melodien, die ihr anvertraut waren, und ihrer weiblichen Schönheit. Und während sie die zarten und leidenschaftlichen Gelüste eines Knaben frisch heraussang, lockte ihr entblößter Nacken, ihr den betreßten Rock wegdrängender Busen und ihr üppiges Weiberhaar. So war sie als Knabe und als Frau zugleich völlig unbefangen.

Vinzenz, der sie oft gesehen und gehört hatte, sich indessen an ihrem derben und naturalistischen Gesang zu ärgern pflegte, wurde durch das Doppelspiel des Cherubins anfänglich gereizt, dann entzündet. Was ein Mangel an Kunst war, erschien ihm dieses Mal wie höhere Kunst. Nie vorher hatte ein Gesang der Liebe so elementarisch geklungen, als da er von einem Wesen unbesorgt und heiter ausgeströmt war, das nicht als Mann ein Mädchen zu sich lockte oder als Weib einen Mann einspinnen wollte. Das war nicht Sehnsucht und nicht Begier, war keine Not, sondern war die süße Trunkenheit selbst, Trunkenheit, in der die tiefen Weisen des Orients das Leben schwimmen sahen, Trunkenheit, die die Statuen des Bacchus weichlich auflöste und die — vor diesem Gedanken erschrak Vinzenz wie vor etwas unsagbar Köstlichem — sich einmal hatte enthüllen müssen, indem sie das Märchen des Hermaphroditen dichtete.

Auf seinem Heimwege hatte Vinzenz gespürt, daß diese Leidenschaft ein geistigeres, unwirklicheres Ding wäre, als seine Erfahrungen, selbst die poetischen, ihn bisher gelehrt. Er hatte sich dem Gefühl, das jeden Rest seiner vornehmen Pedanterie wegzuspülen mächtig war, betäubt hingegeben. Die Gestalt des knabenhaften Weibes tauchte ihm zuweilen fast körperhaft vor den Sinnen auf, und unabänderlich klang ihm die Arie des Pagen in den Ohren, mit einer verführerischen Dreistigkeit, als hätte sie unter den tausend Besuchern der Oper ihn allein gesucht.

In diesem Zustand war er in seine Wohnung gekommen, hatte das Haar auf seinem Ärmel entdeckt, und war, als der Wind es ihm nicht hatte entführen wollen, zwar nicht ernüchtert worden, aber doch seiner Verwirrung Meister genug, daß er weißes Papier auf seinen Tisch legte, den Federkiel entschlossen ergriff und die Überschrift zu einem Gedicht hinsetzte: Cherubin. Er schrieb mit einer leichten, runden Hand, die ein paar altertümliche Buchstaben aufwies, fast ohne auszustreichen, die erste Strophe nieder, die sich nicht weit über eine allgemeine, lyrische Anrede hinauswagte. Dann aber erfaßte ihn die besondere Situation — der Knabe, das Weib; es wurde ihm schwer, den Proteus, der sich verwandelte, zu fassen; die Ungeduld, die Versmaß und Reime schneller und präziser erjagen wollte, als sie kamen, warf ihn jäh in ein leidenschaftliches, unmittelbares Gefühl zurück, so daß er sich nicht gestört fühlte, als es leise an die Tür klopfte, er mechanisch „Herein" rief und seine Wirtin ihm eine Platte mit Butterbrot und für die Jahreszeit kostbarem Obst auf einen kleinen Ziertisch stellte. Die Frau ging auf den Zehen hinaus, drehte aber in der Tür noch einmal ihr stilles, graues, doch in diesem Augenblick von Ehrfurcht vor dem bewunderten jungen Herrn verklärtes Gesicht zurück.

Als Vinzenz die vier Strophen seines Gedichtes vollendet hatte, las er es sich genau und klangvoll vor und wurde nun von der Energie seiner Leidenschaft so überzeugt, daß es ihm unmöglich schien, schlafen zu gehen. Er kleidete sich noch einmal sorgfältig gegen die Kälte und verließ das Haus, um seinen heißen Kopf unter den Wintersternen durch die Straßen zu tragen. Vorher aber hatte er das Gedicht sorgfältig bei seinen übrigen Manuskripten verwahrt.

Am nächsten Morgen nahm er das Blatt zur Hand, da flammte ihm das Gedicht mit einer unerwarteten, für sein heikles Empfinden das Unsittliche streifenden Verrückung entgegen. Er fühlte sich jetzt in der Morgenhelle von dem poetischen Rausch seines Heimgangs so fern wie von der glücklichen Leidenschaft, mit der er die Verse geschrieben hatte; statt dessen bedrängte ein verbissener Ernst sein Gefühl. Bisher war ihm jedes mögliche Liebesverhältnis durch sein mäkelndes Zaudern verdächtigt und abgetan worden; wenn er sich einmal durch ein freundliches Gesicht oder ein geistreiches Auge, oder, das war ihm das Liebste, durch ein freies, fürstliches Auftreten berührt fühlte, hatte er doch bald an dieser das, an jener etwas anderes auszusetzen gewußt, und da er also zu fragen vermied, hatte er auch keine Antwort bekommen, weder das Ja noch das Nein, und wußte nichts von Unterwerfung. Er war dadurch immer mehr in jene Überheblichkeit geraten, die zum Wesen des Unvermögens gehört, und hatte schließlich darunter zu leiden angefangen, daß ihm zu einer vollwichtigen Liebe gleich die erste Hälfte, seine eigene Bereitwilligkeit, fehlte.

Die war nun da. Er hielt seine Erklärung und Werbung unwiderleglich in Versen aufgezeichnet in seiner Hand; und, ja, er gestand es sich, er begehrte die schöne Sängerin, an der es nichts zu mäkeln gab, weil es nichts zu zweifeln gab. Sie war so entschieden untugendhaft und so entschieden unbedeutend, daß sein Ideal sich abdanken mußte, weil es hier nichts zu tun bekam. Nur schön war sie, jung und reif; und Vinzenz merkte an sich, daß in ihm, wie die Könige und Helden seiner dichterischen Entwürfe, auch ein Lebemann vorgebildet lag. Das war der Ernst der Situation — und das ihr Ende. Vinzenz mußte, daß die Luegg reiche Liebhaber hatte. Er aber, in mühseligen Verhältnissen, die durch seine vorwurfsvolle Art des Stolzes noch drückender wurden, zur Zeit nicht einmal mit seiner Garderobe gut bestellt, völlig unfähig, sich nur aus seiner Ordnung bringen zu lassen — den bloßen Gedanken, sich irgendwie zu demütigen, tat er im Zorn von sich ab. „Das wird nichts", sagte er vor sich hin; und als er einen Augenblick erwog, der Schönen das Gedicht, wie ein schwärmender Gymnasiast, ohne Namen zuzuschicken, merkte er gleich, daß ihm das Ganze zu ernst dazu war. Er war den halben Weg der Liebe auf ein Haar genau gekommen und mußte innehalten; immer klarer und bitterer werdend, legte er das Gedicht wieder auf seinen Platz zurück und ging ins Amt. —

2

Ein wenig später betrat die Wirtin das Zimmer, um aufzuräumen. Die gute Frau, von oben bis unten in eine graue Schürze gebunden und das Haar unter einem fest umliegenden Tuch verwahrt, als ob es gegolten hätte, sich vor dem Staub eines Neubaues zu schützen, bewegte sich vorsichtig und scheu im Zimmer, wie sie es gewohnt war, wenn ihr verehrter junger Herr am Schreibtisch saß. Sie tat die gröbere Arbeit schnell, verweilte aber lange und zärtlich beim Sauberputzen der Tische und Schränke. Hierbei warf sie zuweilen Blicke einer scheuen Sehnsucht nach dem Schreibtisch, und als sie sich schon mit Besen und Schippe in ihre Küche davonmachen wollte, konnte sie schließlich nicht widerstehen, zu versuchen, ob die untere Tür, hinter der die Manuskripte lagen, sich öffnen ließe. Es gelang nicht. Sie legte die Schippe auf den Fußboden, und, den Besen im linken Arm, kniete sie nieder, seufzte ergeben und hakte sich unter Gewissens= bissen ihr Schlüsselbund aus dem Gurt der Schürze. Den passenden kannte sie, und so sperrte sie, immer seufzend, die Tür auf. Vorsichtig griff sie in den Schrank, brachte ein paar Papiere heraus, und zu oberst lag das Gedicht an Cherubin. „Ein neues," murmelte sie beseligt. Knieend, indem die Asche ihres Gesichtes sich rot färbte, las sie die Verse.

Oh, sie kannte die Luegg. Sie war Garderobenfrau in der Oper, wußte allen Klatsch und hörte, durch die ge= schlossenen Saaltüren, die zerrissenen, unkörperlichen Töne immer mit Begier. Gestern war Figaro gewesen, und sie wußte, was es bedeutete, als sie las:

„Seh' ich der Glieder zarte Fülle prangen,
Entstellt durchs schöngeschmückte Knabenkleid . ."

„Das muß ich haben", sagte sie. Sie legte die Manu= skripte, außer dem Gedicht, in den Schrank zurück; dieses selbst behielt sie in der Hand, und, immer den Besen unter den linken Arm geklemmt, machte sie sich nach ihrer Kam= mer auf, wo sie in ihrer Staatstruhe, neben Gesangbuch und Bibel, eine Mappe mit Seidenstickerei auf der Vorder= seite und Goldtressen am Rand bewahrte.

Diese Mappe nahm sie in Hüttenvogels Zimmer mit, wobei sich ihr schlechtes Gewissen dadurch ausdrückte, daß sie nicht den Mut hatte, es sich bequem zu machen. Son= dern in der unfreien Haltung, die ihr besonders der unter den Arm geklemmte Besen aufzwang, den Kopf der Schulter zugeneigt, ging sie an Hüttenvogels Schreibtisch, setzte sich auf Hüttenvogels Schreibsessel, freilich auf die äußerste Kante nur, und bereitete sich, immer den Besen im Arm, zu ihrem weiteren Tun vor. In der Mappe befand sich, mit blauer Seide zur Locke gebunden, eine Haarsträhne Hüttenvogels, die sie vor noch nicht langer Zeit von seinem Friseur unter einem plausiblen Vorwand erstanden hatte; ferner und zunächst ein Textbuch der Zauberflöte, womit es eine besondere Bewandtnis hatte. Denn sie hatte, als jene Oper vom Herrn Kapellmeister und k. k. Kammerkompositeur Wolfgang Amade Mozart zum erstenmal gespielt wurde, im Theater auf der Wieden, am 30. September 1791, einem Freitag, unvergeßlichen Gedenkens, eines der Tiere gespielt, die Tamino erschrecken, einen Affen; obgleich sie damals schon dreizehn Jahr alt war und es nur ihrer zarten, zurückgebliebenen Gestalt verdankte, daß man sie brauchen konnte. Sie hatte sich erst mit siebzehn, achtzehn etwas herausgemacht. Dieses Textbuch bewahrte sie als eine heilige Erinnerung an ihre künstlerische Laufbahn durch alle ihre kümmerlichen Lebensfährnisse auf, und als ihr einmal die erste Seite durch Unvorsichtigkeit angebrannt und verdorben war, hatte sie das Blatt herausgeschnitten und durch eine sorgfältige Abschrift ersetzt. Sie hatte dabei Gefallen an der genauen und doch gedankenlosen Beschäftigung mit Poesie gefunden und sich ein selbstgeheftetes, dickes Konvolut weißen Papiers zugelegt, worin sie dann und wann Sprüche und Gedichte eintrug, die sie in Zeitungen und Almanachen fand. Seitdem sie aber Herrn Vinzenz Hüttenvogels Wert erkannt hatte, war dieses Heft ihr bedeutender geworden als der Zauberflötentext. Längst hatte sie Papier dazutun müssen, um allen ihren Raub unterzubringen, den sie anfänglich und selten an einem offen liegen gebliebenen Blatt nahm, dann, mit geringem Erfolg, aus dem Papierkorb holte und endlich sich nicht vor richtigem Einbruch scheute. Und in dieses Heft schrieb sie nun auch an Hüttenvogels eigenem Tisch das Gedicht an Cherubin. Darnach verwischte sie sorgfältig alle Spuren ihrer Antat, stellte auch den Besen an seine Stelle und ging befriedigt in ihre Kammer.

Als sie aber dort noch einmal das Geschriebene las und nun erst den Sinn von Versen verstand wie diesen:

„Schlicht' diesen Streit von kämpfenden Gefühlen,
Bezähme dieses siedend heiße Blut,
Laß meinen Blick in diesen Reizen wühlen,
Laß mich der Lippen fieberische Glut
In dieses Busens regen Wellen kühlen..."

schämte sie sich auf eine sehr beglückende Art. Sie glaubte, daß so stürmische Worte Erhörung finden müßten. Die Luegg war ihr eigentlich wegen ihrer prangenden Dreistigkeit verhaßt; aber wenn sie ein solches Gedicht empfangen würde, dann, so schien es ihr, wäre das nicht mehr dieselbe Frau, der man die Liebhaber und die Zänkereien und den Luxus nachrechnete; dann wäre sie — jede Frau. Eine Verwirrung, ein Gedanke überfiel sie, und sie schrieb das Gedicht noch einmal ab, dieses Mal auf den saubersten Briefbogen, den sie besaß. —

3

Und so kam es, daß Nanette Luegg, als sie mittags erwachte, unter andern Zeichen namenloser Huldigungen auch ein Gedicht an Cherubin empfing. Sie las, noch im

Bette liegend und Schokolade trinkend, Briefchen, die ihr die Zofe aus schönen Blumengewinden hatte lösen müssen, längere Ergüsse, die durch sich selbst zu sprechen vermessen genug waren; auch ein heiteres und kühnes Begleitschreiben zu etwas Kostbarem, was um den Hals zu tragen war und was sie wegschließen ließ, und ein Gedicht an Cherubin, und wieder Briefe und Briefchen. Sie las das alles ohne sonderliche Erregung, mit ihrer Art satter, gewöhnter, animalischer Freude, als würde ihr zuteil, was ihr zukam. Nachdem sie das Geschäft beendet hatte, machte sie, für eine so schöne Person in sehr kurzer Zeit, Toilette und schickte sich an, den faden Morgen, an dem keine Probe war, in einem rosa und weiß gestreiften, mit blumenhaften Schleifen und zarten Rüschen geschmückten, unter dem Busen gegürteten Kleid zu vertrauern.

Früher als sie ihn erwartet hatte, meldete sich ihr Liebhaber, ein junger, reicher Mann, namens Altmüller. Er brachte Blumen, die sie zu den übrigen legte, machte ihr Komplimente über ihre Schönheit, ihre Frische und ihr Haar, die sie, vor kaum einer Stunde, genau so oder ähnlich, gelesen zu haben sich erinnerte, und lobte ihr gestriges Auftreten, das einen Erfolg für sie bedeute, so daß sie nun beim neuen Vertrag, den sie abschließen wolle, eine größere Gage fordern dürfe. Er brachte das alles mit einem Wohlwollen vor, das im Munde eines jungen Menschen, der er war, nicht ganz frei von der zahlungsfähigen Anmaßung des Besitzers war. Sie sah ihn von der Seite an, wie er etwas gedrungen, etwas gewöhnlich — allzu gut passend zu ihr — auf seinem französisch-griechischen Sessel saß, und unterbrach ihn plötzlich mit aufgehobener

Hand und Zeigefinger. "Entschuldige mich einen Augenblick, Xaver", bat sie und ging an ihren Schreibtisch, auf dem sie die heute durch Post und Boten überlieferten Sendungen zu einem Häufchen gelegt hatte.

Sie fächerte die einzelnen Stücke ab, ohne daß sie recht wußte, was sie suchte. Dann hielt sie das Gedicht an Cherubin in der Hand, las es, steckte es in ihren Busen und kehrte zu Altmüller zurück.

"Es hat geschneit über Nacht", begann er; "wollen wir einen Schlitten nehmen und spazierenfahren?"

"War ich gestern abend wirklich gut als Cherubin?" fragte sie dawider.

"Aber ungewöhnlich gut", versicherte er mit etwas bedenklichem Lob; "du warst vortrefflich bei Stimme, das Kostüm stand dir reizend, und was einiges übrige anbetrifft, so hörte ich, noch beim Hinausgehen, ein paar Urteile, die mir sehr schmeichelten, Nanette, und deren Berechtigung ich anerkennen mußte; denn ich kam ja gerade aus deiner Garderobe."

Die Sängerin wurde plötzlich finster und ungehalten. "Was euch nicht alles schmeichelt!" warf sie geringschätzig hin. Er lächelte, wie er bei ihren unerwarteten und nicht immer geistreichen Launen zu lächeln pflegte. Das machte sie noch böser; und wie in einem, ob mit Grund oder ohne Grund, ehrlich gekränkten Menschen irgendwo eine Tiefe aufspringt, fühlte sie ihn weit unter sich. Mit Bitterkeit sagte sie: "Es ist mir übrigens auch damit nicht gedient, daß du mir schmeichelst. Du kennst mich vier Monate, du bist ständiger Gast in der Oper, aber ich glaube nicht, daß du eine Ahnung hast, worauf es in der Kunst ankommt; worauf es zum Beispiel mir in der gestrigen Rolle ankam."

"Weiß ich's nicht? Habe ich keine Ahnung?" fragte er mit wachsender Heiterkeit, ging an das Pianoforte und spielte mit rundlichem Fingerlauf und fürs Tanzen ausreichender Harmonie: Ihr, die ihr Triebe des Herzens kennt. Vor der Wiederholung des Refrains drehte er sich zu Nanette um und rief: "Dazu dann ein Wämschen und Hosen und Hut. Oh, Nanette, du ahnst nicht; du ahnst nicht, wie reizend dich der Page kleidet; denn es glaubt dir ihn niemand."

Und damit wollte er sich ihr verliebt nähern, aber sie wies ihn ab, und als er den Kampf nicht für bare Münze nahm, wurde sie nur immer kälter und sagte ihm schließlich gerad heraus: "Ich habe keine Lust zu deinen Späßen, ich bin müde, ich muß lernen, ich bitte dich heut zu gehen."

"Ernst, Nanette?" fragte er.

"Ernst", antwortete sie.

"Adieu und weiter nichts?".

"Adieu und komm morgen wieder."

"Nun, das ist doch ein Trost", versetzte er, ohne Unwillen, küßte ihr liebenswürdig die Hand und den Mund, und ging.

Als er aber am nächsten Tage wiederkam, fand er die Laune der Angebeteten zwar verändert, doch nicht zu seinen Gunsten verändert. Da er sie mit einem Scherzwort an ihre gestrige Strenge erinnern wollte, unterbrach sie ihn gleich: "Höre mich einmal an, Xaver! Ich weiß, du hältst mich für dumm, widersprich mir nicht, du hältst mich mindestens für so dumm, wie du selber bist."

„Oh, Nanette", sagte er.

„Du hast vielleicht auch recht", fuhr sie eifriger fort. „Ich kann mir kaum denken, daß eine Frau, die gesund ist und der übrigens alles nach Wunsch gerät, anders sein sollte als dumm. Mir hat nie das Geringste gefehlt, aus gewissen Stürmen in wichtigen Jahren bin ich leicht und heil davongekommen; ich habe meine Stimme und habe immer an den guten Dingen Vergnügen gehabt" — bei welchen Worten er nicht umhin konnte, sie mit verzogenem Munde bedeutungsvoll anzusehen, so daß auch sie lächeln mußte; dann aber nur eifriger fortfuhr: „Welche Art von Vergnügen aber zum Beispiel das Singen ist, davon weißt du nichts, mein lieber Xaver. Und wenn ich es dir sagte, würdest du mich für närrisch, vielleicht aber auch für unanständig halten. Hab' keine Angst, ich will dir nur andeuten, daß jede Frau ein paar Dinge weiß, deren sie sich bloß zu erinnern braucht, um euch eingebildete Männer für Knaben zu ästimieren. Wir sind dumm, mag sein, aber wir können für Augenblicke unsere Dummheit beiseiteschieben wie einen Vorhang, weißt du, und dann geschieht mit dir und deinesgleichen — dieses:" sie strich mit der rechten flachen Hand energisch über die linke flache Hand.

„Ich bitte dich, Nanette, laß den Vorhang zu", bat er mit komischer Übertriebenheit.

„Ja", sagte sie, stand energisch auf und schritt mit ihrer stämmigen Gestalt lebhaft durch das Zimmer.

„Wenn ich mir vorstelle, daß ich wieder Männerkleidung trage," begann sie von neuem, „dann finde ich," sie grübelte vergeblich nach dem Ausdruck für einen Gedanken, den sie im Schreiten sicher und klar genug fühlte.

„Wäre ich ein Mann und bekäme keine andre Seite von euch vor Augen und Sinne, als ihr mir, dem Weibe, präsentiert, so wüßte ich nichts Langweiligeres auf dieser Welt als euch allesamt."

Das war nicht genau, was sie meinte, aber es reichte hin, den guten Altmüller unsicher darüber zu machen, ob sein mangelndes Verständnis noch immer ihr oder bereits ihm selbst schuld zu geben wäre. „Du bist ja aber kein Mann", sagte er in Notwehr.

„Doch wohl nichts Schlechteres, nichts Geringeres!"

„Aber, liebe Nanette, brauchst du darnach mich zu fragen, der kein Glück weiß, als dir die Wünsche von den Augen abzulesen? dem du das Kostbarste seines Schicksals bist?"

„Und soll trotzdem mich zufrieden geben, höre: mit etwas, was mich langweilen würde, wenn ich ein Mann wäre?"

„Das ist die Liebe."

„Daß wir einander die dumme Seite zukehren?"

„In des Himmels Namen, was willst du eigentlich? aber im Ernst, Nanette! Willst du unter die gelehrten Weiber gehen und die Liebe verschwören?"

„Ich habe mir sagen lassen," erwiderte sie mit einem Anflug von Zynismus, „daß die gelehrten Weiber sich auf die Liebe sehr gut verstehen."

„Kalt und heiß, das wäre nicht deine Art," wies er sie, ehrlich betrübt, zurecht, „deine Art ist stark und einfach, wie die Natur selbst."

„Als ob es nur die beiden Arten gäbe!" versetzte sie stolz; „da, lies einmal!" Sie zog das Gedicht aus ihrem Kleid und reichte es ihm hin. Er war geistesgegenwärtig

Die vergebliche Botschaft

genug, das warme Papier zu küssen, und hielt es wägend in der Hand, aber ungerührt drängte sie ihn, zu lesen.

Er las und sah sie an und zuckte die Achseln: „Das ist sehr hübsch; talentvoll, wie mir scheint."

„Sehr hübsch! Talentvoll," wiederholte sie, bei jedem Wort mit dem Kopf nickend, „ich konnte es wissen!" Sie trat von ihm weg, und er legte das Blatt verlegen auf den Tisch.

Als er aber, heute unaufgefordert, Abschied nehmen wollte, hielt sie ihn am Rockaufschlag zurück: „Wenn du ein Wort wie Talent in den Mund nimmst, ist es mir, als ob es nichts Gewöhnlicheres gäbe. Talent hat auch meine Köchin, sie kann kochen; und mein Friseur hat Talent, der mir das Haar aufbaut, ohne mir weh zu tun. Und so meinst du gewiß: der das hier geschrieben hat, hat Talent, weil es sich reimt. Hier ist ein Feuer" — und sie wies auf das Papier mit energischer Gebärde hin, „vor dem ich mich schäme, seit vier Monaten jeden Tag dieselben Komplimente zu hören. Das da ist Liebe, das ist Leidenschaft. Davor bin ich nicht dumm. Dieser unbekannte Mensch weiß mehr und Besseres von mir als du, ja mehr als bis gestern ich selbst."

Altmüller wurde von einem plötzlichen Verdacht erfaßt: „Nanette, du weißt, daß wir unser Verhältnis, wenn du es schon nicht mehr Liebe und Leidenschaft nennst, auf Ehrlichkeit gegründet haben. Sei jetzt ehrlich! Du kennst den Absender des Gedichtes?"

Die Sängerin entgegnete triumphierend: „Kommst du niemals weiter? Ich kenne ihn nicht, ich habe nicht den geringsten Anhalt, wer es sein könnte. Die Schrift ist beinahe noch die eines Schülers." Erleichtert und froh wollte Altmüller sich ihrer versichern, jedoch sie entzog ihm ihre Hand und sagte, den Kopf in den Nacken setzend: „Aber ich werde ihn finden, den unbekannten Dichter."

„Wie wolltest du das," fragte Altmüller, „denn auf meine Hilfe müßtest du in diesem Fall verzichten!"

Sie sah ihn an und lächelte: „Du vergißt, daß ich heute abend wieder den Cherubin singe." Er verstand nicht. „Ich werde ihn mir hersingen," fuhr sie fort, „komm auch du heute abend in die Oper, und du wirst dich nicht wundern, wenn ich morgen mittag zumindest eine zweite Nachricht von ihm in Händen habe."

Dieses Mittel indessen beunruhigte Altmüller nicht so sehr, wie sie dachte, und er verließ sie in leidlicher Sicherheit.

Das Gespräch mit Altmüller hatte die Sängerin weiter in das ungewöhnliche und poetische Erlebnis geführt, so daß sie von bestimmten Erwartungen freudig erfüllt war, als ob nun alles nach dem Programm ablaufen müßte. Wenn sie das Gedicht jetzt las, was im Verlaufe des Nachmittags ein paarmal geschah, hörte sie fast schon eine bekannte, wirkliche Stimme daraus, — und hatte fast schon ihre Antwort bereit.

Am Abend sang sie mit so aufrichtigem Erfolg, wie ihr bisher noch nicht beschieden war. An ihrem Spiel war kaum etwas geändert, und die Verwirrung des Geschlechts, die ihr aus dem Gedicht hatte anfliegen wollen, war sogleich vor der Theaterrutine verflogen, als sie sich schminkte und ankleidete. Aber ihre Stimme hatte noch nie so leicht, wie ein Vogel zwischen Himmel und Erde, sich und andern wohlgetan. Angestrengter als sonst, berauschter, aber auch vorsichtiger gegen Zug und Erkältung, und voller Zuversicht auf die Entwicklung des Abenteuers fuhr sie nach Haus.

4

Indessen sah sich diese Zuversicht am nächsten Tage betrogen. Wieder empfing sie Briefe und Blumen, aber von dem Unbekannten war nichts dabei, kein Vers und keine Zeile. Sie war ihrer Hoffnung so sicher gewesen, daß die Enttäuschung mit einem Schlage ihr ganzes Wohlbehagen umwarf. Sie nahm Altmüllers Besuch nicht an und verbrachte den Tag mit einem Wechsel von Aufregung und Niedergeschlagenheit. Doch wie ein verwöhntes Kind, dem es nicht einleuchtet, daß ihm irgend etwas versagt werden könnte, faßte sie am späten Abend einen plötzlichen Trost. Sie redete sich ein, daß der Unbekannte nicht viel mehr als andere Männer gewesen wäre, wenn er leibhaftig in diesem Zimmer aufgetreten wäre, wo Lorbeerkränze mit Schleifen komödiantisch herumhingen. Daß er nicht gekommen war, gab ihm eigentlich nur noch mehr von jener neuen Wirklichkeit, die sie erregte. Ihre Zwiesprache mit ihm wurde glühender, und dadurch ihre Erwartung zwar in feinerer Art, aber in höherem Maße stürmisch und quälend. Und als am nächsten Tage Altmüller, der über jeden Vorgang im Hause der Geliebten unterrichtet wurde, mit einer heimlichen Befriedigung erschien, mußte er erkennen, daß der Spuk ganz und gar nicht gewichen war.

Nanette war blasser als sonst, begegnete ihm zerstreuter, und als er sie vorsichtig wegen ihres letzten Singens loben wollte, sagte sie außer jedem Zusammenhang:

„Du mußt mir helfen, Altmüller. Entweder es ist alles aus zwischen uns, oder du mußt mir helfen. Ich habe es mir in den Kopf gesetzt, den unbekannten Dichter kennenzulernen."

„Was willst du von ihm?" fragte er.

Sie lächelte zerstreut: „Das kommt darauf an, was er von mir will."

„Nun," meinte er, „darüber läßt ja das Gedicht keinen Zweifel, was er will. Wenn du ihm das geben willst —?"

„Das, das und alles," rief sie und brach in Tränen aus.

Es war das erstemal, daß Altmüller sie weinen sah; aber es war ihm doch nicht zu verdenken, daß er verstockt blieb: „Du wirst nicht verlangen, Nanette, daß in diesem Schmerz gerade ich dich tröste."

„So geh auf der Stelle," fuhr sie auf, „und wenn du dich nicht anders besinnst, so ist hier deine Zeit um. Ich habe dich nie um etwas gebeten, heute bitte ich zum erstenmal, und du versagst es."

„Es ist aber auch darnach, Nanette", versuchte er zu begütigen.

Sie maß ihn mit zweideutigen Blicken: „Rechne dir aus, Altmüller, was ich dir wert bin. Mehr als ich dir wert bin, wird dir keiner nehmen."

Dieses Wort ging Altmüller nach. Erst zu Hause fielen ihm ein paar Antworten ein, und er mußte sich gestehen, daß das Gespräch mit Nanette größere Anstrengungen forderte, als er im Umgang mit ihr und andern Frauen sofort aufzubringen hatte. Seine Besuche bei der Sängerin wurden abgewiesen, seine Briefe nicht beantwortet. Er mußte, daß Nanette jede Gesellschaft vermied, und wenn ihm das auch über die unmittelbarste Sorge hinhalf, so bewies es ihm doch, wofür auch einige andre Zeichen sprachen, daß das Fieber noch immer in der Geliebten wütete. Die ungewohnte Entfernung aus ihrer Nähe, ohne daß er sich als abgesetzt betrachten mußte, ließ ihn zärtlicher an sie denken. Sie fehlte ihm anders, als wenn er etwa durch eine Reise längere Zeit von ihr getrennt war. Er vermochte schließlich ihr Gefühl nicht mehr eine bloße Laune zu schelten und ertappte sich darüber, daß er in einer wöchentlichen Abendgesellschaft, an der er mit andern jungen Leuten mancherlei Berufes teilzunehmen pflegte, den Gesprächen über Theater und Poesie mit einer Aufmerksamkeit folgte, die dem Rätsel Nanettes zugute kommen könnte.

In dieser Gesellschaft traf er auch Vinzenz Hüttenvogel und kam in Versuchung, sich ihm anzuvertrauen. Aber als er sich zu ihm setzte, bemerkte er, wie übrigens auch andere Bekannte, daß das schmale, ernste, mißtrauische Gesicht des Freundes noch verschlossener und abweisender geworden war als früher; so daß er sein Geheimnis bald als zu frivol, bald als zu kompliziert für eine Mitteilung empfand und schwieg. Das Gespräch des Abends wurde von Vinzenz beherrscht und in eine so idealische Höhe und Strenge geführt, daß alle ihm mit Bewunderung zuhörten; nur Altmüller war und blieb zerstreut.

Er fühlte sich einsam wie ein Mensch, der Heimweh hat; die Rede, die an ihm hintönte, so geistreich sie sein mochte, ihm erschien sie anmaßend und schwach, und er dachte an Nanette, ganz als ob sie ihm gehörte und damit in ihrer Frische und Wärme mehr schenkte, als alle ursprünglichen und nachgemachten Philosophen vermöchten. Seine Vorstellung wurde heftiger, sein Verlangen nach ihr wuchs, und er hätte sich nicht gewundert, wenn er sie bei sich zu Hause, auf ihn wartend und beglückend, gefunden hätte.

5

Noch in derselben Nacht schrieb er ihr: "Nanette, ich will dir suchen helfen, unter einer Bedingung: wenn wir in vier Wochen nicht gefunden haben, wirst du meine Frau." Er schickte den Brief am nächsten Morgen zu ihr, und ehe sie Antwort hätte geben können, erschien er selbst zur gewohnten schönen Stunde, und wurde angenommen.

War es Klugheit oder Eifer, ihr zu dienen, er sprach von seiner Bedingung kein Wort und fing sogleich nach der ersten, unsicheren Begrüßung mit Rat und Vorschlag an: "Auf den Zufall dürfen wir nicht bauen. Ich bin die Zeit über nicht müßig für dich gewesen, ich habe herumgehorcht, so weit ich es ohne Indiskretion durfte, ich hatte keinen Erfolg. Ich kenne die junge literarische Welt, wie du weißt, zum größten Teil persönlich, und da Dichter ihr Licht nicht unter den Scheffel stellen, wäre mir an unsern Abenden keine noch so versteckte Anspielung entgangen, — die nicht ausbleiben konnte, denn mein Verhältnis zu dir ist den wenigsten verborgen. Wir müssen die Journale lesen, bis wir einem Vers, einem Gedanken begegnen, der unsers heimlichen Dichters würdig scheint."

Es entging Nanetten, daß mit alledem nichts gesagt war und daß Altmüller das Geschäft, zu dem er sich so bereitwillig erbot, ins Nichtige hinlenkte. Sie ließ sich von seiner scheinbaren Uneigennützigkeit bestechen, und wirklich schafften sie nun in den nächsten Tagen und Wochen alles an, was sie an Zeitungen, Kalendern und Revuen bekommen konnten. Zum erstenmal in ihrem Leben begnügte sich Nanette nicht damit, die Kupfer anzuschauen, Spitzen und Häubchen zu mustern und Nachrichten aus der großen Welt zu sammeln, sondern machte sich voll Begier über das Gereimte her, und suchte — bald wußte sie selbst nicht mehr, was.

Die Verse ermüdeten, es war nicht zu leugnen; die Verse stäubten, und sonst frische Bilder bezogen sich grau davon. Es ließ sich auf die Dauer nicht verheimlichen, daß die Verse' einander glichen, daß gut und schlecht, wenn man es genau besah, keinen großen Unterschied machten.

Altmüller blieb klugerweise treuer bei der Sache als Nanette, die eines Tages vielleicht doch wieder auf eine andre Methode, ihren Unbekannten zu suchen, gedrungen hätte, wenn ihr nicht, als sie es eben aussprechen wollte, der Einfall gekommen wäre, daß die Wartezeit ergebnislos in keinem Falle für sie sein würde. Sie hatte mit Altmüller über sein Entweder — Oder noch nicht gesprochen; aber nun begann sie, sich damit zu befreunden. Es war ihr zumute wie einem Kinde, das seinen Lehrer liebt und nicht sicher ist, ob er am nächsten Tage zum Unter=

richt kommen werde; es sagt sich: entweder habe ich morgen Stunde, oder ich habe keine, in jedem Fall wird es köstlich sein.

Die Frist war um, der Dichter nicht gefunden. Die Liebesleute gestanden es einander zu, daß die Mühe redlich und vergeblich gewesen war; sie sahen einander an und fielen sich bewegt in die Arme.

So kam es, daß Altmüller dieselbe Geliebte, die er unmittelbar aus den Händen eines Vorgängers genommen hatte, jetzt beinahe so empfing, als ob er sie aus dem Hause ihrer Eltern holte.

6

Glücklicher als je und von der Art seines Glückes zutulicher gegen andere Menschen gemacht, widerstand er darum nicht, als ihm bei einem Zusammentreffen mit Hüttenvogel das Herz auf die Lippen rollte; kaum, daß er seiner Vertraulichkeit einen literarischen Beweggrund unterschob. Er verbreitete sich darüber, wie merkwürdig es wäre, daß die dichterische Begabung sich zuweilen ganz plötzlich entzünde, ihre Glut aufschlagen lasse und danach ins Dunkel für immer zurücksinke; als Beispiel dafür gab er, auf Hüttenvogels Zweifel, das Erlebnis Nanettens preis, wobei ihn die Genugtuung des Sieges antrieb, es gerade herauszusagen, daß dem unbekannten Dichter der schönste Lohn vor der Nase entgangen sei, denn die Sängerin wäre in Flammen gewesen und hätte sich bei ihrer großmütigen Natur nicht zurückgehalten.

Hüttenvogel, von mehr als Ahnung erfaßt, fragte, ob er das Gedicht nicht einmal sehen könne.

„Sie können sich denken," erwiderte Altmüller, „daß ich das Pulver als vorsichtiger Mann nicht bei den Kohlen liegen ließ; aber ins Wasser zu schütten, war es mir nun doch zu schade geworden."

Damit holte er aus seiner Brieftasche das Gedicht hervor, und Hüttenvogel las, wie er geahnt, seine eigenen Verse. Seine erste Bewegung war von einer überwältigenden Ironie. Er fühlte mit Händen, wie vor seinen Händen, weil sie nicht zufaßten, der Strom des Lebens alle Güter ewig vorbeitrug, und sah in diesem Augenblick unbetrogen seine unzufriedene Vereinsamung voraus.

Aber doch nicht bloß eine unzufriedene, enttäuschte, verdüsterte Einsamkeit. Während er den Freund immer weiter erzählen ließ, an seinem Ohr und Herzen vorbei, und doch nicht ganz vorbei, erklang noch einmal die Melodie des Pagen in ihm herauf, und seine trunkenen Augen sahen den unermüdlichen Eros fliegen zwischen Himmel und Erde.

Das Begräbnis im November

Es war an einem kalten und trüben Novemberabend, daß zum ersten Male seit siebzehn Jahren der Mann mit der Kürassiermütze nicht seinen Gang durch die Dorfstraße machte. Seit siebzehn Jahren war er täglich, ohne einen Gruß zu bieten oder zu empfangen, vor Häusern und Höfen zum Dorf hinaus und wieder zurückspaziert: im Sommer um die Stunde, wo die Menschen schweigsam und die Blätter an den Bäumen im Abendwind beredt werden, im Winter immer erst nach Eintritt der völligen Dunkelheit, wenn das Dorf in Totenruhe lag und nur noch aus einzelnen Häusern der Lichtschein eines goldenen, trügerischen Herdfriedens durch die Fensterscheiben kam. Sommer und Winter, Winter und Sommer, — er streifte die lichten Fensterscheiben mit demselben strengen Blick wie die dunkeln. Der Regen fiel und der Schnee, Hitze und Kälte; sein Mantel wurde rauh wie Torf und grün wie Schnupftabak; an seiner Mütze war längst jede Farbe verwaschen, und kein Blick eines Landwehrmannes hätte erkennen können, bei welchem Regiment er gestanden hatte. Aber die ganze Vergangenheit konnte freilich auch der Regen von siebzehn Jahren nicht abwaschen, die

Mütze war immer noch als eine Kürassiermütze anzusehen, und jedermann wußte, daß ihr Träger sie einst als Unteroffizier auf einem stolzen Scheitel getragen hatte.

Als er nun zum ersten Mal zur gewohnten Stunde nicht erschien, fiel das niemandem auf; denn alles saß schon um die Tische, oder auf der Ofenbank, oder rüstete sich gar zu einem frühen Schlaf, und hatte jedenfalls keinen Blick mehr für draußen. Vermißt wurde er dennoch. Auf jedem Hof, an dem er hätte müssen vorbeikommen, witterte ein Leben nach ihm, zerrte an der Kette oder strich am Lattenzaun entlang. Unter den Hunden des Dorfes ging eine Sage, daß hie und da einer von ihnen im Kochtopf des alten Kürassiers endete, und also waren sie ihm, fast wie verabredetermaßen, aufsässig. Wenn er kam, begleitete ihn von Hof zu Hof feindseliges Knurren oder scharfes, jeden Zweifel entscheidendes Bellen; etliche von den Widersachern drückten sich in einem ausgescharrten Gang unterm Zaun durch oder wagten gar den Sprung darüber, und diese pflegten dem Kürassier lautlos zu folgen, bis er, ohne sich umzusehen, mit seinem Krückstock nach hinten einen Kreis hieb, worauf sie lautlos verschwanden.

Nun war er, wie gemeldet, zum ersten Male nicht erschienen. Die Hunde wurden unruhig, als der Abend fortschritt; schließlich fanden sich die Vagabunden unter ihnen auf der Dorfstraße zusammen. Erst suchten sie planlos an den Häuserecken und Baumstämmen herum, dann trotteten sie, den Kopf am Erdboden, in die einzige Seitengasse des Dorfes; vor der Schwelle eines verwahrlosten Hauses, vor dem zwei Kastanienbäume ihre straff-

gewundenen Besen in das Himmelsgrau hielten, machten
sie halt. Es war das Armenhaus. Die Hunde drängten
sich um die flache Steinwelle. Als aber die Tür von
innen aufgestoßen wurde, stoben sie sogleich davon, feige
wie alle Dorfhunde, wenn sie von ihrem Hofe entfernt
sind. Aus dem Hause trat der Tischlermeister, der dem
Kürassier das Maß zu seinem langen Sarge genommen
hatte.

Die Nachricht von diesem Todesfall verbreitete sich
nicht gerade schnell im Dorf, und wo sie hinkam, machte
sie nicht mehr Aufsehen, als wenn etwas schon Bekanntes
noch einmal erzählt würde. Nur in einer Familie mußte
dem Ereignis, sowie es gemeldet war, der Vorrang vor
allen übrigen Sorgen und Gedanken eingeräumt werden;
das war die eines Bruders des Toten, eines angesehenen,
ehrbaren Mannes in der Gemeinde, der im Kirchenrat
saß und im Kriegerverein nur deshalb nicht den Kom-
mandeur spielte, weil er jede Wahl dazu beharrlich abgelehnt hatte, seit der Kürassier im Dorfe war. Er saß,
der Ziegeleiarbeiter, Torfmeister, tüchtigste Mäher und
Holzschläger, je nach der Jahreszeit, Gottlieb Scherffling,
mit seiner Frau und seinen drei noch im Hause befind-
lichen Söhnen bis in die späte Nacht beim Licht einer
Hängelampe. Sein schief stehender Kopf zeigte eine ver-
schlossene und strenge Miene; die für ländliche Verhältnisse und ihre beinahe fünfzig Jahre noch frische Frau
besaß ein apfelrundes Gesicht mit munteren Augen und
trägen Lippen. Beide dachten nichts, nur daß die Frau,
nach Weiberart, aus diesem Nichts, wenn es nötig war,
in eine helle, prompte Gegenwart auffuhr, er aber in

eine dunkle Region, in eine unverstandene Schwermut sank. Die Frau strickte, der Mann schlug ab und zu mit einem rohschaligen Messer auf den Tisch. Die Söhne flüsterten, gähnten, stießen sich herum, sie hatten, vom Zwölfjährigen bis zum Achtzehnjährigen, das runde Gesicht der Mutter, aber von dem strengen Ausdruck des Vaters war auch eine Erbschaft in ihnen, die als liebloser Hochmut ihr ganzes Wesen verkühlte.

Die Frau ließ den Strickstrumpf in den Schoß sinken:

„Mit der Hübnern ist nicht mehr auszuhalten, heute brachte sie eine Maus aus dem Sirupsfaß und lachte noch obenein, das soll man nun essen! Die Kaffeebohnen riechen immer nach Petroleum, sagen kann man nichts, sonst hält sie mir das Buch hin und zeigt mir, was ich schuldig bin, dreizehn Mark achtzig sind es schon wieder." —

Ihr Mann hob den Kopf und machte Augen, als ob er wer weiß wie erschrocken über die Maus gewesen wäre; er stand auf und sagte:

„Ich gehe morgen zum Pastor wegen dem Begräbnis."

Der älteste Sohn straffte sich sofort in die Höhe:

„Vater, ich muß Ihnen das sagen: wenn Sie ein Begräbnis machen und Pastor Steuermann kommt dazu, dann kann ich nicht folgen."

„Du brauchst auch nicht zu folgen, wenn es dir nicht paßt," sagte der Vater und streifte die beiden jüngeren Söhne mit einem Blick, der ihnen nichts Gutes verhieß, falls sie sich der Emanzipation ihres Bruders anschlössen, „und mit Pastor Steuermann werde ich reden, ich mache ein stilles Begräbnis, ohne Pastor und Küster und Glockenläuten." —

Als der Kürassier Leberecht August Scherffling vor siebzehn Jahren in sein Heimatdorf zurückgekommen war, hatte seine Familie ihn nicht freudig wiedergesehen. Er kam nämlich auf dem Schube, von einem Gendarmen begleitet. Die Stadt, in der er vordem hatte unterkriechen wollen, hatte ihn ausgewiesen und seiner Heimatgemeinde liebevoll überlassen, obgleich er, unter Polizeiaufsicht gestellt, wie er war, eigentlich nicht hätte gefährlich werden können. Diese vorsorgliche Polizeiaufsicht empfing ihn auf der Schwelle des Zuchthauses, nachdem er seine vier und ein halb Jahr redlich abgemacht hatte. Eine lange Zeit: vier und ein halbes Jahr Tüten kleben, mager werden, rissige Fingernägel bekommen. Das Verbrechen, das er abbüßte, — nennt man es mit seinem juristischen Wort, so klingt es und ist abscheulich; aber es war doch von jener Art, die durch ein anderes Wort ein anderes Gesicht bekommt. In ganz frühen Zeiten des menschlichen Zusammenlebens, in Zeiten, die man wahr und würdig nur nach einem antiken Versmaße beschreibt, wäre sogar eine gewisse Heiterkeit um seine Tat geflossen; damals, heißt es im Gedicht, liebten auch Götter und Göttinnen, und es folgte „Begierde dem Blick, folgte Genuß der Begier."

Ein Manöverruhetag für einen in seiner Kraft siedenden Soldaten, ein Quartier mit einem dreizehnjährigen Kinde, das seine frühe Üppigkeit in jedem blanken Knopfe spiegeln möchte, Gang durch die frischen, geeggten Felder am Nachmittag und abends die Gelegenheit der Dachkammer — das unterscheidet sich von vergangenen, heroischen Zeiten in nichts, als weil ein anderer Blick darauf fällt. Daß das Mädchen sich wehrte — je nun, seit Anbeginn wehren sich die Mädchen.

Aber die Richter sagten: Notzucht. Und als der Angeklagte, dieser baumlange, scharfe Kerl, vor ihren militärischen Augen stand, wurde er nachträglich verstockt und tückisch und verdiente nachträglich den beschimpfenden Namen und die entehrende Strafe. Er war zudem ein deutscher Mann, und das Gericht machte ihn zum Verbrecher auf immer, nicht zum Sünder für eine Neugeburt. Als er entlassen war, brannten seine Buße und seine Tat zu einer toten, kalten Schlacke in ihm zusammen. Sinnlos war es gewesen, die vier und ein halbes Mal dreihundertfünfundsechzig Tage im Kreise herumzulaufen, wie ein Gaul an der Tonschlemme; sinnlos aber auch, ein junges Weibsbild, das Augen macht, zur Liebe zu zwingen, wenn ihm bis zur gesetzlichen Erlaubnis noch drei Jahre fehlen. Der entlassene Zuchthäusler verduftete in das berüchtigtste Viertel von Berlin, schlief mit Gesindel zusammen, arbeitete nicht. Ersparnisse trug er nach Soldatenart in einem ledernen Beutel am nackten Leibe, und ließ nur sickerweise, wie ein Geizhals, etwas daraus. Bald wußte die Polizei, daß er bei den übelsten, zerstörtesten und wohlfeilsten Dirnen zu Gaste ging. Und da um jene Zeit ein paar Morde an Prostituierten das lichtscheue Viertel aufregten, entledigte sich die Stadt seiner mit einem Federstrich und gab ihn an die Heimatbehörde ab.

Er nistete im Armenhaus, band Besen, flocht Körbe und fing sich zuweilen einen vorlauten Hund.

Und eines Morgens kam er von seinem Bett nicht auf, röchelte viele leere Stunden und starb. Am andern Vormittag ging sein Bruder zum Nachbardorf hinüber, wo der Pfarrer wohnte. Es war ein Weg von etwas über eine halbe Meile. Der kalte, zähe Regen des Novembers schlug sich aus der grauen Nebelhülle nieder. „Das ist nicht so einfach", lautete der Gedanke, der den über Land Wandernden erfüllte, ein Gedanke, der, wenn er eine Stunde dauert, etwas anderes besagen will, als die wort= betrogenen Menschen daraus lesen.

Der Pfarrer hörte die Meldung des Trauerfalles mit einer pflichtmäßigen und geübten Ergriffenheit so herzlich an, daß seine Brillengläser schwarz wurden. Als er aber zwei schmutzige Birkenblätter an der Fensterscheibe sah, die der widrige Regen dagegen geklebt hatte, ging er auf den Wunsch, der ihm vorgetragen wurde, bereitwillig ein, und von seiner Seite war der ehemalige Kürassier und Unteroffizier Leberecht August Scherffling nun so gut wie für immer begraben.

Was der Pfarrer beschloß, verband auf dem natür= lichen Instanzenwege zuerst den Schullehrer und Küster, dann die Singekinder, einige Mütter von diesen und sonstige alte Weiber, den Nachtwächter, die Gesangbücher und die drei Glocken des Kirchturmes, daß sie sich alle= samt enthielten, an dem Armenbegräbnis teilzunehmen. So versammelten sich denn um die schon beginnende Diebsstunde des dritten Tages vor dem Totenhause nur sechs junge, leichtsinnige Burschen, die die Sargtragung übernommen hatten, und die Familie des Verstorbenen: der Bruder, die Schwägerin und die drei Neffen; dazu, in einigem Abstand, ein paar der schnobernden, knurren= den schwarzen Köter des Dorfes. Die sechs Träger und der Bruder gingen in das Haus; sie standen um den auf zwei Brettstühlen ruhenden Sarg mit gefalteten Händen solange, wie man bis fünfzig zählt; dann luden die Träger ihre schwere Last auf die Schultern und holperten hinaus. Die Leidtragenden schlossen sich in der schicklichen Reihenfolge an, und der Zug setzte sich nach dem Kirchhof in Bewegung. Der Mann mit der strengen Miene dachte: „das ist nicht so einfach", die Frau mit dem runden Gesicht: „jetzt habe ich mir die Schuhe vollgefüllt, so ein Dreck!" Der älteste Sohn war zufrieden, daß keine unerwünschte Zeugenschaft des Vorgangs vorhanden war, und die beiden jüngeren langweilten sich ganz auf ihre persönliche Art. Die Hunde blieben zuweilen zurück, schienen unschlüssig, ob sie nicht lieber nach Hause sollten, und kamen dann doch wieder mit niedergedrückten Beinen wackelnd und wedelnd heran. Es regnete, die Dorfstraße war grundlos, an den Bäumen schwenkten sich irrsinnig die spärlichen, zurückgebliebenen Blätter.

Ein bißchen tot ist am Ende, wie bekannt, ein jeder; aber in so hohem Grade tot zu sein wie der Kürassier, das konnte ihm doch nicht passen. Er sann auf Mittel, sich dagegen zu wehren, die Zeit dazu hatte er reichlich; denn was wir einen Weg von einer Viertelstunde glauben, das ist für einen Toten mehr, als wir ausrechnen können. Ein paar Jahrhunderte lang wollte ihm nichts einfallen. Dann aber gab es einen Ruck, die Träger hatten den Sarg zu Boden gestellt, um ihre Plätze an der Bahre und damit die Schultern zu wechseln. Und mit diesem nicht übermäßig sanften Stoß auf die gegenwärtige Erde des Jahres 1912 kam dem toten Kürassier der rechte Gedanke. Schon schwankte er wieder in den Lüften, zu Häupten der sechs jugendlichen Träger; da schob er den Sargdeckel aus seinen Zapfen vorsichtig mit der Linken ab, bog sich steif zur rechten Seite der schwarzen Anjänfte hinaus und sprach: "Unter den Ziegelsteinen vor dem Feuerloch des Ofens liegt ein Beutel mit hundert Talern." Darnach senkte er sich vorsichtig in die Späne zurück und hob den Sargdeckel wieder in sein Lager bis dicht vor seine spitze Nase.

Kaum war sein Wort, mit dem Stein und Eisen durchdringenden, lautlosen Hall der Totensprache, verklungen, so setzten die Hunde davon. Aus den Schallöchern des nahen Kirchturms drang ein Summen, die kleinste, die Bimmelglocke schlug vorlaut ihren frechen Ton an, die mittlere fiel ernsthaft ein, und die große, die den Namen Anne=Susanne trug, fügte ihren schweren Grundbaß dazu. Durch die Lüfte kam der Pfarrer, von seinem Talar wie von einem Fallschirm behütet, herangeflogen, seine weißen Bäffchen leuchteten, und die Brillengläser funkelten. Sowie er Fuß vor dem Sarge gefaßt hatte, stand auch der Schullehrer neben ihm, lebhaft gestikulierend den Begräbnischoral singend, und seinen Kindern einen halben Takt voraus, noch bevor sie überhaupt angefangen hatten. Diese, Mädchen und Knaben, trippelten von allen Seiten eifrig herbei, und ihr Gesang flog hell, spröde, fröhlich und grausam vor dem Sarge einher. Aus den Türen der Häuser traten die Weiber, wickelten die Unterarme in ihre Schürzen und schauten andächtig auf die Karawane. Sogar im Nebelgewölk des Himmels zeigte sich eine kleine Veränderung: Formen deuteten sich im Formlosen an und wurden sichtbar rötlich trübe umgrenzt, wenn auch der farbige Anhauch nicht stärker war, als ihn ein abgegriffener schwarzer Filzhut aufweist.

"Hundert Taler," dachte der Bruder, "das ist nicht so einfach." Das Gesicht der Schwägerin wurde streng und schmal, sie rechnete ihre Schulden zusammen und was noch übrigblieb. Die Neffen glotzten dumm. Der Mann aber und die Frau fühlten, jedes auf seine Art, einen geänderten, gelinderten Herzschlag; die Augen wurden ihnen naß; und nicht etwa, wie ein voreiliger Leser meinen könnte, Ungeduld und Befriedigung von Erben, sondern eine gehörige Totentrauer erfüllte ihr Herz.

Die letzte Ohnmacht

An einem Novemberabend, der von Nebel troff und seine Traurigkeit in unzähligen Reflexen aufglimmen ließ, jede Laterne eine Einsamkeit, jeder Widerschein von ihr auf den Straßendämmen ein Gespenst von Licht, kam Konstantin Lamm gerade noch vor Toresschluß bei dem Vorstadthause an, in dessen oberstem Stock er wohnte. Ohne Überzieher, auch sonst dürftig gekleidet, blaß im Rahmen seines unbestimmt blonden Kopf- und Barthaares, hatte er sich, zum ersten Male seit langer Zeit, in die wollüstige Bitterkeit seines Unglücks aufgelöst, durch die Straßen getrieben. Der Frost, der ihn durch die feuchte Kleidung hindurch anwehte, hatte ihn nur immer willenloser gemacht; was alles ihn nicht gehindert hatte, daran zu denken, daß er keinen Hausschlüssel mit sich trug, und daß er sich einrichten müsse, wenn er sein Dach über dem Kopf gewinnen wolle.

Hausflur und Treppenaufgang lagen, plötzlich gegen die feuchten, blinkenden Straßen, in der Überhelligkeit des seelenlosen Gaslichtes, und Lamm stieg die Stufen hinan, auf einem allzu neuen, mißfarbigen Läufer, vorbei an den hochstengeligen, sinnlosen Tulpen, die an die Wand gemalt waren. Aber beim dritten Stockwerk hörte der Läufer auf, und die gelbe, gestrichene Treppe, weil nackt, knarrte unter jedem Schritte Lamms, den die erschreckende Reinlichkeit und Kahlheit des obersten Hausstockes ungastlich und trost= los wie immer empfing. Durch den Korridor tastend, fand er sich in sein Zimmer und machte Licht. Der Raum war mit den dürftigsten Mitteln ausgestattet; die Tapete ein= farbig, in einem schnell verblichenen, sumpfigen Blau, ein Diwan mit einem wohlfeilen Teppich, vom Fenster her schräg in das Zimmer gestellt, zu seinen Häupten ein kleines drehbares Gestell für Bücher, der Boden mit einer Matte aus Kokosfaser bedeckt, ein kleiner Tisch unter der Hänge= lampe, das war alles; als Schmuck nichts mehr als Lam= brequins über den Gardinen, zufälligerweise mit einem ähnlichen Ornament von Tulpen, wie die Wände im Treppenflur aufwiesen, und ein paar Bilder an den Wän= den, populäre Reproduktionen, Graf Tolstoi als Ackers= mann, die Mona Lisa und eine Montmartre=Zuhörerschaft, der Beethoven vorgespielt wird. Die Sauberkeit des Zimmers, die Kahlheit, der Versuch, eine geschmackvolle Anordnung vorzutäuschen, alles das mußte einen sehr trostlosen und öden Eindruck auf jeden Besucher machen und wirkte auf Konstantin Lamm in diesem Augenblick, wo er, statt einer halben, drei und eine halbe Stunde weggeblieben war, bis zur Verzweiflung. Nicht bloß leer — diese Wohnung war verlassen: keine Spur des Lebens, wäre es auch in der Gestalt von Unordnung, war erkenn= bar; kein Anreiz in einem Zeichen von Arbeit, kein Überfluß.

Gerade als er ans Fenster trat, wurden die Straßen= laternen vor seinem Hause ausgelöscht. Und indem es ihm einfiel, wie lange er weggewesen war, rief er mechanisch „Aglaia", den Namen seiner Tochter. Da er keine Antwort erhielt, öffnete er die Tür zu dem zweiten, dem Schlafzimmer, und rief auch dort in das Dunkel hinein: „Aglaia". Aber alles blieb stumm. Er horchte, ob er Atemzüge vernähme, und begab sich dann über den Korridor zur Küche. Er machte die Tür auf, und in der ebenfalls erschreckend leeren, erschreckend sauberen Küche, mitten in all dem toten Weiß des Gaslichtes, stand sein Töchterchen am Küchentisch, ein vielleicht sieben=, vielleicht zehnjähriges Mädchen. Sie stand genau so, wie der Vater sie verlassen hatte, als er ihr vor drei und einer halben Stunde adieu sagte. Nun war es doch undenkbar, daß das Kind die ganze Zeit über sich nicht sollte geregt haben; Lamm erschrak vor der Heftigkeit der ihn anfallenden Gewissensbisse, die ihm einen flüchtigen Schwindel im Gehirn erregten, gegen die er sich aber im Bruchteil der Sekunde, daß er sie fühlte, mit der zornigen Erkenntnis zur Wehr setzte: sie hat sich in dem Augenblick so hingestellt, als sie dich kommen hörte.

„Nun," begann er, „Aglaia, nun, nun, warum stehst du in der Küche, warum spielst du nicht, warum häkelst du nicht?"

Das Kind schaute nicht auf.

„Ich dächte, du sagtest mir jetzt guten Abend", fuhr Lamm fort.

Das Kind sagte, die Augen immer gesenkt: „Guten Abend," mit einer so pflichtmäßigen Stimme, daß Lamm nur noch in größeren Zorn geriet. Er sah sich um, ob irgend etwas in der Küche in Unordnung stände, wofür er das Kind tadeln dürfte. Aber es war alles so sehr in Ordnung, daß

Lamm nur sah, wie wenig es da zu hüten gab. Und die Bitterkeit erstickte ihn und hätte ihn beinahe stumm hinausgetrieben. Zum Unglück blickte er mit einer bösen Wendung zur Seite, in das Gesicht der Tochter, die mit unbeweglich verstockter Miene und gesenkten Augenlidern dastand; er sah ihre hellen, fast weißen Brauen und erbebte vor der Ähnlichkeit dieser hellen, schmalen Stirn mit der einer anderen, seiner Frau, die ihn verlassen hatte. Er fing an, in der Küche hin und her zu gehen, ratlos, unfähig, das Ereignis zu begreifen, immer noch den feuchten, weichen Hut auf dem Kopf: — Bevor es geschieht, ist das alles natürlich, unzählige Ehen gehen in Scherben, man weiß es; aber wenn es geschehen ist, „wahr wie ein Stein" — Was ist geschehen? Sie ist von ihm gegangen — sie kann ja wiederkehren; solange Leben und Hoffnung ist, solange Kraft und Wunsch ist, solange Güte ist, die sich überrumpeln läßt, ist die Wiedervereinigung möglich. — Aber sie war ja nicht allein gegangen.

Und selbst wenn sie sich auch von jenem weglocken ließe, von dem verräterischen Freund, dem Brüderchen, Genossen aller jugendlichen Kämpfe — aber in der Zwischenzeit hatten die wie Eheleute mit einander gelebt! Daran war nicht zu zweifeln, dieses mußte so sein, es sind ja natürliche Dinge zwischen Mann und Frau. Aber — bevor sie ging (er schloß die Augen), war sie auch schon mit ihm zusammen gewesen, und fast hätte er es einmal gesehen. Das war die Mauer, gegen die er seinen Kopf seit anderthalb Jahren vergeblich rannte und stieß.

„Steh nicht so still da", schrie er das Kind an, mit einer so fürchterlichen Stimme, daß das Mädchen zusammenfuhr und zwei Tränen, schnell gesammelt, brennend heiß ihre Augen füllten. Lamm sah es und atmete wie unter einer Genugtuung auf. Und als das Kind doch in seiner Haltung beharrte, dachte er: Du täuschest mich nicht. Ich kriege dich schon.

„Geh und stell' dich in die Ecke", befahl er. Aber das Mädchen hob den Blick und rührte sich nicht.

„Hast du nicht gehört? Sperr' deine Ohren auf! Hast du nicht gehört, was ich dir befohlen habe? du, in die Ecke, scher' dich in die Ecke."

Des Kindes Mund öffnete sich, aber auch jetzt ging sie nicht von ihrem Platz. Nur in ihren Augen verwandelte sich ein fast löwenhafter Groll in eine leidvolle Gleichgültigkeit. Lamm hob die Hand, und im Heben ballte er sie zur Faust, und sagte:

„Wenn ich mich nicht bedächte" — aber da schlug er schon zu, und traf ihr die linke Schulter mit einem rauhen, unbeherrschten Schlag. Und sogleich schlug er noch ein zweites, ein drittes Mal zu, jedesmal entsetzter und ratloser. Dann erschrak er über das Unfreiwillige seines Tuns, und mit dieser Einsicht glaubte er sich wieder in der Herrschaft zu haben und alles gutmachen zu können, sowohl die Schläge als auch besonders den Ungehorsam des Kindes, über den er sich nicht hinwegsetzen konnte. Mit einer sentimentalen, vorwurfsvollen Stimme versuchte er sie zu überreden:

„Ist das wohl recht von dir, denke einmal, Aglaia! Ist das recht, mich so zu ärgern? Ich kam doch müde nach Haus, ich hatte zu tun, war erschöpft, und nun finde ich hier —"

Da er das alles glaubte, was er sagte, wurde er wieder heftiger und fuhr fort:

„Nun also, in die Ecke, wie ich dir befohlen habe. Du gehst jetzt in die Ecke, stellst dich dorthin."

Wieder sah das Mädchen zu ihm auf; das Gesicht bleich wie vorher, nur an der Stirn, auf der zarte Schweißperlen standen, schwach gerötet. Sie stand mit einer so unerhört fremden Kraft da, daß es Konstantin Lamm zumute wurde, als hinge der Sinn und Wert seines Lebens davon ab, über diese Macht zu siegen. Mit einer Wildheit, deren Wollust er durchaus spürte, erwiderte er ihren Blick, ohne ihn brechen zu können. Und mit heiserer, bestimmter Stimme, nicht laut, aber, wie er hoffte, von alles niederwerfender Eindringlichkeit, begann er wieder auf sie einzureden:

„Du denkst, du willst mir trotzen. Wenn ich dich bloß in die Ecke haben wollte — ich hebe dich mit einem Finger auf und trag' dich hin. Aber du sollst von selbst gehn! Hörst du, in die Ecke!"

Sie wird es nicht tun — fuhr es ihm in den Sinn. Und was dann? Dann ist es bewiesen — ein Schwächling, ein Lappen zum Wegwerfen: Ein Ohnmächtiger, wenn er liebt und wenn er zürnt, wenn er bittet und wenn er befiehlt! Da fiel er sie wieder mit Schlägen an, die er mit Roheit, aber mit einer zu seiner Qual immer beherrschten und bewußten Roheit, auf ihre Schultern, auf ihr Gesäß, auf ihren Oberarm niedergehen ließ. Und ganz zuletzt gab er ihr einen Backenstreich. Es wurde ihm kalt über die ganze Haut, und verzweifelt vor Hilflosigkeit hockte er sich zu Algaia nieder, um ihr mit Vernunft beizukom=

men. Er sah sie an, dann in der Küche umher, und als er in der einen Ecke einen aus Rohr geflochtenen Korb mit Flicken gewahrte, sagte er, um sie zu überlisten:

„Wenn du in die Ecke willst, dann geh und nimm den Flickenkorb weg. Stell' erst den Flickenkorb auf den Küchentisch, du stehst sonst nicht bequem, dort, dort, den Korb —"

Sie sah ihn verständnislos an. Er sprang in die Höhe.

„Nein, da hört doch alles auf." Und wieder ging er in der Küche umher. „Nein, diese moderne Erziehung mache ich nicht mit. Es tut einem Kinde gut, zur rechten Zeit einen Schlag zu bekommen. Dem Kinde ist selbst nicht wohl in seinem Trotz."

Er blieb wieder bei ihr stehen, faßte sie am Arm und schlug so heftig, daß sie hätte weinen müssen. Aber sie weinte nicht. Und wieder irrten seine Hände in ihr Gesicht, und wieder fühlte er dabei das atemraubende Entsetzen. Du Heilige — fühlte er qualvoll bei jedem Schlag — Leidende, Dulderin, Schweigsame, o, wie ich dich liebe! Wie ich deine Wangen liebe, deine heiligen Wangen, dein Fleisch, das ich züchtige! Tränen entstürzten ihm. Mit äußerster Demut kniete er zu dem erschöpften, schweißbleichen Kinde nieder, faßte ihre Hände, küßte sie, bis er spürte, daß Aglaia, um sie seinen Lippen zu entziehen, sich in die Schultern zurücklegte, aber, wahrscheinlich vor Verachtung, mit den Armen selbst keinen Versuch zu einer Anstrengung machte.

Diese Gebärde war ihm entsetzlich. Genau so widerwillig, genau so geringschätzig und unwiderruflich hatte seine Frau beim Abschied seinen letzten flehenden, längst nicht mehr verzeihenden, sondern nur noch flehenden Hän-

bedrückt angenommen. Die ganzen letzten Tage ihres Zusammenseins, durch seine Zorn- und Schmerzausbrüche hindurch, hatte er eine Sicherheit gefühlt, daß er, so oder so, der Sieger bleiben würde. Dann wurde der Abschied doch, wie die Untreue es gewesen war: unwiderruflich wie der Tod. Er erhob sich und sah auf die Tochter nieder, bebend vor Haß gegen ihren Widerstand. Er riß sich den Hut vom Kopf und warf ihn auf die kalten, blanken Fliesen der Küche.

„Dich werde ich zwingen. Dich zwinge ich", sagte er tonlos, mit unglückseligem Triumph. Er wußte nicht, daß nicht einmal Gott einen Menschen zwingen, sondern nur vernichten kann. Auch in Aglaia war etwas jenseits ihrer Jahre, ihrer Erfahrung und ihres Willens erwacht, und sie sagte plötzlich:

„Ich gehe nicht, wohin du mich schickst; ich will überhaupt nicht —"

„Du gehst nicht? Du willst nicht?" schrie er und rannte in der Küche umher, und griff voll Wollust Waffen aus der Luft — ein Messer, ein Beil, und faßte zu seinem Unheil wirklich mit der leibhaftigen Hand einen schweren hölzernen Quirl, der auf dem Küchentisch lag. Er erhob ihn und wollte ihn auf ihren Kopf niederschlagen, aber er wollte ihn nur auf ihre Schulter niederschlagen. Doch da duckte sich das Kind unglücklich in den Schlag hinein, empfing ihn über den Schädel, sank hin und lag bewegungslos da. — Die Obduktion stellte später fest, daß Aglaia Lamm eine ungewöhnlich dünne Schädeldecke gehabt hatte und daß ein Schlag mit einem harten Mützenrand sie hätte fällen können.

Lamm sah das Kind liegen und hatte sofort die Gewißheit, daß etwas Schreckliches angerichtet war. Er kniete nieder, und sah, daß das Kind verblich. Er streichelte der Sterbenden, schon Toten das Haar und die Schläfe, ließ mitten in der Bewegung von ihr ab und erhob sich, gerade als er sich dabei ertappte, daß er sie wieder anflehen und von ihrem Eigensinn abwenden wollte.

Eine Weile stand er, sagte wie abwesend: „so so so" vor sich hin. Dann wurde er kalt und mußte niesen. Und darnach war er wie von einer stählernen Nüchternheit übergossen. Er nahm das Kind sorgfältig, trug es ins Schlafzimmer und bettete es auf seinem eigenen Bett, ohne Teilnahme eigentlich, aber in sonderbarer Weise gütig. Sich selbst setzte er auf einen Stuhl, mit dem Rücken gegen das Bett, und verhielt sich regungslos. Aber nach kurzer Zeit war es ihm, als ob das Kind schliefe, den erschütternden Schlaf der Kinder, dieser einsamsten Wesen auf Erden. Oft in glücklichen Tagen hatte er das Kind zu Bett gehen sehn, und jedesmal war er über die Plötzlichkeit, mit der es in den Schlaf sank, erschrocken gewesen.

Er zündete eine Kerze an und stellte sie zu Häupten des Bettes. Aber da lag sie, und ihr roter Mund war zu einem blassen Mund geworden, ihre Hände hielten noch, was sie zuletzt gegriffen hatte, ihre Augen waren gebrochen, ihr Leib gestreckt von Aufgang zu Untergang, endlos. Er wußte, daß jetzt das Letzte da war auch für ihn, und spürte doch, daß er auch jetzt nicht wußte, was er wußte. Er ging in das Nebenzimmer, und beim Flakkern des erlöschenden Kerzenstumpfes fand er unter seinen Büchern die zwei schmalen Bände, die er selbst geschrieben hatte. Als er sie in den Händen hielt, fühlte er einen Widerwillen ohnegleichen gegen sie und gegen alle Hoffnung, die er einmal darauf gebaut hatte. Er zerriß sie und legte sie auf den Bücherständer. Dann kehrte er in das Zimmer, zu der Toten zurück, setzte sich wieder auf den Stuhl und versuchte, sich an sein Leben hinzutasten.

Er hatte dabei eine Versuchung von sich zu weisen: den gräßlichen Schutz durch die Einsamkeit. Niemand kannte ihn, niemand würde zu ihm kommen, er wußte, daß er sein Verbrechen verheimlichen und fliehen könnte, wenn er wollte. Aber dieses wurde ihm zu gleicher Zeit zu einem Beweis, wie ausgestoßen er war. Ausgestoßen, daß niemand seiner bedurfte, ausgestoßen, daß niemand ihm den Atem mißgönnte. Nicht fliehen darf ich — begann er zu sinnen; nicht mich ausliefern hat einen Sinn. Ich werde mich töten irgendwie. Tränen der Ergriffenheit begannen ihm zu fließen. Wie habe ich sie geliebt, Aglaia! Wie liebte ich sie bei jedem Schlag, wie schlug ich bei jedem Schlage mich! Was wollte ich denn von ihr? — Daran, daß ihm eine Träne in den Mund floß, merkte er, daß er lächelte! Sie war es ja nicht, die ich überreden, die ich zwingen wollte. Auch jene andere war es nicht, es war kein Mensch überhaupt.

Wie ich sie geliebt habe, und wie liebe ich — die Frau! Und während er sich das beseligt und beschwichtigt vorsagte, war es ihm, als ob er niemals weder die Frau noch das Kind geliebt hätte. Es gibt keine Liebe — schien es ihm. Nicht lieben und nicht lieben und oft und oft nicht lieben, das macht zusammen: lieben. Hierbei kam ihm eine Erinnerung an die Schulzeit, wo man ihm hatte lehren wollen, daß unendlich mal null gleich eins sei. Widerwillig und müde wollte er diesem eigensinnig ihn ablenkenden Gedanken folgen, und mit Berechnung mußte er sich zurückführen: ich werde mich töten; — aber auch das wird nur von ungefähr sein, wie ich es auch mache. Ich werde mich töten, weil ich es für widerruflich halte. Aber wenn auch obenhin, lügnerisch, ohne Liebe, ohne Haß, getrennt durch eine unbegreiflich dünne Haut vom Wesentlichen — tot werde ich morgen früh doch sein wie jeder andre Tote. Vielleicht hätte ich nie gelogen, wenn ich nicht zu sehr auf Wahrheit aus gewesen wäre! Und vielleicht ist auch das alles, daß ich mich quäle, in diesem Augenblick, mit wesenlosem Vorwurf, nur wieder eine Eitelkeit. Was tut es? Ich werde morgen tot sein, eingekapselt in eine unzerbrechbare Kapsel, mit Salomos Geisterring zugesiegelt...

Einer für Alle

Im Frühstückszimmer der Pension Dischlatis wurde, wie jeden Morgen, nach dem Wegräumen des Geschirrs und dem Zurechtrücken der Stühle noch ein Gedeck auf dem Fenstertisch mit besonderer Sorgfalt aufgelegt; keine Serviette im Täschchen, sondern eine frischgewaschene aus gelbem Damast, Teller, Tasse, Eierbecher und Brotkörbchen aus Muschelporzellan, Zeitung und Briefe auf einem kleinen silbernen Tablett; unter den Briefen war einer mit Trauerrand. Das Hausmädchen hatte eben eine Kanne Kaffee, das eingewickelte Ei und das Glas mit Honig in der vorgeschriebenen Weise geordnet, als der Gast, dem die Zurüstung galt, hereinkam: eine untersetzte, mittelgroße Dame mit einem Kneifer auf der kurzen, doch scharfen Nase, in einem braun= und schwarzkarierten Tuchkleid, fest in den Schuhen, fest im Korsett, in der Haut und in dem reichen, glatt gezwungenen, dunkelblonden Haar. Sie bemerkte sogleich den schwarzgeränderten Brief, und indem sie sich mit zusammengezogenen Augenbrauen vor das Frühstück setzte, begann sie ein Gespräch mit dem Mädchen. Sie wohnte seit Jahren in dem Haus, genoß

Vorrechte vor den übrigen Gästen und wußte für ihre Gewohnheiten wie für ihre Schrullen Achtung und Schonung zu erzwingen. Immer erst wenn die andern längst zu ihren Geschäften ausgeflogen waren, kam sie von ihrem Zimmer herunter; und dabei fiel es niemandem ein, daß sie vielleicht ihre Hausgenossen miede, denn sooft und solange sie mit ihnen, an der Mittagstafel oder sonstwo, zusammen war, gab sie sich zu einer lebhaften und gründlichen Unterhaltung hin, bewies Teilnahme, wußte guten Rat und war mit einem Wort eine Respektsperson, von der jedermann glaubte, es liege nur an ihm und er komme mit ihr in Vertraulichkeit und Freundschaft. Sie hieß Frau Drygas, geborene Nef.

Während sie aß und trank, hielt sie das Mädchen im Gespräch neben sich, in der ihr eigentümlichen Art von Zerstreutheit, die zwar ihren Gegenstand energisch faßte, nur lag er von ihrem eigentlichen Interesse und ihrer jeweiligen inneren Wachheit weit entfernt. Sie wollte frühstücken, bevor sie las, und so ergötzte sie das Mädchen wieder einmal mit ihren Ausfällen gegen den Papagei, der in der Fensternische auf seinem Bambusgestell herumkratzte. „Sie lachen, Minna," sagte sie, „aber bedenken Sie, ich habe es als Schulmädchen gelesen, daß diese schrecklichen Biester Hunderte von Jahren alt werden. Es gab einmal einen, der konnte sprechen, aber niemand verstand seine Sprache, denn sie stammte von einem längst untergegangenen Volke her. Das war in der Orinokowildnis der Aturenpapagei. Wenn Sie und ich und Frau Dischlatis und alle, alle vermodert und vergessen sind, wird das da noch sitzen und am Gestänge kratzen. Aber Sie müssen das nicht falsch verstehen; es tut mir nicht um uns leid, sondern um ihn." „Ach, gnädige Frau, er weiß ja nichts von sich," warf Minna ein, und Frau Drygas zuckte auf, seufzte und neigte ein paarmal den Kopf: „Ja, das eben, das ist schlimm, das ist schwer, Minna."

Das Mädchen fühlte sich entlassen und ging. Frau Drygas strich sich mit ihrer hübschen straffen Hand über die Stirn, sah wie aus einer großen Entfernung streng auf den Trauerbrief, nahm und öffnete ihn. Es war eine pompöse gedruckte Anzeige, womit Frau Erckelentz, geborene Nef, den Tod ihres lieben Mannes, zugleich im Namen aller Angehörigen, und den Tag der Einäscherung zur Kenntnis brachte; handschriftlich waren die Worte hinzugefügt: Auf Wunsch des Verblichenen.

Frau Drygas wurde durch die unerwartete Nachricht vom Tode ihres Schwagers nicht eigentlich erschüttert; sie fühlte sich eher in die plötzliche starke, nach allen Seiten der Welt gewappnete Aufmerksamkeit gedrängt, mit der wir auch die fremdesten Ereignisse sogleich bestätigen. Zu lange in Raum und Zeit, zu weit im Herzen war sie von ihrer Familie getrennt, als daß sie zur Trauer gehörig vorbereitet gewesen wäre, und für einen konventionellen Schreck war sie zu ehrlich. Auch wenn ihr Schwager schon Wochen oder Jahre lang tot gewesen wäre oder wenn er noch Wochen oder Jahre an Kraft und Tätigkeit vor sich gehabt hätte, sie, die nichts Einzelnes von seinem Leben und Wirken, von seinen Erfolgen und Enttäuschungen, seiner Gesundheit und seinem Alter mehr wußte, blieb außerhalb seines Schicksals, ihr war es verwehrt, ihm etwas Wirkliches zu geben, und also auch zu nehmen, und wäre das auch nur so wenig oder so viel wie ein Schmerz. Das Ereignis wurde so seelenleer wie ein Zufall, weil es ein Zufall war, daß sie gerade in dieser Stunde, daß sie überhaupt davon erfuhr. Sie prüfte das Datum des Briefes, und es erwies sich, daß er schon am Abend vorher in ihre Hand hätte kommen müssen; dabei fiel ihr Blick auf die kurze Notiz, die dazu geschrieben war, sie errötete, ergrimmte und lächelte. Es war eine fremde, kaufmännische Schrift, vermutlich von einem Bureaubeamten des großen Hauses Erckelenz; ihre Schwester hatte sich nicht selbst bemüht. „Die gute Franziska," dachte sie, „sie bleibt korrekt und unversöhnlich und hat wohl auch mit schwarzen Kleidern und Blusen und Witwenhaube und Schleier vollauf zu tun." In ihre abweisende Bitterkeit gegen die Schwester mengte sich der Gedanke an ihre eigene Garderobe mit einer schnellen Musterung und dem Ergebnis, daß sie auch für die Trauer anständig versorgt war. Aber rührend war es vom Schwager, bis zuletzt seine gerechte und ritterliche Haltung gegen sie zu bewahren, sie von der Familie nicht auszuschließen, wo es die Familie anging, und noch als Sterbender ihr einen Gruß der Achtung nicht zu versagen.

Plötzlich merkte sie, daß ihre Augen weinen wollten. Sie fühlte die Ergriffenheit herannahen und wußte nicht, wohin damit; eine Ungeduld, ein Bedürfnis, nicht allein zu sein, trieb sie vom Sitzen auf; und nachdem sie einige Male durchs Zimmer auf- und abgegangen war, klingelte sie und ließ Frau Dischlatis zu sich bitten.

Diese, eine hochgewachsene Dame mit bräunlichem, jugendlichem Gesicht und grauen Haaren, war gleich zur

Stelle, und Frau Drygas fragte sie, ob es noch eine Möglichkeit gebe, heute nach Berlin zu fahren. „Nur mit dem Nachtzug," lautete der Bescheid, „er ist morgen früh gegen neun in Berlin." „Dann werde ich fahren," sagte Frau Drygas, „die Bestattung ist um zwölf, ich erreiche das noch bequem."

„Mein Schwager ist gestorben," fuhr sie fort, „mein Schwager Erckelenz, der Stolz der Familie mit Recht. Sie wissen ja, daß ich sonst nicht viel von meinen Leuten erfahre. Ich hätte einen Taugenichts geheiratet, hieß es, und sie konnten mir den Schritt nicht verzeihen. Ja, er war freilich ein Taugenichts, und ich bin schön hineingefallen mit ihm; die Wahrheit zu sagen: er wohl noch mehr mit mir." Frau Dischlatis, die gleichfalls einem Taugenichts nachzuklagen hatte, die aber nicht willens war, irgendeinen Ausgleich der Schuld gelten zu lassen, widersprach, — die beiden Frauen hatten diesen Streit schon oft miteinander gehabt, und immer vergeblich.

„Doch, doch," sagte Frau Drygas, „denn schließlich hat er es mit mir nicht ausgehalten, ich hätte es mit ihm aber wohl ausgehalten; und nicht, weil ich besser bin als er, sondern weil er mehr war als ich, hundertmal mehr an Leben, Laune, Wagemut, wir zahmen Stopfgänse. Die Narren die, weil sie sich einbilden, mir richtig prophezeit zu haben! Ein Bankrotteur, ein Schürzenheld, und nun saß ich da, und sie taten immer noch so, als ob die Eifersucht ein Gefühl wäre für die Zeit vom Morgen bis zum Abend, für den angezogenen und frisierten Tag. Aber um so eifersüchtig zu sein, wie ich war, dazu muß man vorher glücklich gewesen sein, und Frauen sollen sich

das eingestehen. Erxelenz, für den sie sich alle meinet=
wegen schämten, war der einzige, der sich nicht zum Richter
über mich aufwarf und, solang es ging, seine Frau zwang,
mit uns zu verkehren." Sie wurde weich und mußte sich
setzen.

„Er war ein schöner, gesunder Mann", fuhr sie fort,
„und ist nun doch keine sechzig Jahre alt geworden. Und
er allein hat einmal ein Wort zu mir gesagt, das mich
stutzig und unruhig machte. Wir saßen, er, Drygas und
ich, an einem Sonntagnachmittag im Salon und hörten
ein Geschrei auf der Straße, ein gellendes Schreien einer
Frau. Da war ein Kind überfahren worden, und die
Mutter, wir kannten sie, stand, ohne sich zu regen, da,
mit aufgehobenen Händen, zwischen denen sie hindurch=
sah, und schrie. Es tat uns natürlich schrecklich leid, am
meisten aber Drygas, dem die Tränen schossen, so daß
er schluckte und schluchzte und ins Nebenzimmer lief.
Erxelenz und ich sahen uns an, und ich konnte nicht
anders und sagte: ‚Weinende Männer sind gut.' Merk=
würdig, in diesem Augenblick grade, bei dieser Gelegen=
heit brachte mein Schwager es nicht über sich, mir zuzu=
stimmen. Er wiederholte das Wort, es ist von Goethe:
‚Weinende Männer sind gut, gewiß; aber das gilt nur
für Männer, die imstande sind, über ihr eigenes Schicksal
zu weinen; für den, der über ein anderes Schicksal weint,
der nicht aus Leid, sondern aus Mitleid weint, für den
gilt es vielleicht nicht unbedingt.' Da haben Sie zugleich
den ganzen Mann, so war er, und es ist mir lange nach=
gegangen. Und dennoch, meine Liebe, wo fängt im Mit=
leid das eigene Leid an?"

Am Abend reiste sie nach Berlin. Sie liebte die Fahrt im Schlafwagen nicht und saß die ganze Nacht hindurch auf ihrem Fensterplatz, schlummerte zuweilen, sah oft in das mondschwankende Kreisen der Oktoberlandschaft hinaus und wußte sich vor der zerstörenden, unordentlichen, unsauberen Müdigkeit einer Bahnfahrt dadurch zu bewahren, daß sie keine vorübergehende, halbe Bequemlichkeit suchte, sondern sich aufrecht und grade hielt und den Zustand, in den sie gezwungen war, ohne Widerstreben annahm. So kam sie denn in leidlicher Frische an, suchte ein Hotel auf und wusch und kleidete sich um.

Dann aber begann sie von innen her zu frösteln, und die Aussicht, ihre nächsten Verwandten wiederzusehen, trat als etwas Abenteuerliches und Überflüssiges vor ihr Gemüt. Es kam ihr zum Bewußtsein, für wie wenig tot sie ihren großen Schwager gehalten haben mochte, daß sie sich aufgemacht hatte, ihm etwas Liebes zu beweisen. Nun aber glaubte sie ihn auf seinem letzten Bett zu sehen, die Klagen und Zurichtungen im Trauerhaus zu hören, und das alles war längst ohne ihre Gegenwart vorbei. Sie wurde unsicher, ob sie recht getan hätte, herzukommen; sie zögerte, sich einen Wagen zu bestellen; ja wenn sie sich nicht dessen als einer sichtlichen Planlosigkeit und Konfusion geschämt hätte, so wäre sie auf und davongegangen.

Darüber war die Zeit knapp geworden, und als sie endlich doch im Wagen saß, wußte sie schon, daß sie zu der Feier zu spät kommen würde, und gewann ein ständiges, halb verlegenes, halb zerstreutes Lächeln auf ihr Gesicht. Als sie vor der Verbrennungshalle vorfuhr und durch den Garten auf das Portal haſtig zuſchritt, kam ihr zu ihrem Schrecken die Trauerverſammlung ſchon entgegen, voran ihre Schweſter Franziska in einer ſchwarzen Witwenwolke, das Taſchentuch vor dem Mund, auf den Arm ihres älteſten Bruders geſtützt.

Man erkannte auch ſie ſchon von weitem, mit der Umſicht, die man in peinlichen Situationen für alle Nebendinge hat; und es entging ihrem klugen, widerſetzig gewordenen Blick nicht, daß ſie allen Verwandten durch ihr in mehr als einer Hinſicht ungehöriges Erſcheinen einen großen Dienſt leiſtete, ſie erlöſte die Trauernden, ſie tröſtete ſie. In allen Geſichtern ſpannten ſich die geſchwollenen oder erſchlafften Züge zu einer wohltätigen, dem weiterrollenden irdiſchen Daſein wieder paſſenden Empfindung: man konnte ſeine Entrüſtung darüber, daß ſie kam, vor ſich ſelbſt in den Vorwurf kleiden, daß ſie zu ſpät kam. „Die echte Marie!" war in der Art des Stutzens aller zu leſen, in ihrem Köpfezuſammenſtecken und ſchließlichen Herantreten. Nichtsdeſtoweniger wurde die gute Haltung bewahrt, die Schweſtern küßten einander, und der älteſte Bruder gab das Zeichen zu einer Verſöhnung, indem er Frau Drygas in ſeinen Wagen einlud.

Dieſe jedoch ſchüttelte den Kopf. „Danke, Friedrich," ſagte ſie, „und ich komme vielleicht Nachmittag einmal vor." Rührung ſchwächte ſie, die Tränen floſſen ihr, ſie wußte es nicht, über die Wangen. Sie küßte noch einmal mit großer Herzlichkeit ihre Schweſter Franziska, drückte die Hände der Nächſtſtehenden und ging eilends zur Verwunderung der ganzen Familie in die Halle.

Dort fand fie auf einer der letzten Bänke einen Platz. Eben verklang ein Vorspiel des Harmoniums. Das Paternofterwerk des Todes hatte einen neuen Sarg unter Blumen und Kränzen vor das Pult des Redners gehoben, Weinende faßen zu feinen beiden Seiten, Andächtige fchauten mit Ernft zu ihm hin. Der Redner trat auf feinen Platz, ein großer, ungefüger Menfch, glatt rafiert und bleich wie ein Badediener. Er hielt die Leichenrede einem jungen Gelehrten, der aus hoffnungsvollen Arbeiten jählings fortgeriffen war, und feine wohlgeübte, wirkungsvolle Ergriffenheit weckte häufig ein Echo in der Trauerverfammlung.

Frau Marie Drygas hörte ihm aufmerkfam zu, mit Anfällen von Zorn, wenn fie fpürte, daß feine Phrafe das frühvollendete Leben nicht erreichte. Dann fchüttelte fie fogar den Kopf, als ob fie auf Wahrheit und Wirklichkeit zu dringen hätte; und erft als eine Altftimme von oben herab die Litanei von Schubert niederfchweben ließ, erft als Mufik, die allem Gefchehen das Gleichgewicht zu halten vermag, die toten Worte aus dem Raum wehte, gab fie fich zufrieden. Auch diefer Sarg glitt hinunter, fie ftand auf in Tränen und Ruhe und fagte vor fich hin: „Dank, Erckelenz, Dank für alles."

Am Abend fuhr fie nach Haus, ohne ihre Verwandten befucht zu haben.

Wintergespinst.

1

Die stillen, unbewegten Novembernebel hatten sich nicht einmal zum Regen verdichtet; da fegte über Nacht eine rauhe, stürmische Kälte sie weg. Der bisher zähe, dem Fuß stehende Sand wurde hart mit allen seinen Erhöhungen und Vertiefungen von Wagengeleisen und Stapfen von Mensch und Tier. Die wenige feinzersprühte Feuchtigkeit des Nebels, gefrierend in dem jähen Kältesturm, sprengte in der obersten Schicht des Erdbodens; und so lag ein dünner, wie mit engstem Sieb gebeutelter Staub auf Wegen und Straßen. Zuweilen stieß ihn und blies ihn der Wind auf, wirbelte ihn durch die trotz der Kälte nicht klare Luft und schleuderte ihn unbehaglich auf Mensch, Tier und Baum.

Es war eine bösartige Kälte, von der Sorte, die auf dem Wetterglas ihre Tücken nicht verrät. Schlich ein Handwerksbursche daher, so hielt er die Hände in den Taschen bis fast zu den Ellenbogen und klemmte Stock und Bündelchen an den Leib. Er machte den Hals so kurz wie möglich und konnte sich nicht helfen, wenn Auge und Nase weinten. Die Akazie, unter der er dahinstrich, zwickte grade noch seinen verbeulten Hut, begab sich aber übrigens der Schadenfreude und stand mit ihren paar schwarzen Blattfächerlein im harten Kummer da.

Wer es besser hatte als der kahle Baum und der kahle Mensch und im Wagen wohlverwahrt seiner Straße zog, stellte den Kragen seines Überrockes hoch, daß die Ohren zugedeckt waren, und freute sich, wenn der Wind ihm die Staubwolke, die die Räder aufstörten, zur Seite jagte.

Fuhrleute, die an einem dieser Tage, kurz vor Mittag, in einem leichten Schuckeltrab dem Dorfe zustrebten, hatten es so freundlich nicht. Sie saßen auf ihren Wägen, die, zum Fahren von Bauholz bestimmt, nur aus den kahlen Radgestellen bestanden, ungeschützt auf hartgedrückten Heusäcken zwischen den Rungen des Vorderwagens; sie kamen in der Richtung des Windes und wurden von ihm überholt.

Ihr Fahren klirrte und stieß; schweigsam saßen sie da. Und nur wenig ließen sie sich aus ihrer starren Haltung aufstören, als eines der Fuhrwerke sich aus der Reihe löste und unter heftigem Antreiben der Pferde die Spitze gewann. Etwas ärgerlich, doch auch belustigt und nicht sonderlich überrascht sahen sie dem Ausreißer nach.

Der nun entfernte sich schnell von den Kameraden. Er saß fest auf seinem Heusack, das eine Bein bequem umgeschlagen; er hatte es einmal gebrochen, und es war krumm geheilt; so beim Fahren nutzte er das Gebrechen zu seiner Bequemlichkeit. Seine mageren Pferde ließen sich befeuern, ihr Blut wurde warm, und bald hatten sie mehr den Zügel als die Peitsche nötig. Beides aber,

Zügel und Peitsche, schwang und schüttelte ihr Herr. Und
während er mit seinem schwerfälligen Wagen, daran die
Ketten immer etwas wie einen Klang versuchten und es
doch nur zu einem bald wieder toten Klappern brachten,
eine Fahrt verübte, wie sie einer Sonntagskutsche an-
gestanden hätte, verstellte er sein lederfarbenes Gesicht
zu einem wehleidigen Ernst, gleichsam, als ob er Vor-
würfe, die man ihm machen könnte, von vornherein ins
Unrecht setzen wollte.

So donnerte er dahin, hinter ihm, immer mehr sich
verlierend, die andern Wägen, vor ihm die giftige Sand-
wolke. Er beschleunigte noch die Fahrt, als ihm die
ersten Häuser des Dorfes entgegenkamen, und gewohnt,
unwillige Aufmerksamkeit zu erregen, zog er in scheinhei-
liger Ehrbarkeit die Stirne immer krauser. Der Nacken
stand ihm gerade, und man hätte meinen können, daß
seine Augen nichts anderes gewahrten, als die zwischen
den beiden Pferden hart springende Deichsel. In Wirklichkeit errafften seine listigen Funkelblicke fast alles,
was ihnen nicht durch Mauern und Zäune versteckt war.
Und so blitzte ihm denn auch ein Vorgang ein, der sich
auf einem Hof abspielte, dessen Flügeltüren offen waren.
Dort stand eine übergroße, knochige Frau und sprach
auf Kinder heftig scheltend ein, und dem einen von ihnen,
einem zwölfjährigen Knaben, schlug sie eben ins Gesicht.

Der Mann auf seinem Wagen verzog wutvoll den
Mund und dachte nicht mehr daran, mit seinen Mienen
zu spielen; das geschlagene Kind war sein eigenes. Noch
wilder fuhr er darauf los und bog, wo die Dorfstraße
einen Winkel machte, so kurz um die Ecke, daß er den

unterſten Treppenſtein eben noch vermied. Von den Höfen flogen ihm Schimpfwörter nach; die Pferde ließen ſich nicht mehr halten und nur gerade noch lenken; ſie raſten in Galoppſprüngen des Wegs, bis ein ſcharfer Ruck ſie herumriß und ſie vor den geſchloſſenen Torflügeln ihres Gehöftes ſtillſtanden. Ihre Flanken tobten, und von ihren Leibern ſtieg der dicke Dampf in die Luft.

Niemand kam, das Tor zu öffnen. Nur ein mittelgroßer, ſchwarzer Hund ſtrich um den Pfoſten einer Seitentür und näherte ſich träg und hämiſch.

Der Mann auf ſeinem Wagen ließ lieber die Pferde kalt werden, als daß er abſtieg. Nicht aus Faulheit aber blieb er auf ſeinem Sack, ſondern mit jeder halben Minute, die es ihn warten ließ, wollte er die Schuld ſeines Hausgeſindes wachſen laſſen. Endlich kam im Trab der vorhin auf dem fremden Hof geſchlagene Knabe herbei; er ſchlüpfte durch die Pforte, zog die Torriegel zurück und öffnete die beiden Flügel. Er hatte den Vater nicht gegrüßt und tat es auch jetzt nicht. Während der Wagen tief in den Hof hineinfuhr, ging der Knabe neben den Pferden her mit geſenktem Kopf und wie abweſend.

Der Vater war ſchon von ſeinem Sitz gekrochen und betrat eben das Haus, als die Mutter durch eine Lücke im Nachbarzaun ihre ſchmale Geſtalt hindurchzwängte und eilends auf das Fuhrwerk zukam. Sie hatte ſich bei der Nachbarin ein wenig verſchwatzt und war nun, da ſie ihren Mann ſo früh nicht erwartet hatte, voll Furcht. Sie machte ſich daran, dem Jungen beim Ausſpannen zu helfen. Ohne daß ſie des Knaben achtete, stutzte sie plötzlich vor etwas in seinem Wesen, und während sie einen gelösten Strang über den Rücken des Pferdes zurückschlug, fragte sie auf das hellhaarige Haupt ihres Sohnes hernieder: „Junge! was hast du?" Der Knabe, der mit unsicheren Händen an einem Riemen knotete, zuckte sein Gesicht empor, und seiner aufgeschreckten innersten Natur nach strahlte ein freundliches, fragendes Lächeln in seinen Mienen auf. Doch fast im gleichen Augenblick erstarrte dieses Lächeln zu einem Schrecken, seine Augen füllten sich mit Tränen, und sein Kopf beugte sich so schwer vornüber, daß er die Schultern mitbewegte. Aber er gab keine Antwort. Die Mutter wurde ratlos, zwang sich aber, damit der Vater nicht aufmerksam würde, nicht in das Kind zu dringen. Auch hatte sie es eilig, das Mittagessen zu rüsten und aufzutragen, und so ließ sie den Jungen die Pferde in den Stall geleiten und sprang ins Haus. Der Knabe besorgte, wie von einem schweren Traum befangen, sein Geschäft, dann ging auch er zum Essen.

Das Gehöft war leer; nur auf dem Reisighaufen in der Nähe des grünmoosigen Bretterzaunes stand der schwarze, schwarzäugige Hund. Er wurde mit dem wunderlichen Namen „Wasser" gerufen und war keine gewöhnliche Kreatur. Er bellte nie nach den Vorübergehenden, noch biß er; aber er hatte, vielleicht weil kein weißer Punkt in seinem ganzen Fell war, etwas hämisch Unheimliches, wenn er von seinem erhöhten Platz über den Zaun musterte.

Es war ein verfallener, vernachlässigter Hof. Die Strohdächer auf den Ställen und auf dem Haus waren, seit

Jahren nicht ausgebessert, mit dicken Mooskuöpfen besetzt. Schon war das Gebälk des Hauses an einigen Stellen morsch geworden und das Dach gesunken, so daß das Haus wie ein sich schmerzhaft vom Liegen aufrichtendes lebendiges Wesen aussah. — — —

Bei dem Essen wurde kaum ein Wort gesprochen. Auch das jüngste Kind, ein Knabe von vier Jahren, kannte zur Genüge alle drohenden Anzeichen und verhielt sich furchtsam und still; um so mehr, als der Bruder nicht wie sonst das dumpfe Schweigen mit Neckereien unterbrach. Die Frau wurde immer ängstlicher, und die großen, schwarzen Augen in ihrem Vogelgesicht wurden starr, wenn sie auf ihren Jungen sah. Es wurde ihr, sie wußte nicht wie, gewiß, daß ihr mehr als einer der gewohnten tobenden Anfälle ihres Mannes drohe. Sie bangte darnach, den Sohn auszufragen; aber als das Essen beendet war und die kleine Gesellschaft sich auflöste, fand sie nicht gleich die Gelegenheit, ihn beiseite zu nehmen. Dann ging der Mann in den Stall, sie sah sich nach dem Knaben um, aber sie suchte und rief ihn vergeblich. Er war gegen seine Gewohnheit, ohne ihr ein Wort zu sagen, verschwunden. Sie stand in der Haustür, der Kälte nicht achtend, und murmelte ein über das andere Mal die gewohnte Formel ihrer Freuden und Ängste: „Jesus Christus! Jesus Christus!" Ihr Mann kam mit einer starken eisernen Kette aus dem Stall und humpelte nach der Hoftür. Er kehrte um und sagte, lauernden Blicks, die Kette sei geplatzt, er müsse sie zum Schmied bringen. Sie erbot sich, die Besorgung auszuführen; er müsse doch seine Ruhe haben, ehe er wieder zur Arbeit fahre. Da aber bekam sie zu hören, was sie schon hatte kommen fühlen: er fahre nicht mehr in die Heide heut, und sinnlos wiederholte er, daß die Kette geplatzt sei und daß er die Kette müsse ausbessern lassen. Damit ging er. So wußte sie, daß wieder die Leidenszeit für sie und das Haus angebrochen sei, die langen Wochen, in denen der Mann trank, tobte und müßig ging.

Qual und Erbitterung darüber konnte sich, beunruhigt durch die Angst um den Jungen, nicht ganz in ihr festsetzen. Sie ging in das Wohnzimmer zurück und, als sie dort das Bübchen auf der Ofenbank eingeschlafen und mit roten Bäckchen, unbequem wie Kinder liegen, und selig atmend sah, fiel ihre Mutter ihr ein, die sie schon lange nicht gesehen hatte, da die alte Frau, die ihr armes Witwenleben in einem eigenen Häuschen zubrachte, schon seit Jahren nicht mehr die Schwelle ihres Schwiegersohnes überschritt.

Einen Augenblick dachte sie nach, dann nestelte sie, entschlossen, das Band, das ihre Kleider wirtschaftlich aufschürzte, los, schüttelte sich zurecht, schlug ein grauwollenes Tuch um Kopf und Schultern und huschte von dannen, zur Mutter hin.

Und wirklich erfuhr sie von der alten Frau, daß etwas Schlimmes geschehen sei. Der Frau Barleben waren, während sie Futter stampfte, zwei Taler gestohlen worden, die nebeneinander auf dem Glasspind gelegen hatten. „Und sie", sagte die Großmutter, „hat den Verdacht auf den Franz geschmissen, der ist das einzige Fremde im Haus gewesen. Vorher war das Geld noch an seinem

Platz, und nachher nicht." „Jesus Christus", flüsterte jach die Frau und faltete und rang die Hände. Sie glaubte das Ungeheuerliche nicht; aber es fiel ihr auch nicht ein, daß der Vorfall aufgeklärt werden müsse und aufgeklärt werden könne und daß es für unschuldige Menschen von Verdächtigungen eine Reinigung gebe.

In ihrer Not siedete eine unsinnige Zärtlichkeit gegen den Jungen in ihr auf; sie vergaß, daß Menschen an dem Vorfall beteiligt waren, mit denen zu reden war: Frau Barleben und deren Sohn, den Franz besucht hatte; und hilflos klagte sie, warum nur der Junge zu jenen Leuten gegangen sei; — nicht anders, als wenn man ihr erzählt hätte, er sei in eine Grube gefallen.

Die Großmutter mißhörte das als einen Vorwurf; und die von Alter und Krankheit wie ein Winkeleisen gebogene Greisin verwies ihre Tochter, wobei sie den Wacholderkrückstock derb aufstieß und die Rede noch unwirscher als sonst aus ihrem vertieften Munde hervorgehen ließ.

Sie brachte ihre Tochter zum Weinen damit, und das war der einzige Trost, den sie ihr geben konnte.

2

Inzwischen war ihr Mann — Kaps hieß er — ins Dorf gegangen. Was er gesehen hatte, reichte an sich schon aus, seine Wut herauszufordern; und obenein, da der Junge schon zwölf Jahre alt war und in den Konfirmandenunterricht ging, mußte es nichts Geheures sein, was dahinter steckte. Er wollte es herausbekommen, aber ohne zu fragen.

So humpelte er die Straße entlang, mit der sachlichen, ehrbaren Miene, die er immer aufsteckte, wenn er davor war, auf ein paar Tage oder Wochen aus der Ehrbarkeit zu fallen. Nur als eine große Frau, gegen die Kälte schlecht verwahrt, mit flatternden Röcken an ihm vorbeirannte, wurde er unbefangen und rief ihr einen gutmütigen Zynismus nach. Sie kehrte sich nicht daran und eilte weiter; er traf den Schmied vor der Tür unter der kahlen Kastanie, wies hinter der kräftig Laufenden her und sagte: „Ist kaltes Wetter, Bertold; da merkst du nicht, wer faul, wer fleißig ist; sie rennen alle." Der Schmied sah aufmerksam nach dem Wirtshaus hinüber, wo eben ein großer Schlächterwagen abfuhr. Zerstreut wandte er sich zu Kaps und fragte, was er bringe; ob die Kette entzwei sei und ob die Arbeit gleich gemacht werden müsse? „Es hat Zeit, Bertold," antwortete Kaps stotternd, „morgen früh," er zwinkerte, „morgen früh", und steuerte dem Wirtshaus zu.

Die Neigung, Unfug zu treiben, rumorte ihm in den Gliedern, aber die Trinkstube war leer, und es blieb ihm nichts übrig, als sich still hinzusetzen und zu warten. Er wählte seinen Platz in der Hölle, dem bequemen breiten Raum zwischen Ofen und Wand. Der Wirt schlief hinter dem Schenktisch auf seinem Stuhl wieder ein, und geduldig wartete Kaps, fast ohne sich zu regen.

Es war schon Dämmerung in der Stube, als der Wirt erwachte. Er gähnte, räkelte seine untersetzte Gestalt und strich sich den dichten, roten Vollbart zurecht. Dann ging er in das Wohnzimmer und holte sich seinen Vesperimbiß. Er goß allerlei Getränk zusammen, wobei er sich zuweilen unterbrach, um breite Zwiebelscheiben auf ein Butterbrot zu schneiden, von dem er dann große Happen mit Salz bestreut in den Mund schob und gründlich kaute. Er tat so, als ob er so seines Gastes nicht sonderlich achte, und jedenfalls nicht verwundert sei, ihn um diese Zeit im Krug statt bei der Arbeit zu sehen. Und das tat er in der abgründigen Verlogenheit seiner Natur, um sich ein gutes Gewissen vorzuschwindeln: denn eigentlich war es ihm verboten, dem Kaps, der öffentlich als Trinker gebrandmarkt war, einzuschenken. Er war es vor Jahren gewesen, der Kaps so grob vor die Tür geworfen hatte, daß der Trunkene sich das Bein brach; stöhnend blieb er damals fast eine Stunde lang liegen, ohne daß man ihm half. Die polizeiliche Untersuchung, die eingeleitet wurde, verflüchtigte sich, niemand wußte wie. Aber das wußten alle, daß, falls er hatte Geld zahlen müssen, der Wirt es wohl verstanden haben würde, die Summe auf ein lächerlich geringes Maß zusammenzudrücken. Und nicht einmal auf Kapsens Kundschaft hatte er lange zu verzichten gebraucht; der kam ihm von selber wieder, bat, bettelte, trank und ließ sich wieder hinauswerfen; und der Wirt hatte dabei noch die Genugtuung, ihm das Getränk verweigern oder gewähren zu können, je nachdem es ihm beliebte, sich der Polizeivorschrift zu erinnern oder nicht.

Heute vergaß er sie, und als Kaps, mitten in dem verständigen Gespräch, das er angefangen hatte, sich wie beiläufig und mit einer sanften Selbstverständlichkeit Schnaps erbat, setzte er ihm das gewünschte, ungefüge Maß vor. Sie unterhielten sich wie ehrsame Leute, und Kaps holte

sich, aus seinem warmen Sitz hinauslangend, ein Maß
nach dem andern vom Schenktisch.

Langsam erblindete das Haus in der frühen Winter=
dämmerung, zitterte an Mauern und Fenstern, wenn ein
Wagen vorüberfuhr, und wurde nach jedem Zittern
schweigsamer und toter. Die Stimmen der beiden Männer
versuchten unwillkürlich in heimlicherem Klang zu er=
tönen, dem Flüstern nahe; am Ende schwiegen sie. Der
Wirt unterschied kaum noch des Trinkers fahles Gesicht.

Allmählich wurde es draußen vollends dunkel; ein paar
Fuhrwerke waren heimgekommen, die Schulkinder klap=
perten nach Hause, und durch die feuchten Scheiben sah
man schon Licht verzerrt aus dem gegenüberliegenden
Haus herstrahlen. Da hob sich der Wirt von seinem Stuhl
und bequemte sich, die Lampe anzuzünden, die armselig
und ohne Glocke von der Decke niederhing. In dem Licht
blinzelte der Trinker stark und schüttelte sich; der Wirt
sah ihn an und bemerkte auf seinen Backenknochen feuer=
rote Flecken. „Na," sagte er, „Albert, nun hast du wohl
genug?" „Gib mir noch einen", bat überredend Kaps
und schob, wie er es jedesmal getan hatte, das Geld hin.
Der Wirt gab schweigend das Verlangte her.

Sie waren wieder stille, nur unbehaglicher, ungeduldiger
und wartend. Das Dorf meldete sich mit keinem Laut;
es glitt von dem Schlummer des Tages nach der kurzen
Vesperunterbrechung in den Schlummer der Nacht hinüber.

Endlich, gegen sechs Uhr, klang die Glocke an der
Ladentür; ein Handwerksbursche trat ein, bot die Zeit
und setzte sich an einen der Tische. Es war ein Mensch
von ungefähr vierzig Jahren, mit einem hageren und

blassen Gesicht, sonst aber, auch was seine Kleidung anging, nicht schlecht im Stande. Er forderte Schnaps und fragte, was er zu essen bekommen könne. Der Wirt schlug Pellkartoffeln und Heringe vor, worauf der Handwerksbursche sich eine Portion bestellte.

Kaps in seiner Ecke wurde kribbelig. Es trieb ihn, mit dem Fremden anzubandeln, aber er wußte den Anfang nicht. Es machte ihm keinen Spaß, die Leute geradezu auszufragen, sondern er wollte sie ertappen, und er hatte sich eine kunstvolle Art ausgebildet, die Menschen aufzuziehen, indem er es vorzog, sie nicht bei offenbaren wunden Stellen ihrer Existenz anzurühren, was ein einfaches Verfahren mit Hieb und schnellem Gegenhieb gewesen wäre; sondern er tippte am liebsten dort an, wo er keine Schande, sondern leichte Scham und Verlegenheit annehmen konnte; etwa den Beruf bei Lehrern, die sich ärgerten, wenn man sie Schulmeister hieß; oder die Religion, wenn er den Verdacht hatte, daß ein jüdischer, geschniegelter Reisender nicht gerne daran erinnert wurde.

Bei dem Fremden wußte er nicht einzuhaken. Der saß anständig und unbefangen da und wie einer, der noch einen Groschen Geld in der Tasche hat. Aber Hunger hatte er, und als ihm das Essen aufgetragen wurde, machte er sich eifrig darüber her. Kaps, der ihn beobachtete, sah, wie er jedesmal das Messer kräftig in die Kartoffel schlug und immer mit demselben übertriebenen Schwung das Stück der Schale abzog. Und mit einem Male wußte er Bescheid. Er erhob sich aus seiner Hölle und setzte sich, sein Glas mit sich führend, an den Tisch des Handwerkers, ihm immer auf die Hände schauend.

Jener sah mit Selbstbewußtsein strafend auf, merkte aber, wes Geistes Kind er vor sich habe, und gab sich zufrieden. Kaps grinste und begann das Gespräch: "Sie suchen wohl Arbeit?" Er bekam keine Antwort. Kaps ließ sich nicht irre machen. "Sie, wenn Sie Arbeit suchen, dann gehen Sie zu Jakoben." Der Wirt lachte laut auf. Der Handwerksbursche begann ärgerlich zu werden, zumal er von dem Wirt auf seinen fragenden Blick nur ein erneutes Gelächter einheimste.

Da wollte es der Zufall, daß ein hageres Männlein hereinkam, mit einer jämmerlich knarrenden Stimme sich ein Fläschlein füllen ließ und so schattenhaft verschwand, wie es gekommen war. Der Wirt lachte noch einmal auf, und Kaps setzte sein Verfahren mit steigender Lustigkeit fort. "Wissen Sie, wer das war? Das war Jakob."

Dem Handwerksburschen begannen die Bissen im Schlund zu quillen, er schlug das Messer auf den Tisch und schrie sein Gegenüber an: "Lassen Sie mich in Ruhe! Verstanden? Saufkopp!" Da stand Kaps auf und entlud eine gut gespielte Entrüstung in großen Bewegungen seiner rechten Hand. "Was, Saufkopp? Jakob! Jakob ist ein Meister, und Sie sind kein Meister. Und Jakob ist der Schneider im Dorf, und Sie sind auch ein Schneider!" — und nun gab es kein Halten mehr. Er war über den toten Punkt hinaus, und der Trunk und die zurückgestaute Aufregung raubten ihm die Gewalt über sich, das absichtliche Spielen schwand aus seinem Betragen. Indem er auf dem gesunden Bein zu stehen versuchte, aber immer das kranke zu Hilfe nehmen mußte und mit den Armen fuchtelte, tobte er gegen den Handwerker: "Was? Du bist kein Schneider? Jedem ist anzusehen, ob er ein Schneider ist. Ziehst die Pelle von der Kartoffel lang wie einen Faden, wie einen Heftfaden ziehst du, und willst kein Schneider sein? Mäh, mäh!" Da aber stand der entlarvte Schneider auf, sprang um den Tisch und packte den trunkenen Mann in die Weichteile; er hob ihn hoch, trug ihn bis zum Ofen und stauchte ihn kräftig auf seinen früheren Sitz nieder. Schneider werden gemeinhin verleumdet: sie sind zum größern Teil kräftige Leute.

„So, da bleib!" bestätigte er die Exekution, und schnaufte — mehr aus Stolz, als von der Anstrengung. Dann setzte er sich wieder an seinen Tisch, aber essen konnte er doch nicht mehr. Kaps verhielt sich still; der Schneider war still; dann sagte der Wirt: „Ruhe im Lokal! Keine Stänkerei! Wer sich in meinem Lokal unanständig beträgt, fliegt 'raus!" „Geben Sie mir noch einen Schnaps", sagte der Schneider, und der Wirt brachte ihn. Eine Weile später kamen ein paar Leute, holten sich Zigarren und gingen wieder, oder setzten sich zu Bier und Schnaps an die Tische. Jedesmal, wenn einer kam, humpelte Kaps auf, näherte sich dem Schneider, ließ sich aber von dessen drohendem Blick zurückscheuchen, ohne einen Angriff zu versuchen. Aber still war er nicht mehr in seiner Ecke. Er brummelte vor sich hin, machte mit Hand und Kopf beweisende Gesten und wurde immer aufgeregter.

3

Der Abend war schon weit vorgerückt. Vor den unverhüllten Fenstern lag das dichteste Dunkel. Eine Weile schon waren keine Gäste mehr gekommen; ein schläfriges

Unbehagen, dem einige Luſt von der Trägheit, die den Entſchluß zum Heimgang nicht faſſen konnte, beigemiſcht war, war in den Dunſt der Trinkſtube verſponnen. Da ging doch wieder die Tür, und ein Mann kam herein, der über der Schulter an einem Bindfaden zwei graue Stein= flaſchen trug. Er hatte einen ſchweren Gang und ein ſchlimmfreundliches Geſicht, das er geneigt hielt. Er trat an den Schanktiſch, hob das Flaſchenpaar von der Schulter und ſtellte es dem Wirt hin. Der Wirt fragte: „Willſt du die Grauen voll?" „Jawohl," antwortete der Mann, „aber es hat Zeit." Er riß ein Streichholz an und brachte ſeine Pfeife in lebhafteren Brand. Aus dem Paffen her= aus drehte er ſein Geſicht dem Ofen zu und ſagte: „Guten Abend, Kaps."

Das war des Wartenden Mann, Barleben, auf deſſen Hof der Junge war geſchlagen worden.

Kaps erwiderte den Gruß nicht; er erhob ſich und ſprach aufgeregt auf Barleben ein: „Der Schneider, Auguſt, der Schneider — will mir an die Gurgel fahren — weil ich ihm ſage — daß er zu Jakoben ſoll — ſich Arbeit ſuchen! — Braucht er ſich zu ſchämen, daß er ein Schneider iſt? Ich kenne ſehr anſtändige Leute, die Schneider ſind. Siehſt du, Auguſt, ſo pellt er die Kartoffeln. Wer ſo ausholt, iſt allemal ein Schneider."

„Mann Gottes," rief der Handwerksburſch herüber, „wenn Sie nicht gleich ſtille ſind, dann ſetz' ich Sie noch mal auf den Hintern." Kaps ging auf ſeinen Platz. Ein paar von den Anweſenden lachten, und Kaps lachte mit; ſtand wieder auf und trat wieder auf Barleben zu. „Was ſagſt du dazu, Auguſt! Es iſt ein Schneider. Kann ich ihm

Wintergespinst

helfen? Aber soviel kannst du mir glauben, Angst habe ich nicht vor ihm. Was, August, wir haben keine Angst —" und er schlug den Mann nervös auf die Schulter, sah aber zu dem Schneider hinüber: "Jawohl, Sie, wir haben auch noch keine Angst. Wir haben dem König von Preußen gedient. Wir haben Österreich und Frankreich mitgemacht; was, August?" Der Angeredete aber schnitt ein höhnisches Gesicht und bog die Schulter so, daß die auf ihr ruhende Hand niederfiel.

Kaps begann zu schlucken und hörbar zu atmen und blies zuweilen langsam die geschlossenen Lippen auf. "Gib mir noch einen Schnaps", sagte er und und sah den Wirt an, als ob er durch ihn hindurchsähe, so daß dieser das Zögern vergaß und einschenkte. Kaps trank und wischte sich den Schnauzbart, und plötzlich fing er ein Lied halb zu singen und halb zu lachen an: "Bei Sedan, auf den Höhen, da stand nach blut'ger Schlacht —." Die Gäste stimmten ein. Sowie der Gesang aus den vereinzelt einfallenden Stimmen fest gesammelt war, hörte Kaps auf zu singen und fragte: "Warum singst denn du nicht mit, August?" Der knirschte dem Frager ein Schimpfwort ins Gesicht.

Nun brach Kaps los. Er stellte sich in die Mitte des Zimmers, und indem er in ein erregtes, taumelndes Tanzen verfiel, sagte er zu den Anwesenden, die wieder schwiegen: "He! Haltet mal alle den Mund! Ob ihr von Sedan singt oder die Katze! Seid ihr bei Sedan gewesen? Ich bin bei Sedan gewesen, und August, wir beide. Da haben wir Wache gestanden bei einem umgefallenen Bahnzug. Derweilen ist die große Schlacht gegangen; und als wir von Wache abkommandiert wurden, da haben wir gemacht:

marsch, marsch, und sind noch zur rechten Zeit gekommen, vor Abend, und Puhlmanns Karl, dem haben sie dort durch den Kopf geschossen." Er lachte: „Eisenbahnzug! Umgefallener Eisenbahnzug! Wenn ihr wissen wollt, was aus ihm geworden ist, wir haben keine Kenntnis davon, wir haben das eiserne Kreuz! Wenn ihr das wissen wollt, müßt ihr Augusten fragen, der hat so lange Wache gestanden bei dem umgefallenen Eisenbahnzug, daß er nachher man kaum seine Kompanie fand. Am Abend, verstanden, als Hahn in Ruh war."

Die Erzählung war den Leuten nicht mehr neu; ob sie ganz richtig war, blieb ihnen immer ungewiß, und nur das wußten sie, daß etwas dran war und daß Barleben schon in Verlegenheit und Wut geriet, wenn ein boshaftes oder unbedachtes Wort nur von weitem an sein unrühmliches Verhalten rührte.

Die Männer schwiegen ernsthaft stille, und ihre Mienen drückten eine Art Bekümmernis aus, etwa wie ein unfreiwilliges, aber gerechtes Tribunal. Das reizte Barleben mehr als die Stichelei seines Gegners; er trat ihm nahe und hielt ihm seine mächtige, blaue, gequollene Faust unter die Nase. „Schlumps du", sprach er, nicht laut. „Willst du Leute fexieren? Daß du Soldat gewesen bist, das wissen wir nicht mehr, und wir haben dir bescheinigt, daß wir nichts mehr davon wissen wollen: wir haben dich aus dem Kriegerverein geschmissen, du bist kein Soldat gewesen."

Kaps, in seinem empfindlichsten Gram getroffen, knickte zusammen. Die Wolke der Trunkenheit lüftete sich, er sprach nun auch leise und zitterte dabei mit der rechten Hand hin und her: „Habt ihr mich 'rausgeschmissen?

Aus dem Kriegerverein? Ich bin ein ehrlicher Mann. Sag' du's man dem Vorstand, August, daß sie ja keinen Spitzbuben 'rausschmeißen. Sonst wer weiß, am Ende wer 'rankommt. Wie sie Schönebecken den gedroschenen Hafer aus der Scheune geholt haben, diesen Herbst, bei der Nacht, hat da ein Mensch im ganzen Dorf gesagt: ‚Das war Kaps!?' Willst du auftreten und sagen, daß mir einer was nachreden kann?" Einer der Gäste rief dazwischen: „Nein, Albert, was Unreelles kann dir kein Mensch nachsagen; nur ein Sauffack bist du und haust deine Frau." Und die Reihe zusammenzuschrecken war an Barleben. Er wandte sich ab, kam wieder und sagte, ruhig und voll Hohn: „Tu nicht so groß, Albert. Es heißt ja, der Apfel fällt nicht weit vom Stamm. Na, und was den Apfel angeht, das sehe ich dir ja schon den ganzen Abend an, daß du's weißt, daß mir dein Junge zwei Taler aus der Kommode gestohlen hat."

Kaps sah ihn groß an. Sein Gesicht verzerrte sich so gewaltsam, daß Tränen aus seinen Augen drangen. Ehe es sich jemand versah, sprang er den Feind an und umspannte seine Gurgel. Den Schwung, wie der sich wehrte, glücklich benutzend, hieb Kaps ihn in die Hölle am Ofen hinein, kniete auf ihm und würgte ihn, indes ihm die Tränen eine nach der andern über das Gesicht liefen. Barleben, der viel stärker war, konnte sich doch nicht von dem grimmigen Alp freimachen. Er war an der Brust und an den Schultern beengt, so daß er weder aus dem Grunde atmen noch die Kraft seiner Arme lösen konnte. Erbittert fuhr er dem auf ihm Knieenden ins Gesicht, ergriff ihn bei den Ohren und riß sie, daß sie bluteten.

Es hätte schlimm für ihn enden können, wenn sich nicht schließlich der Wirt eingemischt und Kaps am Kragen gefaßt hätte. Sobald dieser die fremde Faust im Nacken fühlte, erlahmten ihm die Finger, und er lockerte den Griff. Dem Gegner gelang es, sich emporzuschnellen und ihn zurückzustoßen. Ehe der Kampf zum zweiten Male auskam, nahm der Wirt mit einer Hand Kaps an der Brust fest und wehrte mit der andern Barleben ab. „Ruhig, Barleben, ruhig!" sagte er, schob Kaps zur Tür und setzte ihn mit einem geschickten Stoß hinaus. Schnell drehte er den Schlüssel um. Kaps blieb eine Weile an der Tür stehen, stieß mit dem Fuß und rüttelte. Dann ging er die Treppe hinunter und taumelte in dem breiten, gefrorenen Weg der Dorfstraße einher. Er begann zu toben und schimpfte: „Gauner, Spitzbube," doch vorerst so, als ob er sich niemand vorstellte, an den er die übeln Worte richtete, und unversehens fand er sich auf dem Weg nach Hause. Da aber kehrte er um und trug, so schnell er gehen konnte, die Beschimpfungen dorthin, wohin er sie haben wollte. Wie eine Flut schäumte es ihm über den Mund. Er stürmte die Treppe in die Höhe, aber die Tür war noch verschlossen. Er sah durch einen Spalt im Vorhang und tobte, solange niemand im Bereich seiner Blicke war. Dann ging Barleben an seinen Augen vorüber, mit der scheinbar übertriebenen Schnelligkeit einer Erscheinung, die unversehens auftaucht und gleich verschwindet. Kaps verstummte, und wieder ging er hinunter. Und jetzt zum ersten Male brannte der Haß in ihm hoch, der männliche, klare, wahre Haß. Nun begehrte er nicht mehr zu lärmen, und sein ganzes Gefühl bäumte sich wollüstig gegen den einen Mann auf, der ihn beleidigt hatte. Jener eigentümliche Stolz, der in Familien nistet und sie einigt, die verwahrlosen und deren Glieder, wenn sie nicht von außen bedroht sind, kalt, ja feindselig gegeneinander stehen, griff ihn mit Schmerz an.

Noch einmal näherte er sich dem Haus, und diesesmal lautlos und mit einer Miene, als sähen ihn die Menschen auf seinem Wege und er müßte sie durch Unbefangenheit täuschen. Es war, als ob er das Türschloß überreden wollte, geöffnet zu sein, wenn er käme.

Aber sein ungleicher Schritt verriet ihn, und die Tür gab weder seinem ersten leisen Klingen noch seiner wieder ausbrechenden Wut nach. Er schrie in die Wirtsstube hinein und häufte den Schimpf auf Barlebens Haupt. Der saß drinnen, griente und ward bleich. Auch schwiegen alle, die um ihn saßen, und gaben keine Antwort, wenn sein Gesicht sich ihnen zuwandte.

Dann kehrte Kaps sich ab und ging nach Hause.

4

Die Nacht schien heller, als der Abend gewesen war. Noch war der Winter bleich und hatte den sommerlang verhüllten Glanz der Sterne erst halb enthüllt.

Im Schlaf lag das Dorf, weit und schattenhaft auseinandergestellt; kaum, daß aus einem Dachzimmerchen durch die feuchtangelaufenen Scheiben ein roter Schein herauszitterte.

Kaps ging eilends. Hart klappte sein linker Fuß auf den Erdboden, in aufregendem Rhythmus mit dem andern, leicht auftretenden.

Aus seinem brennenden Mund quoll stoßweise der weiße Kegel seines Atems. Er sagte nichts; nur einmal blieb er stehen und heulte auf, doch nicht aus Schmerz, sondern aus der Gewohnheit seiner Trunkenheit.

Er ließ die Pforte zu seinem Hof offenstehen und drang ins Haus. Er tastete sich in das Schlafzimmer, das, stockdunkel und von stickiger Luft angefüllt, auf ihn zu warten und ihn doch abzuwehren schien.

Seine Frau, die in unruhigem Schlummer dagelegen hatte, war schon zum Sitzen aufgefahren, als sie die Hoftür hatte gehen hören. Sie hielt den Atem an und sah nach dem Schatten, der ihren Mann, dunkler als das Dunkel um ihn, vorstellte. Vor ihren Augen schwankte die Finsternis, und sie sah nicht, ob er stehe, gehe oder sich bücke.

Plötzlich scholl ein Schrei.

Der kleine Otto fing zu greinen an. Sie sprang aus dem Bett, erfaßte den Tisch und schurrte mit der flachen Hand die Platte nach Streichhölzern ab. Sie fand deren und machte Licht. Da sah sie ihren Mann an Franzens Bett niedergebückt, beide Fäuste in des Knaben Haar vergraben, und schon hatte er ihn zur Hälfte aus den Betten gezerrt. Rasendes Weinen in der Stimme, rief sie den Mann, sprang hinter ihn und riß ihn beim Rockkragen in die Höhe. Derweilen fiel der Knabe aus dem Bett, erhob sich aber gleich und stand zitternd und mit den Zähnen schlagend da.

Kaps begann zu stottern: „Taler gestohlen, zwei Taler gestohlen!" und schien ruhiger. Das verleitete die Frau, zu sagen, es sei alles Lüge und kein wahres Wort daran;

aber grade dadurch entfesselte sich seine Wut. Grade daß es, wie auch er nicht zweifelte, eine Verleumdung war, vergrößerte seinem innersten, so oft mißhandelten, so oft verleugneten Stolz die Beleidigung. Er schlug auf die Frau und auf den Jungen mit den Fäusten ein. Der Tisch wurde hin und her gestoßen, das Licht flackerte, entsetzt sah der Kleine zu. Die Frau wehrte sich mit schnellen, festen Armen; sie stieß den von Rausch und Wut Blinden; er sank auf das Bett des Knaben. Da riß sie ihr Kind an sich, trug es, das so groß war wie sie selbst, in den Armen und enteilte mit ihm über den Hof in die Scheune.

„Bleib hier! Jesus, wie du frierst! Kriech ins Heu", flüsterte sie; „ich hol' uns Sachen." Sie mußte ihm auf die ersten Sprossen der Leiter helfen, die von der Tenne auf den Heuboden führte. Erst als er oben war, ging sie.

Drinnen fand sie den Mann eingeschlafen. Der kleine Otto hatte sich wie ein Häslein geduckt. Sie nahm Betten und Kleider zusammen, schlug und wickelte sie um das Kind und trug auch dieses zweite große Bündel in den Stall. Sie klommen die Leiter hinan, und im Heu machte sie sich und den Knaben das Lager.

Langsamer noch als bisher entrang sich nach dieser Nacht der Tag dem Dunkel. Die helle, freche Glocke, die ein Viertel vor acht zur Schule rief, mußte sich einige Dämpfung ihres vorlauten Wesens gefallen lassen, so dicht war der Frühnebel, der über der Straße und den Häusern stand, ungewiß, ob er sinken und den Himmel entschleiern, oder ob er sich träge emporheben und als totes Wintergewölk für lange die Sonne verdecken solle.

Erst gegen Morgen, als die Mutter schon aufstand, war der Schlaf des Knaben im Geleise ruhigen Atems gefahren. Sie ließ, da Kaps von seinem Rausch wie mit feuchten Stricken an das Bett gebunden lag, den Jungen ruhen und weckte ihn nicht, sich zur Schule fertig zu halten. Er selber fuhr, im Traum von dem ängstlicher als gewöhnlich klingenden Ton der Glocke getroffen, in die Höhe, kleidete sich an und schlich sich fröstelnd bis ins Mark auf den Hof. Den Kleinen hatte Frau Kaps gleich früh beim Aufstehen mit sich genommen und in sein gewohntes Bett gesteckt. Sobald sie Franz gewahrte, ging sie zu ihm und nötigte ihn, zögernd als ob sie ihn aushorchte, in die Stube zum Kaffeetrinken; doch mit einem Schaudern lehnte er ab und sagte, daß er in die Schule müsse, es habe schon geklungen. Die Mutter, selbst froh, daß er nicht ins Haus wollte, brachte ihm sein Schulgerät, die große, mit Bibel, Lesebuch, Katechismus und Pennal bepackte Schiefertafel, und gab ihm zwei kräftige Schnitte Brot mit. Sie sah ihm, am Zaune stehend, nach, wie er das Gehöft verließ und die Pforte mit einer befangenen Sorgfalt zuklinkte, die ihr ins Herz schnitt.

Franz ging der Schule zu, erleichtert mit jedem Schritt, den er von Hause weg tat, und mit jedem Schritt in eine andere, neue, weiträumige Angst tappend. Er hielt sich in der Nähe der Zäune und Häuser. Heuhalme hingen ihm im Haar; es quälte ihn kläglich, daß er nicht gewaschen war.

Welche Gedanken lebten in seinem Hirn und Herzen? Keine. Wie auch in der Nacht keine Vorstellungen, keine Bilder, keine Bitte und keine Verzweiflung ihn zum innern Widerstand oder sei es auch zur inneren Flucht gespornt hatten. Nur das schreckliche Nichts der kleinen Kinder, das sie zur Bosheit reizt und mit den Füßen strampeln läßt, fühlte er in seinem Kopfe lasten; es bog tief seinen Hals.

Er sehnte sich nach etwas Unbefangenem, das ihn aufnehme, und kehrte bei der Großmutter ein.

Die Greisin war schon aufgestanden. Sie fragte ihn gleich, was der Vater gesagt habe; und weich, innig, bitter bedrückt fühlte er, daß Unbefangenheit ihm fortan nirgends entgegenkommen werde.

Er fragte, ob er sich waschen dürfe. Und die Alte half ihm sich säubern und zurechtstecken und kämmte ihm selbst das helle Haar zu einem flotten Knabenscheitel auseinander: so klein war sie, daß er, obgleich auf dem Stuhle vor ihr sitzend, sich ein wenig ducken mußte.

Sie bot ihm Kaffee und Milch an; aber er wies, da ein Blick auf die kleine, porzellanene Wanduhr ihm zeigte, daß es beinahe halb neun sei, alles ab. Dennoch, obwohl ihn jeder der langsamen Schritte, die er machte, mit Unruhe quälte, vermochte er nicht zu eilen, um die versäumte Zeit abzukürzen.

Die Schultür knarrte laut in den stillen Flur; der Flur war still und dunkel und unermeßlich lang vor Franzens Augen. Aus dem Schulraum klang bestimmter scheinbar als sonst geteilt und seltsam nüchtern umrissen des Lehrers Stimme an das Ohr des Zögernden.

Er trat ein und blieb an der Tür stehen, erglühend, aufrecht, die Augen niedergeschlagen.

Es entstand gleich eine Bewegung unter den Schülern, und besonders die Mädchen wußten, ohne die Plätze zu ändern, sich so zueinander zu bewegen, mit den Oberkörpern in Gruppen zusammen- und auseinanderzufließen, daß man ihnen eine große Wichtigkeit ansah, etwas Vorwurfsvolles und Pharisäisches, wie immer sich der Handel endigen würde. Sie kamen aber nicht auf ihre Rechnung, denn der Lehrer kannte schon durch die das Frühstücksgebäck und den Tratsch austragende Frau die tags vorher passierte Geschichte, und da er ein kluger und seine Leute wohl kennender Mann war, hielt er die Bezichtigung nicht für wahr.

Freilich, was er auch mit dem Knaben vorgenommen hätte, würde ihm nicht seine Lebenssicherheit zurückgegeben haben; und so verfehlte er es von vornherein mit ihm, da er ihn, ohne das Zuspätkommen zu rügen, mit einfachen Worten auf seinen Platz gehen hieß.

Die Wände des mystischen Raums, in den der Knabe hineinschritt, glitten noch weiter zurück, der Raum wurde größer, schweigender, unheimlicher.

Mit demütigem Kopf ging Franz zwischen den Knaben- und Mädchenbänken hindurch, setzte sich, als der Erste in seiner Abteilung, auf seinen Eckplatz, und der Lehrer fuhr im Unterricht fort. Franzens Nachbar rückte ein wenig von ihm ab, mit einer Bewegung, die nichts weiter bedeutete, als daß er nach Knabenart den sei es übel oder gut Ausgezeichneten von etwas weiter her betrachten wollte. Aber die Bewegung genügte, daß Franz sich auf seinem Platz klein machte.

Und nun saß er da, bange davor und bangend danach, daß der Lehrer eine Frage an ihn richte, abwechselnd mit jäher, krampfhafter Aufmerksamkeit und gänzlich verlorenen, stockenden Gemüts. Doch der Lehrer fragte ihn nicht.

Als die erste Stunde zu Ende war und die Kinder eben in strammen, eingeübten Tempi die Bibeln unter die Pulte schoben und die Schreibhefte hervorholten, klopfte es. Der Lehrer ging, nachzusehen, wer da sei, und fand Barleben, der, durch die Vorgänge im Wirtshaus schlimmer erzürnt, als er sich merken lassen durfte, sich vorgesetzt hatte, die Sache mit den gestohlenen zwei Talern durchzufechten. Der Lehrer, obwohl um einen Kopf kleiner als Barleben, machte in seiner stämmigen Gedrungenheit eine sehr entschiedene Figur vor dem ungefügen Menschen. Er griff sich in seinen blonden Demokratenbart und sagte: „Bitte, stören Sie mich nicht im Unterricht. Wenn Sie mir etwas mitzuteilen haben, kommen Sie nach Beendigung der Schulstunden in meine Wohnung." Damit ließ er den Mann stehen.

Drinnen begegneten ihm Franzens helle Augen mit einem so gespannten Ausdruck, daß es einem Lächeln ähnlich sah, was um seine Stirne, Schläfe und Wangen schwebte; nur die Mundwinkel waren vertieft. Der Lehrer sah ihn an und vergaß auf einen Augenblick Ort und Stunde, so prägte sich ihm das Gesicht des hübschen Jungen ein. Und wieder schonte er ihn und fragte ihn nicht. Der sonst so kluge Mann unterlag der Güte, die ihn herrisch zu dem Knaben hin erregte, und übersah, daß es den andern Knaben schon auffiel und sie sich Gedanken machen mußten, warum er Franz überging.

Um Zehn war die freie Viertelstunde. Sowie der Lehrer das Zeichen gab, lärmten die klappernden Pantinen ins Freie.

Draußen empfing eine verzauberte Welt die Kinder. Die blaue, helle Himmelswölbung schwebte frei über der am Horizont noch nebelartig verdichteten Luft. Die Sonne war über den bräunlichen Nebelring gestiegen, und zu hellem Glitzern entzückte sie jedes Zweiglein an jedem Strauch und Baum, die sich mit prunkendem Zuckerkand bedeckt hatten.

Die Kinder schrien laut und hell; sie sprangen, wenn sie einem in den Rücken pufften und wenn sie gepufft wurden; einige von ihnen verteilten sich an die Akazien des Schulhofes und stießen mit den hart bewehrten Fußspitzen an die Stämme, daß es aus den Kronen scharf herniederrieselte.

Franz hielt sich abseits. Wie er aufmerksam in den Himmel sah, geschah es plötzlich, daß er es als eine Lust empfand, allein zu sein. Wie ein Fischbeinbogen umspringt, wenn man ihn an den Enden biegt, so schnellte das Gemüt des Knaben von der Spannung des Gedrückten zu der des Fliegenden. Eine schneeweiße Federflocke segelte über ihm im Blau, er folgte ihr mit den Augen, und als er sie längst verloren hatte, blieben seine Augen unbeweglich in ihrer letzten Richtung, schwimmend, fast schielend, wie das Licht so blind. Er war zwölf Jahre alt. Welche Seligkeit, allein zu sein! Welche Lust, Unrecht und Angst zu erleiden und ihrer über einem heimlichen Schatz nicht zu achten! Welch wütendes Entzücken, sich von dem Himmel aufsaugen zu lassen! Die Sonne wärmte sein Gesicht, die Lider sanken ihm und zitterten mit den Wimpern.

Er erwachte und blickte sich scheu und geblendet um. Ein Lächeln der Eitelkeit verklärte seine Mienen.

Da sah er seinen Vater die Dorfstraße herkommen. Er wich bis zur Schultür zurück und hielt sich verborgen; nach einer Weile hörte er ihn über den Hof kommen und von der entgegengesetzten Seite den Flur betreten. Er hörte ihn an die Küchentür klopfen, und die Lehrerfrau rief: „Herein!" Der Himmel zerplatzte zu einem nichtssagenden Dunst, Franz ging in das Schulzimmer und setzte sich auf seinen Platz. Er hatte Hunger; doch als er in sein Brot biß, verengte sich seine Kehle und wehrte die Speise ab.

Als die Schule aus war und die Kinder sich heimbalgten, suchte Franz, um den Weg zu verlängern, Anschluß an ein paar Kameraden. Sie bezähmten den Mutwillen, den der kristallene Tag herrlicher und tatkräftiger als ein Frühlingstag in ihnen erregte, gingen gutmütig und schonend mit Franz, aber sie fragten ihn. So wurde ihm doch der Weg zur Pein; und je peinvoller er wurde, um so mehr fürchtete er, ihn zu enden. Er hatte recht mit seiner Furcht.

Kaps hatte außer einem Frühstücksschnaps am Vormittag nichts getrunken; aber der Nachrausch war wilder in ihm, fahriger und grausamer als die Trunkenheit. Der Lehrer hatte sich den Aufgeregten hergenommen, ihn derbe zusammengerissen und ihm mit Verachtung klarzumachen versucht, wie infam seine Mißhandlung des Knaben sei. Das aber hatte Kaps, der im Innern eigentlich schon bereit war, sich auf Barleben zu stürzen, wieder gegen den Sohn gehetzt.

Als Franz nach Hause kam, zaghaft in die Stube trat und, da er wie erlöst den Vater nicht vor Augen fand, sein Schulgerät eben weggelegt hatte, stand Kaps hinter ihm in der Tür. Etwas Tückisches, was in seinem Charakter gar nicht lag, glänzte in seinen Augen, sinnlos. „Der Lehrer, der Lehrer —!" begann er, bildete aber nach seiner Gewohnheit keinen Satz und holte die hinterm Rücken versteckte Faust vor. Er hielt einen hänfenen Karrenstrick umfaßt und hieb auf den Knaben ein.

Die Zeit, die über den Hof hereingebrochen war, wurde die schlimmste, die er bisher erlebt hatte. Kaps trank und tobte durch das Dorf, daß die Jungen auf der Straße ihre Freude an ihm hatten und verständige Männer, die ihn kannten, stutzig wurden und in Zweifel gerieten, ob er sich bei Verstand halten werde. Die Wirtschaft, die nur in Gleichgewicht zu bringen war, wenn ihr noch andere Einnahmen als aus der Landarbeit zuflossen, mußte zerrütten, wenn er es lange trieb.

Im Dorf wußten natürlich alle, daß Kaps, wenn er seine schlimmen Wochen hatte, Frau und Kinder mißhandelte. Man hatte sich darüber immer leicht beruhigt, zumal er seine guten Seiten hatte und weil ja auch keine schlimmen Folgen eintraten. Vor Jahren einmal hatte er seine schwangere Frau vom Heuwagen gestoßen; sie hatte darauf, um weniges zu früh, den kleinen, weißhaarigen Otto geboren, der jetzt gesund und fröhlich umherlief. Und sie selbst, die Frau, hatte ihrem Eheherrn immer die Stange gehalten und Ausflüchte erfunden, wenn sie sich zu einem der Nachbarn, dem Stellmacher oder dem Fischer, zu retten gezwungen war.

Dieses Mal war es anders. Wenn man sie fragte, vertuschte sie nichts. Das Gerücht von den schlimmen Dingen erfüllte und erregte das ganze Dorf; die Entrüstung war so groß, daß Barleben, auf den man von allen Seiten mit Unwillen sah, sich nicht getraute, den Diebstahl des Geldes anzuzeigen und untersuchen zu lassen. Kaps selber aber bekam Lust, seinen Handel mit Barleben gerichtlich auszutragen, und eines Tages ging er zum Schiedsrichter.

Dieser war der Besitzer des Schulzenguts, ein ruhiger, kluger und gerechter Mann. Als er Kaps soweit hatte, daß er sich ausdrücklich beklagte, Barleben bezichtige lügnerischerweise den Jungen des Diebstahls, stand er auf, schlug mit der Faust auf den Tisch und fuhr Kaps zornig an. Er sagte: „So! also! so fest wie ans Evangelium glauben Sie an die Unschuld Ihres Jungen! Und dann prügeln Sie ihn tagtäglich, daß es ein Vieh erbarmen könnte. Sie sollten sich was schämen. Und ich sage Ihnen, so ungern ich mich um anderer Leute Dinge kümmere, nimmt das nicht ein Ende bei Ihnen, so zeige ich Sie der Staatsanwaltschaft an. Solang ich im Ort bin, ist mir ja so etwas nicht vorgekommen." Damit zog Kaps ab, und das Wohlwollen des Schulzen, wie das des Lehrers, wie das des ganzen Dorfes, prügelte wieder den Knaben und keinen sonst, machte kein Unrecht gut und lüpfte nicht den dünnsten, lose liegenden Schleier.

„Es kuriert sich von selber aus", sagen die Leute, wenn das Übel sie nicht juckt, — und oft auch, wenn es sie juckt.

5

Während alledem hatte der Winter seinen kristallischen Zauber ausgeübt. Ein Nebelring trennte die Nacht vom Tage und den Tag von der Nacht. Aber zwischen den Zeiten der Ringe war der Himmel der Tage und der Nächte rein, unbewölkt und unverschleiert. Wiewohl der Sonnenbogen noch immer kleiner wurde, strahlte doch um jeden Mittag klingend und seidenleuchtend die Himmelswölbung über der Trübe des Horizonts auf. Die Seen froren zu, der Fischer mußte aufhören zu fischen, und konnte bald wieder, da das Eis trug, anfangen damit. So gleichmäßig war das Wetter, daß die Zeit stille zu stehen schien und niemand mit Unwillen bemerkte, daß die Tage kürzer wurden.

Es war eine schöne Zeit für das Dorf, die Zeit der tiefsten Erholung von dem unaufhaltsamen Abrollen des Jahres. In den Wäldern wurde Gruben- und Bauholz geschlagen; so hatten die Armen Brot und die Wohlhabenderen, die das Holz abfuhren, guten Verdienst. Der saubere Klang der Äxte scholl durchs Gehölz, das Knarren der Wagen, Zuruf an die Pferde, die sich ins Geschirr legen mußten, wo der Weg nicht eben war.

Nur Kaps hielt seine Pferde im Stall, wo sie doch nicht rund wurden; und der gleichmäßige Zug der Tage ließ die Sorgen der Mutter und die Leiden des Sohnes zu immer schlimmerer, wesenloser, gespenstischer Angst auswachsen.

Franz war sehr blaß geworden, sein Gesicht mager; doch nie hatte er sich sorgfältiger die Haare gescheitelt, nie sein geflicktes Jäckchen reinlicher gehalten. In der Schule und mit den Kameraden war alles ins Gleiche gebracht, aber zu Hause schlug die unhemmbare Woge an die Grundfesten seines Wesens, daß es zitterte und sich neu ordnete.

Auch in seiner Mutter ging eine Veränderung vor. Immer war sie unsicher und zaghaft gewesen, weil sie nicht wußte, ob ihr Mann wild oder zahm sein würde. Jetzt war sie nicht mehr im Zweifel, was sie zu erwarten hätte; sie konnte sich vorbereiten, verhärten und zur Abwehr feststellen.

Eines Abends, als eben die Sonne, noch ziemlich hoch über dem Horizont, dunkelrot glühend in dem dichten, drohenden Nebel vorzeitig erlosch, stand sie mit ihrem Jüngsten am Fenster. Franz saß auf der Ofenbank, die Hände flach auf die Knie gelegt, und lächelte vor sich hin. Draußen war es still, und von der Langsamkeit, Unaufhaltsamkeit und Lautlosigkeit des Naturvorgangs ging ein Gefühl aus, das jeder Sorge den irdischen Stachel nahm, das das Gemüt untätig und wehrlos machte und mit himmlischer Bitterkeit erfüllte. Es war eine solche Stunde, die, wenn er sich einmal ihr stellt, den Menschen lehrt, daß das Kleid seiner Tage, um das er hat arbeiten müssen, das er säubern und flicken muß, aus einem Gespinst gewoben wird, dessen Fäden vom Wocken der Ewigkeit gezogen werden. Die Augen, die in solche Stunden blicken, werden größer, und damit sie ihre Ruhe behalten, muß der Atem langsam und tief gehen. So stand Frau Kaps mit ihrem Kinde. Es blies kalt durch die lockeren Scheiben, und sie erschauerte. Zum erstenmal in diesen Wochen kam Verzweiflung über sie; sie drückte die Stirn fest und immer fester gegen die Scheibenrahmen; so verharrte sie lange; als sie wieder aufsah, hatte sich ein flammendes Kreuz auf ihre Stirn gezeichnet. Die Abendröte war einem mächtigen, breit goldenen Licht gewichen, das heller als das Tageslicht erschien; kleine Wölkchen schwebten über dem Lichten.

Sie hatte einiges Besinnen nötig, ehe sie sich zu der Zeit zurückfand. Dann sah sie auf den kleinen Knaben und staunte: Seine Augen waren groß und blinkend, von einem schwebenden Feuer blinkend und von der Trauer, die kleine Kinder in den Augen haben, wenn man sie milde in das Abendlicht schauen läßt. Sein Gesicht leuchtete in einem bleichen Goldschein, und so still war es und so still die Augen, daß es der Mutter scheinen konnte, das Licht falle nicht von außen auf des Kindes Antlitz, sondern strahle von innen von ihm aus. So sehr sie das Bübchen anstarrte, wandte es doch nicht seine Augen und sah mit dem gleichen, frommen Wesen still in den Abend. Da dachte sie, ohne den Kopf nach ihm hinzudrehen, an Franz, und umfing, zum erstenmal mit Gedanken, die nicht bloß auf einen Gegenstand, nicht bloß auf eine gegenwärtige Sorge gerichtet waren, ihre beiden Kinder: den Vierjährigen, der hier im Hause heranwachsen würde, acht Jahre hindurch, bis er ein Zwölfjähriger wäre wie Franz, und Franz, der jetzt schon in den Konfirmationsunterricht ging und in anderthalb Jahren eingesegnet sein würde, wie vor drei Jahren der Älteste eingesegnet war, — der Älteste, der das Vaterhaus im Trotz verlassen hatte und auf fremdem Hofe Knechtesarbeit tat. Die Jahre standen vor ihr, die so hastig herankommen, die, wenn man sie durchlebt, zersetzt und zerrissen werden, und wenn man sie nachher sich vorstellt, so regelmäßig und unerbittlich sind und Regelmäßigkeit und Ruhe der Arbeit von dem Gewissen fordern, das sie schonen sollen.

Sie begann zu schlucken, konnte die Brust nicht zum vollen Atmen ausdehnen, und in zwei Tränen zersplitterte das Licht ihrer Augen. Da konnte sie atmen. Sie stellte das Kind auf die Erde und rief Franz an: „Franz, paß auf Otto auf. Ich gehe ins Dorf."

Franz erschrak. „Mutter", sagte er leise und bittend. „Ja, was denn, Junge", erwiderte sie, und da sie von ihren Gedanken ganz erfüllt war, achtete sie die Angst des Knaben, der die Heimkehr des Vaters fürchtete, geringer und vergaß, sie zu schonen. „Ich bin wohl schon zurück, ehe er kommt," sagte sie, „und wenn ich noch nicht da bin, es wird ja nicht gleich schlimm werden, ich kann doch nicht immer bei dir sein." Franz bat nicht mehr und schwieg. Die Ungeduld in der Stimme seiner Mutter traf ihn mit einer Härte, die ihn dort in seiner Seele verletzte, wo kein Schlag des Vaters hintraf und wo er fein und heimlich geworden war. Die Mutter machte sich zurecht, und bevor sie ging, sagte sie, und Hoffnung und Zuversicht waren in ihrem Ton: „Wart' nur, Franz, ich komm' bald wieder, und ich bring' vielleicht Gustav mit."

Die Kinder waren allein. Das Zimmer wurde schummerig in den Winkeln; das Abendlicht, das durch die Fenster quoll, wurde trüber und brauner; die Wölkchen, die den immer noch lichten Himmel scheckten, waren dunkelrot, und das sah aus wie die buntgeschälten Birkenstämme vor der Werkstatt eines Stellmachers.

Die Kinder schauerten in der Kälte.

Plötzlich dröhnte in die tiefe Stille vom See her ein Schuß, der sich heulend ausschwang und verlor. „Horch! was heult da so?" fragte Otto. „Das ist der Winterwolf," antwortete Franz. „Der Winterwolf? Was ist denn das?" Franz erzählte ungelenk ein Märchen: Der Winterwolf ist so groß wie ein Elefant. Er jagt auf dem Grunde des Sees Hecht und Wels, so eifrig, daß er nicht daran denkt, wenn der See zufriert und das Eis immer dicker wird, und der Wolf ist gefangen. Wie er Luft schnappen will und in die Höhe schießt, stößt er mit dem Kopf gegen das Eis, daß es knallend birst, und er heult so wütend dazu, daß man es eine halbe Meile weit hört.

Die Augen des Kindes funkelten voll freiwilliger, freudiger Angst. Wie kam ihm der See ungeheuer vor und doch überschaubarer als jemals, wenn er am Ufer gestanden hatte. Er hörte dem Bruder so eifrig zu, daß dieser sich selbst vor seiner Erzählung zu ängstigen anfing und beim klaren Bewußtsein seiner Erdichtung ein Gitter von Grauen immer dichter um sich zog, bis er endlich nicht mehr zu sprechen wagte. Sie hielten sich beide still. Die Nacht war übergroß über das Dorf gehüllt und klang noch unterm zunehmenden Frost öfter vom Heulen des Winterwolfs.

Draußen klinkte die Tür, und die Kinder lösten sich aus dem Bann. Die Mutter kam mit Gustav zurück. Aufgeregt, mit funkelnden Augen, sobald sie Licht gemacht hatte, betrachtete sie den Sohn, der stattlich und ruhig, ganz wie es einem Bauersmann ziemt, auf der Ofenbank niedersaß und nichts mehr fragte, noch sich verwunderte.

Die Mutter ging in die Küche, um ein reichlicheres Abendbrot als sonst zu rüsten. Als das Feuer auf dem

Herd flackerte, kam sie zurück und hieß Franz Bier aus dem Wirtshaus holen. Sie gab ihm Geld, und ging nachdenklich hinaus.

Er hatte sich in einer scheuen und zärtlichen Art mit dem Bruder begrüßt. Der hatte ihn mit Zuversicht, fast mit Lachen aufgemuntert und ihm versprochen, für ihn zu sorgen und ihn zu schützen.

Franz verstand nicht ganz diese selbstgefällige Sicherheit und glaubte ihr nicht ganz. Für ihn war, wie für jedes Kind, das Leben im Elternhaus so vielfach verstrickt, daß er nicht begriff, wie man sich ihm entziehen könnte, ja nicht einmal, wie man sich ihm entziehen wollte. Gustav hatte sich berühmt; er war draußen gewesen, hatte unter fremdem Dache geschlafen, an fremdem Tisch gegessen und fremden Acker gepflügt. Er hatte die Knechte und Mägde kommen und gehen sehen und erfahren, wie frei ein jeder Mensch ist, der es will. Er wußte, daß es nur einen Knacks kostete, und man könnte den Zwang des Vaters und seine böse Art abschütteln.

Und siehe da, die Hoffnung, die ihn mit des Bruders Worten hatte trösten wollen, verfehlte es an Franz, und ihm war nicht wohl dabei. Zu nahe, zu nüchtern rückte ihm der Schutz, dessen er nun sicher sein konnte, auf den Leib. Sollte nun alles ein Ende haben? Nebel, Traum und Weite, Angst und das übermenschliche Gefühl des Schmerzes sich ins Unsichtbare auflösen? Ja, zu nahe, zu nüchtern kam das Leben wieder, das so fern und hallend und frei wie ein Hund im Forst gejagt hatte. Der Bruder wußte, wie dem Vater beizukommen, wie der Vater zu behandeln sei; die Mutter sah Ziel und

Arbeit vor sich, und Franz spürte, daß sie ihn weniger lieben würde.

Die Eifersucht nagte an ihm, die den Menschen manchmal überkommt, wenn der, den er liebt und der ihn liebt, weniger unglücklich und dadurch bestimmter wird.

Denn es gibt ein allgemeines Gefühl des Unglücks, darin wir uns wohl fühlen, als hätte nun das Schicksal keine Macht über uns. Hört es auf, so beginnt wieder das eiserne Spiel von Ursache und Wirkung, und wir scheinen uns mechanischer als vorher, härter und uninteressanter.

Standen nicht die Häuser alle so nüchtern trotz der Dunkelheit da? Klangen nicht seine Pantinen auf dem Erdboden nüchtern? Die Kälte zog ihm die Brauen zusammen, legte ihm einen Reifen um die Brust und scheuchte die Gedanken. Er ließ sich von der drückenden Gleichgültigkeit bannen, und immer fester schnürte es sich ihm um die Brust, was er doch mit dem bloßen Willen und drei Atemzügen hätte sprengen können. Nicht einmal die Furcht, im Wirtshaus den Vater zu treffen, stöberte ihn auf.

Der Vater war nicht dort, wohl aber Barleben. Der hielt sich von ihm fern und sah ihn doch mit seitwärts gedrehtem Kopf verächtlich an. Aber er ertrug sein eigenes Hinsehen nicht lange, und mit einem Einziehen des Halses wie ein Raufbold ging er zur Seite und setzte sich mit dem Rücken zum Zimmer an einen Tisch. Der Wirt hatte unterdessen die Flaschen hervorgeholt und wischte sie, da sie voll feuchten Sandes waren, ab. Dabei sagte er mit dem Wohlwollen eines Mannes, der Schulden bezahlt: "Na, Franz, nu ist das Geld da."

Franz sah mit gleichmäßigem Ausdruck zu ihm auf. "Ja, Junge, du kannst was zum besten geben, die zwei Taler sind da." Franz antwortete nicht. "Oder weißt du's am Ende schon?" "Nein", sagte Franz. "Da geh zum Schulzen hin, bei dem kannst du dich bedanken."

Franz schwieg noch immer, er sah zu Boden, und seine Augen wurden heiß. Der Wirt wollte, schimpfend über das dumme Gebaren, auftrumpfen; aber dann wäre er seine Erzählung und obenein vor den Ohren des Besiegten nicht losgeworden, und auch das bessere Gefühl, das die Aufklärung eines Unrechts in keinem Herzen ohne Freude läßt, hielt ihn zurück. Er erzählte, um den Knaben aufzumuntern, in burschikoser Manier, daß der Schulze gerade im dem Augenblick in einen Eisenwarenladen im Nachbardorf getreten sei, als der junge Barleben ein eben erstandenes vielklingiges Messer mit einem blanken Taler hatte bezahlen wollen. Der Schulze hatte den Kauf sofort zurückgehen lassen, den Burschen ins Gebet genommen und ihn vermocht, den Diebstahl einzugestehen und die zwei Taler herauszugeben. Der Wirt schloß seine Erzählung mit einem Rat: "Du darfst dir das nicht gefallen lassen, Franz; sie müssen dir eine Ehrenerklärung in die Zeitung setzen."

Als Franz nach Hause ging, war er nicht wie einer, dem ein Glück widerfahren ist. Plump war der Knoten gebunden, plump ward er gelöst. Und wenig ging das ihn noch an, das eine und das andere. Einen Augenblick dachte er daran, daß morgen in der Schule die

Lösung bekannt sein würde; es würde einen neuen Lärm geben, nachdem längst alles still geworden war; er würde, wenn er wollte, auf den Wellen dieses Tumults hoch oben schwimmen können, — es lockte ihn nicht. Das Bild verschwand, ehe es noch ins Drehen gekommen war. Der Kältereifen war von seiner Brust gewichen, die Gleichgültigkeit schwärzte sich zur Trauer. Zu Haus fand er die erstarrte Gruppe einer eben geendigten heftigen Szene zwischen Vater, Mutter und Bruder. Die Mutter stand an der Wand, keuchend, aber mit triumphierenden, groß aufgerissenen Augen. Zuweilen klangen ihre Zähne aneinander. Gustav, strack und sicher, und der Vater, der die Faust auf die Tischplatte geschmettert hatte, daß die Knöchel bluteten, standen am Tisch.

Franz blieb an der Tür. Alle schwiegen. Da drehte sich der Vater unter kurzem Lachen auf dem lahmen Bein um und packte Franz an der Brust. Aber ehe er zuschlagen konnte, ehe er den Knaben auch nur schütteln konnte, hatte Gustav ihn zurückgerissen, daß Franz hinterher stolperte und alle drei gegen den Tisch fielen. Und Gustav sagte ruhig: „Und das hat nun auch ein Ende. Wer mir den Jungen anrührt, der Junge ist gut, er hat keinem was getan — wer mir den Jungen anrührt, der kriegt es mit mir zu tun. Das soll sich jeder merken. Das kannst du jedem sagen, Vater." Der Gedemütigte suchte nach einer Antwort, aber fand keine. Wie vorhin in der Auseinandersetzung mit seinem Sohn über die Neuregelung der Wirtschaft fühlte er sich auch jetzt unterlegen, und der Respekt vor der kräftigen Faust und dem gesunden Willen ließ ihn sich fügen. Er taumelte zur

Tür, aber auf der Schwelle drehte er sich noch um und begann ein sinnloses, tobendes Schimpfen gegen seine Frau. Er beschuldigte sie unsittlicher Gelüste, nannte sie mit häßlichen Namen und trieb sich so durch Flur und Hof mit einer Vorspiegelung, als sei er der Sieger. Sie antworteten nicht und ließen ihm das letzte Wort, das noch von der Dorfstraße herklang und sich nur allmählich verlor.

Der kleine Otto, der sich mäuschenstill auf seiner Rutsche verhalten hatte, kam aus seinem Winkel hervor, und lustig schimmerte sein weißes Haar im Schein der Lampe auf. Er schaute mit pfiffigem Gesicht zu seiner Mutter empor und zwang sie zu sich hin. Sie seufzte tief, erleichtert, wie nach bösem Traum, streichelte ihn und meinte, es sei Zeit für ihn, zu schlafen. „Laß ihn noch auf, Mutter," sagte Gustav, der nicht wollte, daß über die Ereignisse des Abends viel gesprochen würde.

Selbviert saßen sie am Tisch, aßen und tranken. Franz schaute auf den großen, langsamen und doch so jugendlich frischen Bruder; er wollte ihm sagen, was er im Wirtshaus gehört hatte, und unterließ es doch, weil es ihm zu wenig und den stummen Dank zu stören schien. Die Mutter nahm mit ihren Blicken die drei Söhne zusammen, wie eine fröhliche Witwe. Sie gingen alle früh zu Bett, und schnell kam der Schlaf.

Nur Franz blieb überwach. Der Schlaf packte ihn am Hinterkopf und zog ihn, Kopf voran, eine sausende Fläche herab, daß die Schultern meinten, sie bohrten sich tief in die Kissen und die Füße zu schweben schienen. Die Müdigkeit schälte sich von seinen Beinen wie Borke vom

Baum, und einen süßen Augenblick glaubte der Knabe, in die friedevollste Ruhe eingebettet zu sein. Aber gleich wieder fuhr der Kopf in die Höhe, der Körper fühlte sich aus der Ausdehnung, Auflösung schreckhaft in seine Grenzen zurückgepreßt, und die Wachheit riß ihm unerbittlich die Augen wieder auf. „Sie schlafen alle," dachte er, „jeder schläft seinen Schlaf, morgen sind sie frisch und gehen an die Arbeit. Morgen —" und mit einem Male sah er den Schulzen in einen Laden treten, der Laden wurde zu einem Eisenwarenladen — jede Fuge an den Schüben war sichtbar, jeder Messinggriff blitzte. Auf dem Ladentisch lag ein riesengroßes Messer mit unzähligen Klingen — — und schon konnte der Knabe die Vorstellungen nicht mehr halten, sie wuchsen ins Traumland hinüber, und ihn ergriff wieder der Schlaf und ließ ihn wieder los. So im ängstlichen Wechsel brachte er viele Stunden zu, bis er es einmal nicht mehr spürte, daß die Hand des Schlafes ihn ergriff, und da hielt sie ihn wirklich fest.

6

Als er am nächsten Tag aus der Schule kam, empfing ihn die Mutter triumphierend mit der Nachricht von der Entdeckung des Diebes. Ihr Wesen war ganz aufgefrischt, und sie kostete ihre Genugtuung bis auf den Grund aus, mit immer wiederholten Beschimpfungen gegen das feindliche Haus. Franz mußte im Laufe des Gesprächs gestehen, daß er die Nachricht schon gestern Abend gehabt habe. Die Mutter war unwillig über sein Schweigen und gab ihm ihren Zorn zu verstehen und zu kosten.

Franz fühlte sich gänzlich abgesetzt. Stolz, Eitelkeit, der Wunsch, geliebt und umsorgt zu werden, die Auszeichnung des Leidens: alles dieses wurde ihm genommen: die verzauberte, verhexte Welt trat in ihre Ordnung zurück; und Franz hatte keinen Drang, sich ihr anzubequemen.

Die neue Führung der Wirtschaft machte sich, wenn auch natürlich noch nicht in ihrem letzten Segen, so doch in allen unmittelbaren Wirkungen kund; sogar der Alte entzog sich ihr nicht. Gustav hatte wieder, gleich den andern Fuhrwerksbesitzern, das Abfahren von Bauholz übernommen. Die Pferde verlangten ihr Recht, die Zeit maß sich wieder nach den Stunden der Arbeit. Der klingende Wagen fuhr am Morgen mit Gustav und dem Vater weg und kam am Abend und jetzt im Schritt zurück. Dann wurde gegessen, und der Alte humpelte ins Wirtshaus.

Franz bewunderte den Bruder, dessen kleiner Schnurrbart weiß und zierlich die schweigsame Lippe schmückte, dessen Scheitel immer gerade und unverzaust war. Aber er, der sich sonst immer fröhlich auch zu Arbeiten gedrängt hatte, für die er noch zu jung war, nahm jetzt keinen Teil an dem tüchtigeren Wesen des Hauses. Er war unlustig, und das Schmerzen des Wachstums in den Beinen machte ihn oft bis zur Erbitterung ungeduldig. Eine Gärung, als stiege schon der Frühlingssaft in den Bäumen, trübte ihn; und bisweilen wachte er auf, so lange er im Bette lag: mit der Gewißheit, etwas Wundersames geträumt zu haben. Was es gewesen sein könnte, bekam er nicht zu fassen; wenn er sich im Bett aufrichtete, schwand die Qual seines Suchens zu einem ärgerlichen Punkt zusammen; und verließ er das Bett, so war nichts da als der nüchterne, kalte, irdene Tag, der ihn nicht brauchte.

An einem Sonnabend, als er vom Konfirmandenunterricht aus dem Pfarrdorf kam, war das Wetter, so dumpf es schien, voll besonderer, heimlicher Ruhe. Die heimkehrenden Knaben schwatzten weniger als sonst; einige gingen paarweise ganz stumm nebeneinander, unter diesen Franz. Die Kälte stieg ihm von innen ins rechte Auge, es blinkte feucht und tat ihm lustig weh. Er sah oft verstohlen um sich und bemerkte etwas, was er so noch nie bemerkt hatte und freilich auch jetzt nicht verstand: daß es schön sei, über diese Erde zu gehen. Der Horizont war an den freien Stellen verschleiert und an den mit Wald gesäumten von einem seltsam lebensvollen, seelenvollen, farbigen Schwarz. Die kahlen Bäume, an denen der Blick vorbei mußte, der sich zum Himmelsrand verlieren wollte, hinderten und lockten die Augen und standen wie aus Metall getrieben, ruhig und sinnvoll in ihrer Gestalt da.

Als er nach Hause kam, waren Gehöft, Haus und Zimmer gleichfalls aus ihrer Nüchternheit und Sachlichkeit erlöst, und Franz wurde von Zärtlichkeit erfüllt. Er ging der Mutter in die Küche nach und bat, sie solle Kartoffelkuchen backen; die esse Gustav so gern, und er wolle sie ihm in den Wald bringen. Die Mutter lachte und wies ihn ab. Da wurde er ganz stürmisch und bat so eigen, mit einem Lächeln so blank wie ein Spaten, der täglich arbeitet, daß die Mutter ganz außer Zeit und Ordnung ihm willfahrte. Sie sagte nur: „Dann mußt du aber die Kartoffeln reiben." Eifrig versprach es der

Knabe. Die Mutter wusch, indes Franz geschäftig hin und her lief, die Kartoffeln, schälte sie und gab sie ihm mit einem Reibeisen in der Schüssel auf die Kniee.

Franz begann zu reiben; nach kurzer Zeit aber stellte er die Schüssel in die Ecke und lief hinaus in die Scheune, drängte sich durch das hintere Scheunentor, das in seinen beiden Hälften klaffte, und lief über den Garten zum See hin. — —

Es mochte eine Viertelstunde vergangen sein, da kam mit seinem schweren Schritt, aber eilender, als sonst, der Nachbar — der Fischer — über den Hof. Frau Kaps kam aus dem Stall. „Na, was bringen Sie Gutes?" fragte sie den Fischer. Er, mit einer versteckten Hast, fragte dagegen: „Wo sind denn Eure Leute alle?" „Na," sagte sie verwundert: „Vater und Gustav sind in der Heide, und Franz reibt Kartoffeln in der Küche. Ich sollte ihm ja durchaus Plinze backen für Gustav." Eben tappte Otto heraus. „Na, das ist man gut", sagte der Fischer mit einem Ton von Erleichterung und doch sich umsehend, als suche er etwas und glaube die Auskunft der Frau nicht. „Was ist denn?" fragte Frau Kaps ängstlich. „Na, es ist ja nichts, es ist ja gut," antwortete er; „ich brachte vorhin Netze an den See, wir wollen zu Eise fischen, und da war es mir so, als ob ich bei euch unten einen auf dem See gesehen hätte. Es war mir so, als ob er schlidderte, und mit einemmal war er weg."

Die Frau wurde totenblaß. „Jesus Christus!" sagte sie: „Franz!" Als es nicht antwortete, fing sie zu zittern an und hielt sich an der Wand. Die Schwäche war so groß, daß sie gleich weinte.

Der Fischer sah sie ernst an, und obgleich er schon vom See gekommen war und nicht mehr zweifelte, ging er ins Haus, schaute in die Küche und in die Stube. Er kam zurück. „Es wird ja nichts sein," sagte er, „das Eis ist einen halben Fuß stark, lauter trockener Frost, man kann mit einem Heuwagen darüber fahren. Wo ich Löcher gehauen habe, stecken Strohwische. Wenn er man bloß nicht bis zum Fließ hingeschliddert ist, das ist noch offen, und da nahebei ist das Eis dünn." Er verließ eilends das Gehöft. Der kleine Otto greinte; Wasser, der Hund, strich mit eingezogenem Schwanz um das Haus. „Sei still, Junge!" schrie die Frau überlaut und drückte das Kind auf die Erde nieder. Dann lief sie um das Haus herum in die Scheune, öffnete die Scheunentore weit und rannte zum See. Über das Eis her kamen mit Haken und Stangen der Fischer und sein Sohn.

Wieder rannte die Frau zurück. Wie eine Schwalbe, die Junge in einem Nest im Stall hat, von Menschen, die hereinkommen, aufgescheucht wegfliegt, gleich wieder zurückkommt, wieder wegfliegt und wieder ängstlich und mutig zurückkehrt, so lief sie vom Haus zum See ein paarmal.

Nach einer langen, langen Weile brachten der Fischer und sein Sohn mit vorsichtigem Schritt den ertrunkenen Knaben daher. Die Mutter sah sie und trat von der Schwelle wie zu einem Ansprung zurück.

Sie trugen ihn über die Schwelle, da wurden die Dielen naß; sie legten ihn aufs Bett.

Dann gingen sie, nach spärlichen, stockenden Trostesworten; der Alte mit unbeweglichem Gesicht, nur daß die

Falten alle sich tiefer eingegraben hatten; der Junge, den Kopf aufgeworfen, trotzig und wie einer, der den geringsten Angriff mit einem Faustschlag erwidern will.

Die Mutter setzte sich zu Füßen des Toten auf das Bett. Tränenlos starrte sie in das vorschnell sich verdunkelnde Zimmer. Immer wilder werdende Herzschläge, sichtbar wie eines Vogels Puls, erschütterten sie, und eine immer wildere Kraft erfüllte sie, fast bis zum Jubel. Erst als ihr Mann und Gustav, verstört von der Nachricht, laufend, redend, heimkamen, brach sie zusammen.

Aber am nächsten Tage ging sie zum Erstaunen aller in die Kirche, weil sie sich zum Abendmahl angemeldet hatte. Aufrecht ging sie mit ihrer zierlichen Gestalt, das schwarze Umschlagetuch um die Schultern und die Augen groß und rund. Die Glocken klangen nicht klar.

In der Nähe der Kirche trat eine große, wankend ungefüge Frauengestalt auf sie zu, — Frau Barleben. Schüchtern reichte sie der Trauernden die Hand hin und sagte: „Verzeih mir auch, was ich an dir getan habe. Der arme Junge!" Frau Kaps antwortete: „Deine Hand fasse ich nicht mehr im Leben und im Sterben. Und wenn du jetzt mit mir zum Abendmahl kommst, ich stoß' dich von der Bank, bevor du trinken kannst."

Da duckte die große Frau sich, wehrte sich nicht und ging nach Hause.

Während sie in der Kirche waren, begann es zu schneien. Die ersten, zitternden, kristallenen Flocken lösten sich gequält, wie abgesprengt aus der Luft; dann wurde das Gestöber dichter, die Flocken größer, das Licht verlosch in weiter, weiter Dämmerung, und die weiche Last sank unaufhörlich auf die Erde nieder. Es schneite Tag und Nacht und wieder Tag und Nacht. Am Dienstag wurde der Knabe begraben.

Und wenn ein Wanderer draußen gegangen wäre auf den ungetrennten Feldern, so hätte er den Gesang des Chorals „Jesus, meine Zuversicht" wie durch verhüllte Ohren gehört. Aber die Glockenklänge hätte er vernommen, als seien sie vom Ort ihres Ursprungs kräftig und lebendig aufgesprungen, dann aber, von der daunendicken Luft gehemmt, gleichsam noch bevor sie das Ohr erreicht, kraftlos niedergesunken in den Schnee.

Der Wanderer erreicht die Heerstraße und kommt an Häusern vorbei. Er biegt ab und kommt durch Dörfer. Die Wege sprießen alleroten hin, wahr, gesetzmäßig und unregelmäßig wie Baumgezweige. Und überall sind Dörfer, und an allen Straßen stehen Häuser.

Spaziergänge
in Form einer Novelle

1

Um den Mittag eines schönen Frühjahrstages stand am Ufer eines oberitaliänischen Sees ein junger Mann, der auf das Dampfboot wartete. Er war müde und stützte sich mit beiden Händen auf die Krücke des Stockes, dessen Spitze er vor sich in den Erdboden gestoßen hatte. Die mürrisch lebhaften Augen des Mannes verrieten, daß nicht der schwere Rucksack ihm die Festigkeit im Kreuz aufzwang, mit der er dastand, und daß er, wenn er wollte, noch länger mit dem gleichen hurtigen Schritt würde weiterwandern können, mit dem er bis hierher gegangen war.

Das Meldehorn des Wächters tutete mit seinem gleichmäßigen tierischen Klang. Und als der junge Mann auf den See blickte, sah er schon das Dampfboot, das eben um ein Vorgebirge gewendet hatte, plump und schwerfällig auf die Station zusteuern. Es hielt am Steg und entließ ein paar Passagiere, unter denen zwei schmutzige, schwarze, wirklich häßliche Priester die einzigen waren, die der junge Mann bemerkte. Er wollte sich ärgern, diese Trägheit tat seinem vom Marsch in der überhellen, strahlenden Luft benommenen Gehirn wohl. Er ließ die beiden Gestalten an sich vorbeigehen und beguckte sie frech von oben bis unten. Verlegen drängten sie sich dichter aneinander, verbanden sich durch ein gestenreiches, unmotiviertes Gespräch und waren nun inmitten einiger Marktleute, die, mit hohen Tragkörben beladen, ebenfalls das Schiff verlassen hatten, noch häßlicher als zuvor. Der junge Mann schüttelte den Kopf und ging über den Steg zu Schiff.

Beim ersten Blick gewahrte er eine bunte Menge auf dem Verdeck und wurde verwirrt. Er sah Herren in hellen Anzügen, mit riesigen Krimstechern vor den Augen, deren schwarze Futterale ihnen an ledernen Riemen um die Schultern hingen, sah Damen mit roten Sonnenschirmen, Kinder mit aufgelöstem Haar, und bekam ein unbehagliches Gefühl von all der selbstbewußten, müßigen Neugierde, die er dort oben wußte und von der sich immerhin ein Teil auf den Ankömmling richtete. Drum stolperte er, während das Boot sich in Bewegung setzte, nachdem er die Pfennige für die Überfahrt einem Menschen in einen Käfig hineingereicht hatte, nach dem Hinterdeck. Aber kaum hatte er vor sich her zwei=, dreimal das Boot überschaut, so wurde er unmutig über sich und begab sich schnurstracks über die kleine Treppe auf das Verdeck. Hier betrachtete er nun die vorhandene Menschheit, und es ging ihm, wie stets, daß er die Menschen, bevor er sie wirklich sah, um so viel höher, um wieviel er sie nachher niedriger als billig war, einschätzte. Als er sich mit allerlei hochmütigen Beobachtungen genug getan hatte, ging er wieder seinem früheren Platze zu. An der Treppe mußte er haltmachen, um zwei Damen vorbeizulaſſen, die eben herauskamen. Er hatte, als er auf ſie hinabſah, nur zwei Scheitel bemerkt, einen ſchwarzen und einen rötlichblonden, und war, als ſie dann mit ihm auf dem gleichen Boden ſtanden, erſtaunt über ihre Größe. Zudem waren beide ſehr ſchlank. Es fehlte ihm die Diſtanz, die er zur Betrachtung brauchte, und alſo ging er, ohne ſich weiter aufzuhalten, die Treppe hinunter; nur mit dem Gefühl, von zwei Augenpaaren gemuſtert worden zu ſein, von denen das eine, dunklere, ihm feſt ins Geſicht geſehen, während das andere ihn flüchtiger, in ſeiner eigenen Vergnüglichkeit, betrachtet hatte. Auf dem Hinterdeck ſetzte er ſich auf eine Kiſte und ſah in das Waſſer zwiſchen Boot und Ufer. Er nahm den Hut ab und behagte ſich an dem leiſen Wind, der ihm das dünne, weiche Haar von der Stirn wehte.

Bald hielt das Boot; er ſtieg ans Land und machte ſich auf den Weg, der ihn am Ufer entlang zu dem Wirtshaus führte, wo er ſich angemeldet hatte. In wenigen Minuten hatte er es erreicht, und ohne ſich erſt umzutun, ließ er ſich von dem Wirt auf eine Terraſſe führen und an einen weiß gedeckten, mit einer Weinflaſche und einem Waſſerglaſe beſtellten Tiſch komplimentieren. Er war hungrig und forderte ein Mittageſſen; ein gebackener Fiſch war ſchnell bereitet, und mit aller Behaglichkeit, da er ganz allein auf der Terraſſe war, machte er ſich darüber.

Am ſpäten Nachmittag unternahm er einen erſten Spaziergang, nicht in die Berge hinauf, ſondern auf dem Wege, den die Villen und Gärten des Abhangs ſchmal ans Ufer drängten oder zuweilen sich kaiartig erweitern ließen. Die Luft war hell und weiß und ein wenig weicher als zu Mittag. Er kam an einer großen Mauer vorbei, die einen ungepflegten Garten den Blicken nicht ganz verbarg. Schon blühte der Flieder, aber die Ahorne standen als unbelaubte Stämme da; hinter ihnen konnte er ein kleines Tannengehölz wahrnehmen, woher Gesang von Vögeln scholl. Eines wetzt seine Stimme im bloßen Behagen seiner Kehlmuskelbewegungen, ein anderes zwitschert monologisch fidel und unbekümmert, ein drittes lockt süß und verzückt, ein viertes deklamiert verständig, als wenn es ein Junges belehrte. Alles war hell, hell! Und die leichte, trockene Luft schien immer aufwärts zu steigen, selig in sich selbst und die Erde entlastend.

Aber gerade dieses tat dem Wandernden nicht wohl. Es entstand in ihm ein wunderliches Gefühl von Leere, es fehlte ihm etwas, es fehlte ihm Qual. — Er erinnerte sich, was ihn vor wenigen Wochen zum zweitenmal hierher hatte begehren lassen. Er war im Tiergarten herumgestrichen, an einem ersten, vorweggenommenen, weichen, sonnigen Frühlingstage; und da war ihm ein Haus aufgefallen, ein nüchternes Haus in dem Stil der alten Berliner Miethäuser mit Mörtelputz und grauer Ölfarbe. Aber es hatte einen ungewöhnlich großen Balkon, und bei seinem Anblick war ihm die Sehnsucht nach Italien ins Herz geschlagen, hatte ihn aufgeschwellt vor Verlangen und ihn mit einem ratlosen, wilden und schmerzhaften Gefühl von Sehnsucht erfüllt. Jetzt, da er hier war und ihm die Erfüllung nichts gab, was dem Zauber der Erwartung gleichkam, spürte er eine Enttäuschung, die um so schlimmer war, als er sie nicht einem Mangel der Natur um ihn zuschreiben konnte, sondern nur einem Mangel in ihm selbst; einem jünglinghaften, unreinen Gebrause. Er wußte doch, daß immer die Erfüllung leiser an das Herz rührt als die Erwartung; denn die Natur überfällt nicht, sondern sanft stellt sie sich ein. Der Geist aber, ein Einsiedler, gütig und scheu, dessen Hütte allen Wegen verborgen ist, und der nicht duldet, daß man sie besuche, erscheint unvermutet aus dem Gebüsch dem Wanderer, gönnt ihm Freundliches und verschwindet, wie er gekommen. Und oft geschieht es, daß, wenn ein Erlebnis längst vorbei ist, Erinnerung es zu unserer Qual so innig verzaubert, wie wir seiner, als es gegenwärtig war, nie froh geworden sind. —

Er war an eine Stelle gekommen, wo das Ufer in einem spitzen Winkel ein wenig in den See hineinsprang. Das kleine Kap war mit Platanen bestanden, deren großfleckige Stämme aussahen wie vertrockneter Mauerbewurf, und deren noch blattlose Äste durch Verstümmelung an den Enden so verdickt waren, daß sie etwa an Renntierschaufeln erinnerten, die durch eine Krankheit häßlich verkümmert wären. Von dieser Stelle bog der Weg scharf landeinwärts, eine Bucht umsäumend, die sich tief ins Land hinein erstreckte; gleichsam als wollte sie, soweit es ginge, der üppigsten Fruchtbarkeit entgegengehen, die zu ihr vom Abhange des Berges herunterdrängte und die nur durch einen schmalen Streifen von Häusern von ihr getrennt war. Es war ein zaubervoller Anblick. Die ganze mächtige, muldenförmige Absenkung brauste von grüner Fruchtbarkeit: Ölbäume, dicht aneinandergedrängt, von Terrasse zu

Terrafse steigend, die lichte, junge Weizensaat und das
Laubengerank der Weinrebe.

Die Sonne stand nicht hoch über der Ebene des Ab=
hangs, und so durchsausten ihre Strahlen das ganze man=
nigfache Grün. Sie lichteten es, durchzitterten es und
nahmen ihm die Schwere des Erdentsprossenen, so daß es
den sanften, stolzen Hang in seliger Bewegtheit und leiser
Buntheit als etwas Leuchtendes zum See hinunterfloß,
hinunterrieselte. Oben war dieser kostbare Rasen von den
rötlichen Massen des Berges begrenzt, dessen Rücken sich
mächtig, mutwillig, leicht in das bläßliche Blau des Him=
mels hineinschwang, unten von den Häuserreihen eines
Dorfes, deren Fronten dunkel waren, wie die Zypressen
es waren, deren riesige schwarze Wedel hier und da in
die Höhe stachen. Um diesen Abhang führte der Weg,
immer den Blick auf all das Leuchten gewährend, bis er
schließlich das die Bucht abschließende Vorgebirge über=
kletterte, in Bergschatten geriet, schmal und holprig wurde
und sich bald durch Felder, bald durch Dörfer und An=
siedlungen hindurchwand.

Der Wanderer ging, von dem heiteren Licht stiller ge=
worden, weiter. Ziegenherden überholten ihn gerade beim
Eintritt in ein Dorf. Er sah eine kräftige Bäckersfrau
vor die Tür treten und den Tieren Brot hinwerfen, welche
Gabe von den Hirten freundlich, doch ohne Dank ange=
nommen wurde. In einem ausgemauerten Flußbett stan=
den zwei alte Weiber und pflückten und sichelten sorgsam
Gras und Unkraut. Ein Fuhrwerk, ein zweirädriger Kar=
ren, begegnete ihm, und er hörte den seltsamen, hellen Zu=
ruf an das Maultier. Mit ähnlich lustig wohlklingender

Stimme hörte er in einer Seitenstraße ein junges Mädchen ein Schwein nach sich locken. Alles Leben, dem er begegnete, schien ihm eine vergnügliche, schlaue Anschuld zu haben. Alles schien Ruhe zu hegen. Selbst die Bewegungen hatten etwas von Ruhe an sich. Sie waren von der Grazie geordnet, die als harmonische Einheit die Bewegung, die aus ihr heraustritt, wieder liebevoll in sich zurückzieht. Und so sah er auch keine Leibesnot an diesen Menschen. Vor einer Haustür saß eine alte Frau und flickte mit ärmlichen Lappen ein ärmliches Gewand; aber sie sah aus, als säße sie in ihrer Armut nur zum Bilde. Der Schmutz in den Höfen war kein Schmutz; die ruinenhaften Häuser, deren Reihen die steilen, schmalen Querstraßen förmlich zwischen sich quetschen, waren kein Elend, und die Sonne und der Schatten konnten kein schöneres Spielwerk finden als das Grau und das Rot der Hohlsteine, die übereinandergeschichtet die Häuser deckten, und die Mauern, die überall in Höfen, in Straßen sich kreuzten und überschnitten. Ein kleines Abenteuer brachte den Wandernden in Verwirrung. Aus dem zweiten Stock eines plundrigen Hauses baumelte die wunderliche Mißgestalt einer stachelhaarigen Pflanze hernieder. Verwundert blieb er stehen und betrachtete das unangenehme, fast tierhafte Gebilde. Währenddem öffnete sich oben ein Fenster, und eine ganz alte Frau mit grauen Haaren und runzligem Gesicht schaute hernieder. „Sono belli per la loro bruttezza," sagte sie (sie sind schön durch ihre Häßlichkeit), — und der Wanderer blickte erstaunt nach oben. Und als die alte Frau freundlich nickend ihr feines Wort wiederholte, wurde er so verlegen, daß er, errötend und ver-

wirrt, den Hut zog und eilig weiterging. Eine eigentüm=
liche Verdutztheit beherrschte ihn noch lange, und er war
von superkluger Eigenwilligkeit ferner als den ganzen Tag,
so daß er, als ihn der Weg nach längerem Steigen steil
abwärts noch in ein Dorf am See führte, mit einigem
Schmunzeln moralische Bemerkungen machte. Er hatte den
Abstieg zu hastig begonnen und wäre beinah gefallen. Er
nahm seine Füße zusammen und meinte bei sich, es sei
mit dem Bergabsteigen ein ähnliches Ding wie mit lau=
nischem Wesen oder selbstgefälligem Traumspinnen oder
anderem Zeug der Art, und man müsse, wenn man sicher
sein wolle, den Schritt halten, müsse ruhen können. Und
da er nun über diesem Tiefsinn erst recht nicht sicher ging,
so stolperte er ernstlich und rannte, ganz heiter geworden, in
immer beschleunigtem Maße den Weg hinab, bis dieser
sich in eine bequeme Ebene verlor, die wieder an den
See stieß.

Plötzlich, während er auf einem Stein am Ufer saß,
tönte lauter Gesang an sein Ohr. In demselben Augen=
blick hatte er die Empfindung, daß es Abend geworden
sei und dunkle. Der Gesang breitete sich aus und schwebte
feierlich über die beginnende Ruhe hin.

Er verstand den Text nicht, es mochte ein italiänisches
Volkslied sein. Er kam aus einer Seidenfabrik, die un=
weit vom See zwischen einer schmalen Gasse und einem
wildströmenden Gebirgsbache lag. Den Lauschenden zog
es näher. Er ging in die Gasse hinein und hörte mit stei=
gender Ergriffenheit zu. Es waren nur Frauenstimmen,
feierlich gellende, wehmütig gellende Soprane und volle,
tiefdunkle Altstimmen, die sich in wenigen Tönen beweg=

ten und zuweilen auf einem einzigen Ton, wie auf einem Orgelpunkt, beharrten und deren Schwellen und Sinken kühn und ruhig und stolz war, fernab dem Menschlichen, das immer bittet. In diese Vereinigung schwang sich überraschend ein Sopran von anderem Klang hinein, leicht, zart, geflügelt. Der Lauscher wurde noch tiefer ergriffen von dieser Stimme, und unwillkürlich mußte er sie einem Kinde zuschreiben, einem sieben=, achtjährigem, wie deren in den Seidenfabriken damit betraut sind, die Enden der Kokonfäden mit ihren unschuldigen, zarten Fingern heraus= zufühlen. Als das Lied zu Ende war, wartete er auf ein zweites, aber er wartete vergebens. Es mochte Feierabend sein, er machte sich auf den Heimweg.

Es war auch in dem Gesang etwas vom Sonnenuntergang gewesen, er gemahnte an das Alter des Volkes; das Alter, das den letzten Bettler voll Grazie vor dem Marienbilde knien läßt und das die Frauen vor der Zeit welk und häßlich macht. — Es wurde schnell dunkler; bald wurde es dunkel. Er kam wieder durch Felder und Ansiedlungen und erreichte den Weg an der Bucht. Schon glänzten von überallher Lichter. In der Stadt, die auf der andern Seite des Sees lag, waren die Schnüre von Licht entzündet, die die Gärten der Hotels einfaßten. Sie strahlten traurig und hell durchs Dunkel und flammten gemildert, freundlicher, schüchterner aus dem glatten Wasser wider. Fischerboote huschten über die Bucht, eines kam dem Ufer nahe. Vor seinem Bug hing ein Kranz von Lampen, der das Wasser vor dem Boot klar beleuchtete. Und über die Lampen reckte sich der Ober= körper eines Mannes hervor, der in der rechten Hand

einen Speer zückte, mit dem er nach den Fischen stieß.
Das übrige Boot aber mit den zwei Männern, die, auf=
rechtstehend, die Ruder bewegten, blieb fast im Dunkeln.
Nur die Schaufeln wurden, wenn sie naß auftauchten
und das Licht der Lampen auf sie fiel, in regelmäßigen
Zwischenräumen sichtbar. Wie ein unheimliches, unge=
füges Wassertier, lautlos, strich es vorüber. Stimmen
wurden hie und da gehört, Zurufe. Und es fiel dem
Wandernden auf, daß sie ohne Heiserkeit und ohne
Flüstern doch die Ruhe der Nacht nicht störten, sondern
sich weich in sie hineinlegten. Als er aber der Parkwand
sich näherte, wurde eine Nachtigall laut. Mit langen,
immer lauter werdenden Flötentönen begann sie, ver=
wirrte sich dann in krauses Schnalzen und befreite sich
schließlich zu runden, vollen, mächtigen, glockenhaften
Lauten. So mächtig schlug sie, als schlüge in ihr das Herz
der Welt. Aller Sieg über den Zwist des Augenblicks
und aller Trost aus der Tiefe des Augenblicks drang in
das Herz des Wandernden und blieb in ihm.

2

Als er am nächsten Morgen erwachte, war sein Zim=
mer, obgleich die Sonne nur schräg durch das offene
Fenster drang und nur einen hellen Streifen in einen
Winkel warf, doch von Helligkeit und Wärme erfüllt.
Er wusch sich mit großer Hast und Heftigkeit, trat ans
Fenster, spähte nach dem Himmel, gewahrte dessen reine
Bläue und ließ seinen Blick in grundlos steigender Fröh=
lichkeit über die Dächer gleiten. Das des Nachbarhauses
hing ihm fast ins Fenster, und die nächstgelegenen Zie=

gel waren von den verwirrten Fäden eines verlassenen Spinngewebes überzogen. Die Sonne schien auf die Fäden und ließ sie in allen Farben des Regenbogens und mit der metallischen, soliden Leuchtkraft funkeln, die von Libellenflügeln jäh aufstrahlt. Auch hieran vermehrte sich seine Fröhlichkeit und steigerte sich zu der Sonnenlust, mit der Knaben das geflügelte Getier über das Uferschilf eines Sees tummeln sehen.

Ein bescheidenes Klopfen an der Tür unterbrach ihn, auf seine Aufforderung trat der Wirt ins Zimmer, wünschte einen guten Tag, fragte, wie der Herr geschlafen habe und ob der Herr das Frühstück auf der Terrasse nehmen wolle. Auf die bejahende Antwort führte der Wirt seinen Gast hinaus, wobei dieser nicht umhin konnte, zu bemerken, daß die Jacke des voranschreitenden Wirtes außerordentlich prall saß und außerordentlich kurz war, was seinem Träger ein sehr ausdrucksvolles und geschickt zur Schau getragenes Spiel mit seinem Hinterteil ermöglichte.

Nachdem der Wirt seinen Gast auf die Terrasse geführt hatte, verließ er ihn, um das Frühstück zu holen. Der junge Mann befand sich wieder allein auf der Terrasse; sie abschreitend sah er, daß sie sich noch zu dem benachbarten Gebäude hinzog, welches demnach auch zu dem Etablissement des Wirtes gehörte. Von beiden Häusern führten Türen auf die Terrasse. Von den Zimmern aber, die mit ihr in gleicher Ebene lagen, waren ersichtlich nur die des vorspringenden Nebengebäudes bewohnt.

Er hielt sich auf dem zurücktretenden Teil der Terrasse auf und blickte über den See und die gegenüberliegenden

Ufer. Er glaubte viel höher über dem Spiegel des Wassers zu stehen, als ihn die vergleichende Schätzung mit dem jenseitigen Ufer lehrte. Die Villen dort drüben schienen zu seinen Füßen zu ruhen; und die Ebene, die horizontal durch seine Augen ging, schien dort schon durch den üppig bewachsenen Abhang zu schneiden. Diese angenehme Täuschung des Menschen, der gewohnt ist, in die Sterne zu sehen, und die schon mit der kleinsten Erhebung über den Erdboden beginnt, trug dazu bei, ihn das Bild, das vor ihm lag, mit triumphierendem Blick umfassen zu lassen. Der See flammte in Streifen und strahlte. Bäume und Gras waren wie aus einem Füllhorn über die Hänge ausgegossen. Alles Einzelne verschwand und ging in dem berauschenden Jubel des schönsten Tages unter.

Als er dann beim Frühstück saß, fing der Jubel des Tages an Stimmen zu bekommen. Kinder sangen in der Nähe mit der Eintönigkeit und Passivität jüdischer oder katholischer Kirchengesänge, Burschen lärmten durch die vielfach überwölbte Gasse, und die Stimmen zweier Mädchen klangen aus einem Boot zu ihm. Sie ruderten unweit des Ufers mit grünen Rudern schon hübsch im Takt. Die ein- und austauchenden Schaufeln bewegten sich wie Entenfüße, und das grüne Spiegelbild im Wasser schob sich sacht dahin. Das eine der Mädchen war weiß, das andere rot gekleidet, beide aber festlich; und nun fiel ihm ein, daß Sonntag war.

Er stand auf und reckte sich. „Was ist das? was ist das?" murmelte er lächelnd. Unruhe lag über ihm wie Nebel auf dem Feld, und wie die Himmelsbläue durch den Nebel, so kündete sich Fröhlichkeit durch seine Unruhe an.

Boote mit Landleuten kamen über den See. Es sah aus, als ob sie sich lautlos auf etwas Festem bewegten, einen silbrigen, fahlblauen Staub hinter sich lassend. Und aus den Booten erscholl der Gesang der Wallfahrer. Aus gellenden Stimmen wob sich die tief sinnliche, religiöse Melodie, von einer einzigen, wunderbaren, urmächtigen Baßstimme getragen. Das Ganze zog schräg über den See, wie eine Vision eines traumhaften Paradieses; so wunderlich fern und verloren und farblos, wie dem halbwachen Bewußtsein am frühen Morgen eine Erinnerung erscheint. Schräg zogen die Boote über den See; immer so in der gleichen Entfernung, in einer Bewegung, die Ruhe war, und immer in der gleichen und gleichmäßigen Hörbarkeit der Ferne. Tränen, die sich ihm in die Augen drängten, verminderten noch die Gegenständlichkeit des Bildes und ließen ihn die Erscheinung fühlen, wie man zuweilen seine Existenz selig verloren fühlt, wenn die Seele, gebadet in Glück und rat- und tatlos vor Ergriffenheit, mit allem Elementarischen verbunden atmet. Und nichts war Farbe, aber alles war Licht. So mußte man sich den Himmel vorstellen, das lautere Licht. Das Meldehorn an der Dampfbootstation hatte dazwischen getutet, und die Glocken hatten ihre Stimmen laut werden lassen, aber sie hatten nichts geschadet. Auch die Glocken sangen Melodieen. Zufällig im Rhythmus und Akkord klang alles, wie lauter Fragmente. Wie ein spielendes, irres Kind singt oder spricht oder spielt. Er konnte der Tränen nicht Herr werden, mit ihnen ergoß sich der kindliche Frohsinn, der ihn vom Erwachen an erfüllt hatte. Seine Augen folgten den Booten, bis sie hinter einem Vorsprung des Ufers verschwanden und nur vereinzelte schwache Töne noch zu ihm drangen, die er mit vorgestrecktem Kopf aufnahm, solange es ging; bis er schließlich nicht mehr wußte, ob er noch wirklich Töne von außen hörte oder leise Nachklänge im Innern. Und dann wandte er sich ab, sich aufrichtend und tief atmend.

Da gewahrte er mit Erstaunen, daß er nicht allein auf der Terrasse war. Auf ihrem vorspringenden Teil standen zwei junge Damen, die offenbar aus den Zimmern des Seitengebäudes herausgetreten waren und dem Schauspiel zugesehen hatten. Er fühlte seine Augen noch naß und errötete. Aber er zwang die Hand, die die Augen wischen wollte, zurück, verließ auch nicht, wozu es ihn im ersten Augenblick gedrängt hatte, die Terrasse, sondern trat mit ein paar Schritten den Damen näher. Mit einiger Verwunderung erkannte er sie als dieselben, denen er am Tage vorher an der Treppe des Dampfboots begegnet war. Er grüßte höflich, und die Damen, die seine Bewegung gemerkt hatten, wollten aus einer Art von Diskretion gleichfalls die Terrasse nicht verlassen. Die ältere von ihnen, die mit dem schwarzen Haar, wandte sich sogar zu der andern und sprach nur halb zu dieser, so daß der junge Mann glauben durfte, die Worte seien auch an ihn gerichtet.

„Welch wunderbare Stimmen es doch hier gibt", hatte sie gesagt. Und er antwortete: „Ja. Und sie wissen sie zu gebrauchen. Dieses ist wahrlich das singende Land." —

„Es ist merkwürdig," meinte die Dame, „wie weit hier die Stimmen tragen; das liegt nicht nur an der Luft. Der

Ton wird hier nicht verändert, wenn er lauter wird, er wird nur lauter, er behält seine Reinheit." —

„Das hat wohl viele Gründe," sagte er, „und der eine ist vielleicht, daß sich die Kehlen dazu eingerichtet haben, die Berge in die Höhe zu rufen, wenn sie da arbeiten, die einen unten, die andern oben am Abhang." —

„Nun," sagte die Dame, „hübsch klingen diese Zurufe, ob sie nun Ursache oder Folge der schönen Stimmen sind."

Hier wandte die andere Dame ein: „Sind nicht für unsern Geschmack die Tenore und Soprane hier zu hell und gell? Mit den eintönigen Begleitstimmen erinnert's mich immer an den Dudelsack;" worauf er sehr lebhaft erwiderte: „Ich glaube, unsere Musik ist von der hiesigen so verschieden, daß wir nicht vergleichen dürfen, denn unsere ganze Musik ist eigentlich doch Stubenmusik. Weniges bei uns hat Trieb und Spannung über Luft und Land hinaus. Bei uns singt man die Musik in sich hinein; hier singen sie sie aus sich heraus. Hier singen sie gleich laut, wenn es sie ankommt, und eine zweite, wohl gar eine dritte Stimme ist gleich da. Hier ist das ganze Volk musikalisch, und hier kann es nie so gemeine Gassenhauer geben, wie bei uns. Wenn sich mal etwas von hier zu uns verirrt, verrottet es gleich heillos, und hier war es fast noch ein Lied! Das macht, die Leute sind hier nicht solche Moralisten. Aber freilich, wenn sie auch nicht so tief sinken können, so können sie doch auch nicht so hoch fliegen. Einen Beethoven haben sie nicht. Man kann wohl sagen ‚der göttliche Rossini'! Man kann auch sagen ‚der göttliche Mozart'! Aber man kann nicht sagen ‚der göttliche Beethoven', das klänge nicht gut.

Man muß sagen ‚der menschliche Beethoven'! so groß ist er." —

Die Damen hörten ihm mit Aufmerksamkeit zu, wenn auch nicht ohne einiges Befremden, und sahen ihn dabei immer an. Sie suchten nach ein paar schicklichen Worten, aber unterdessen öffnete sich ein Fenster ihrer Zimmer, und eine ältere, grauhaarige Frau grüßte heraus. Die Damen entschuldigten sich und verließen mit freundlichem Gruß die Terrasse. Er aber blieb verwirrt und doch vergnügt zurück.

3

Er brachte den Tag in einer Unruhe zu, die ihn nur kurze Spaziergänge machen ließ und immer wieder nach dem Hause zurückzog, wobei er jedoch vermied, die Terrasse zu betreten. Eine Hoffnung bewog ihn, sich in der Nähe des Hauses zu schaffen zu machen, aber doch an Stellen, wo eine Begegnung mit einer der Frauen nicht wahrscheinlich war. Sein Wesen wurde von einer immer stärker werdenden Spannung ergriffen und erfreut, die ihn ungeschickt machte, mit natürlicher Achtsamkeit seine Umgebung zu bemerken.

Beide Frauen hatten ihm sehr gefallen. Ihre Bewegungen sowie ihr Verhalten gegen ihn waren durch Sicherheit und Reinheit ausgezeichnet gewesen, die indessen nicht der Ausfluß einer kinderhaften Naivität waren. Sie schienen ihm von jener neuen Unschuld zu haben, die mehr ist als Unwissenheit und Unberührtheit, freier, feiner, höher.

Insbesondere hatte ihn das ältere Fräulein stark ergriffen.

Ihr fehlte das Unmittelbare, was er sich oft selbst verargte und wessen die Menschen so oft sich befleißigen, als ob es wirklich möglich sei, die Trennung zwischen zwei Menschen aufzuheben, da doch der Schein davon immer nur Trug oder Betrug ist. Sie hatte in ihrem Blick etwas, was mit aller Offenheit und Geradheit es dennoch zu verschmähen schien, dem andern ins Innerste zu schauen; etwas von einer großartigen Höflichkeit. Und sie war still, und er traute ihr zu, allein sein zu können. Nur eine leise, unerklärliche Scham hielt ihn ab, leidenschaftlich an sie zu denken.

Inzwischen hatten sich die beiden Schwestern mit ihm mannigfach beschäftigt; und die ältere, namens Ottilie, war es, die mit Interesse von ihm gesprochen, wohingegen Anna, die jüngere, sich kühler geäußert hatte. Sie vermißte an ihm die leichte Deutbarkeit, spürte das Ungewisse aller ihrer Vermutungen über seinen Beruf und Stand, und wußte deshalb auch nicht, ob sie seinen Äußerungen Berechtigung zuzuschreiben habe oder nicht. Gerade das aber hatte Eindruck auf Ottilie gemacht, der es gefiel, daß ein Mensch eigenwillig, aber offenen Sinnes, durch die Welt laufe. Sie hatte der Schwester ausdrücklich gesagt, daß sie sich freuen würde, wieder mit ihm zu sprechen, und daß sie hoffe, ein Anlaß zum Verkehr mit dem Hausgenossen werde sich finden. Und sie war ein wenig enttäuscht gewesen, ihn während des ganzen Tages nicht auf der Terrasse zu bemerken.

Nach dem Abendessen verabschiedeten sich die Schwestern, um einen Spaziergang zu machen, von der Mutter, die die Reiseanstrengung noch nicht genügend verwunden hatte. Als sie aus dem Hausflur auf die Straße traten, die hier von dem das Vorderhaus mit dem Gartengebäude verbindenden Gewölbe überdacht war, sahen sie den jungen Mann eben aus dem Garten auf die Straße herabsteigen. Er konnte sie, die im Dunkeln standen, nicht gewahren. Und Ottilie blieb, die Schwester am Arm berührend, stehen, um zu sehn, wohin er ginge. Er kam auf sie zu, sah sie noch an der Tür stehn und, sie eifrig grüßend, zögerte er ein Weilchen — mit einer Frage an sich oder an sie. Anna schob ihren linken Arm in den rechten der Schwester, und diese trat nun ein paar Schritte vor und sagte zu ihm: „Wir wollen gerade einen Spaziergang am See entlang machen." — „Das ist auch meine Absicht," antwortete er. — „Das Wetter ist wundervoll; wenn Sie sich anschließen wollen?" fragte Ottilie. Und er nickte erst einmal, bevor er „danke, gern!" erwiderte.

Nun gingen sie los, er an der Seite Ottiliens, — und schwiegen. Und gleich merkten sie, und von Schritt zu Schritt mehr, daß sie schwiegen. Der Abend war ziemlich dunkel, sehr still, und überall schien ein traumhaftes Gleiten zu sein. Der See lag glatt da, und die Lichter von drüben spiegelten sich klar in ihm. Die Wolken sanken von der Höhe des Himmels nieder; schleierhaft wie Rauch, blau und von einem seltsam körperlichen Grau gefärbt, sanken sie zwischen die Berge.

Die drei Spaziergänger gingen langsam, als schritten sie in eine Nacht. Je länger sie schwiegen, um so schwerer schien es jedem, etwas zu sagen, was nicht bloß klänge, als machte es einer Verlegenheit ein Ende. Schließlich merkte er, daß sein Schweigen, nicht ihr eigenes, die

Schwestern genierte, und da fand er den natürlichsten
Anlaß von der Welt, ein Gespräch anzufangen. „Ich bitte
sehr um Entschuldigung," sagte er, „daß ich vergessen habe,
mich Ihnen vorzustellen," und er nannte seinen Namen.
Die Schwestern stutzten, es war der Name eines sehr be=
kannten, fast berühmten deutschen Dichters. Dann nannte
Ottilie ihren und ihrer Schwester Namen. Diese, durch
das Begegnis humoristisch interessiert, äußerte ihre Freude
über die Bekanntschaft munter und lebhaft.

Sie plauderten nun angeregt, aber etwas nüchtern, wo=
bei Ottilie die Schweigsamste war. Sie machten sich gegen=
seitig auf besonders schöne Punkte ihres Weges aufmerk=
sam, was allerdings verhinderte, daß sie mit der echten
stillen Kraft von ihnen berührt wurden. Anna schien das
nicht zu bemerken, aber daß Ottilie nicht besonders gut
gestimmt wurde, spürte er wohl. Und da er Ottiliens
wachsende Schweigsamkeit sich nicht mehr deuten konnte,
so redete er immer hastiger und eifriger, gleichsam um
durch seine Beherrschung des Gesprächs ihr Schweigen
auf die unbedenklichste Art zu motivieren. Sie kamen vor
Villen und Gärten vorbei, näherten sich zuweilen dem
steilen, aufgemauerten Ufer des Sees und wurden ab und
zu von ihm durch ein einzelnes Haus getrennt.

„Wenn man ankommt," sagte er, „scheint hier alles
aus Villen und Gärten zu bestehn, es ist aufgebaut wie
eine Bescherung. Sehen Sie, die hier hat ganz etwas
Japanisches. Alle Linien im Park sind so dünn und locker
und luftig, und der kleine Zypressengang sieht wie Spiel=
zeug aus. Diese aber heißt ‚Villa Maria'. Ich habe
heute nachmittag die Dame, der sie gehört, in einer Gondel

ausfahren sehen. Es ist die dickste Dame, die ich kenne. Ich sah, wie sie in die riesige Staatsgondel einstieg; vier Bootsleute in weißen Jacken ruderten sie, und sie hatten ersichtlich Mühe, das Ungetüm vorwärts zu bewegen — ich meine die Gondel!" — Anna lachte, Ottilie aber blieb beharrlich ernsthaft.

„Sehen Sie da," fuhr er fort, „dieses Kastell, das aussieht, als ob ein Ezzelin von Romano dort hauste. Ein schöngeistiger amerikanischer Schweinekönig wohnt drin. Von überallher kommen sie hier zusammen und bauen sich Villen."

„Wir wollen umkehren," unterbrach ihn Ottilie.

„Schon?" sagte er enttäuscht.

Und sie, etwas freundlicher als eben, antwortete ihm, daß es aus Rücksicht auf ihre Mutter geschehe, die sie nicht länger allein lassen wolle.

Sie kehrten um. An seinem plötzlichen Bedauern, das Ende des Spaziergangs nun genau vor Augen zu wissen, spürte er, mit wieviel Freude er neben den Mädchen gegangen war. Hierbei quoll eine herzliche, brüderliche Empfindung in ihm auf, und er verlor das Krampfhafte seiner vorigen Gesprächslust. Schnelleren Schrittes, wenig und gleichmäßig plaudernd, machten sie den Rückweg. Dabei kamen sie an einem Hotel vorbei und sahen vor den Fenstern an hellerleuchteten Stellen mehrere italiänische Männer und Frauen stehen. Drinnen wurde musiziert. Anna geriet auf den Einfall, sich zu den horchenden, ungebetenen Gästen zu gesellen, und drängte sich dicht ans Fenster, während er mit Ottilie ein paar Schritte hinter ihr stehen blieb. Rechts und links von Anna standen zwei Italiäner, der eine eifrig taktierend, der andere den Hut in den Händen, mit energischen Bewegungen des Fußes versuchend, das Tempo zu beschleunigen. Als das Musikstück beendet war, nickte der Taktierende befriedigt mit dem Kopf, und der Barhäuptige klopfte leise sein Zeichen des Beifalls auf seinen Hut.

Er hatte die kleine hübsche Szene beobachtet, und in dem wunderlichen Wunsch eines Einverständnisses sah er Ottilie an. Sie mochte sich ihres Gespräches erinnern, aber es klang ihm kühl, als sie sagte: „Ja, sie sind hier sehr musikalisch."

Verletzt, er wußte nicht warum, ließ er die Augen von ihr und sah zu Anna hinüber. Sie stand immer noch dicht am Fenster und musterte die eleganten Damen und Herren, die ihr Gespräch weder beim Hören der Musik, noch beim Beifallklatschen unterbrachen. Er sah ihr Gesicht von einem Ausdruck liebenswürdigster Ironie erhellt; ein Ausdruck, den sie noch behielt, als sie sich von dem Fenster wegwandte und damit das Zeichen zum Weitergehen gab.

Sie kamen, bevor sie in ihrem Wirtshause anlangten, noch vor einer Villa vorbei, der schönsten freilich und vornehmsten von allen. Die Straße unterbrach die stattliche Treppe, die von dem tiefstgelegenen Teil der gärtnerischen Anlagen herunterführte und sich bis in den See hinein fortsetzte. Der Berg lag im Dunkeln. Auch die Villa selbst erschien in der nächtlichen Finsternis stolzer und großartiger.

„Diese müssen Sie sich ansehen!" sagte er. „Ich war nachmittag dort und weiß nur noch, daß es wie ein Märchen ist. Was da alles drin ist, das kann man gar nicht sagen, das kann man nur aufzählen: Palmen und Myrten und Zypressen, und Kamelienbäume so groß wie Linden, und Magnolien wie Ulmen, und Rosenlauben und Zedern und Rhododendren, alles schon weiter vor in Frische und Blüte als anderswo selbst in dieser gesegneten Gegend. Drüben auf dem Berge liegt noch Schnee. Und nachmittag sah ich von hier aus die glühenden Rhododendronblüten vor dem leuchtenden Schnee und hinter ihm den blauesten Himmel. Das müssen Sie sich ansehen. Der Park wird allen Besuchern für eine kleine Gebühr gezeigt."

Anna erklärte sofort: „Gewiß, wir gehen schon morgen hin, ja, Ottilie?" Doch diese antwortete ausweichend, worauf er dringender zuriet und hinzufügte: „In der Villa können Sie auch Kunst sehen; und der Custode wenigstens glaubt, daß man Canova ansehen könne, ohne Magenweh zu bekommen."

Darauf antwortete Ottilie ausdrücklich, daß sie nicht in die Villa gehen würde; und als Anna sie erstaunt ansah, fügte sie freundlich hinzu, daß man von niemandem verlangen dürfe, sich solchen körperlichen Gefahren, wie er androhe, auszusetzen. Er merkte aber, daß der Scherz nur eine Höflichkeit war.

Inzwischen waren sie zu Haus angekommen und verabschiedeten sich voneinander. Ottilie war es, die ihn einlud, falls es ihm irgend gefalle, sie zu besuchen. Man sagte einander gute Nacht, und er trug bei aller ihrer Freundlichkeit das Gefühl einer Entfremdung mit sich; einer Entfremdung, die doch ein Zeichen einer vorher stattgefundenen Annäherung sein mußte.

Die Schwestern gingen auf ihr Zimmer und fanden die Mutter noch wach und ihrer wartend. Sie plauderten von dem Abend, und Anna fragte Ottilie, warum sie es abgelehnt habe, die Villa zu besuchen. Ottilie antwortete vorerst nicht, sondern wandte sich an die Mutter: „Der Herr, den du heute auf der Terrasse sahst, ist ein Dichter."

Die Mutter fragte: „Der, der so gute Dinge über Musik sagte, nicht?"

„Ach, ich weiß nicht, ob es gute Dinge waren — und zudem, wenn er ein Dichter ist, ist es ja sein Beruf, gute Dinge zu sagen. Siehst du, Anna," fügte sie hinzu, „wenn ich in die Villa ginge, so würde ich eine fortwährende Angst haben, die Rhododendren auf dem Hintergrunde von Schnee zu erblicken, denn mir ist nun, als ob der Himmel und die Berge und die Blumen Modell stünden und Leben verlören"; worauf Anna heiter erwiderte:

„Mir ist vielmehr, als ob sie an Leben gewönnen, denn wir wissen es schon aus der Schule, aus dem Faustvorspiel auf dem Theater, daß die Dichter es sind, die alles Leben erst schaffen."

4

Es entwickelte sich nach diesem Tage ein vertrauter Verkehr zwischen den Hausgenossen. Je öfter er aber zu den Frauen kam, um so schmerzlicher empfand er's, daß Ottilie von ihrer freundlichen Zurückhaltung nichts aufgab. Die schnelle Einsicht in die Unmöglichkeit einer leidenschaftlichen Verbindung mit ihr nahm, zurückwirkend, auch den ersten Regungen seines Gefühls die zwingende Gewalt, die sie vielleicht bei längerem Verkehr bekommen hätten. Aber ganz vergessen ließ es sich nicht und peinigte ihn immer wieder mit dem Wunsche, ihr näher zu stehen, als er stand, ihr, wenn nicht in Liebe, so doch in einem anderen, ausgezeichneteren als dem gewöhnlichen Verhältnis nahe zu stehn.

Dahingegen war er mit Anna bald auf einen so vertrauten Fuß gekommen, daß er kaum die kurze Zeit ihrer Bekanntschaft glauben konnte. Er entsann sich noch ganz des Ausdrucks, den sie bei ihrer ersten Begegnung auf der Terrasse gehabt hatte. Die Fremdheit darin war ein wenig spöttisch gewesen und also von der leicht zu überwindenden Art; und dieses Spöttische war, man konnte nicht eigentlich sagen, gewichen, sondern hatte sich zu einer festen, geraden Heiterkeit ausgebreitet.

An einem schönen Vormittage traf er die Mutter, die in einem bequemen Lehnsessel saß, allein mit Ottilie auf der Terrasse. Ottilie stand an der Brüstung, mit der linken Hüfte an einen niedrigen Pfeiler gelehnt und in den leuchtenden Tag hinausblickend. Er ging auf sie zu und fragte: „Wo ist Fräulein Anna?"

„Sie ist im Zimmer," erhielt er zur Antwort. „Sie getraut sich nicht heraus."

„Oh, ist sie krank?" fragte er.

Ottilie lächelte und meinte: „Nicht gerade!"

Da unterbrach die Mutter, die auf seinen fragenden Blick mit einer komisch-ernsthaften Pantomime geantwortet hatte, indem sie den Kopf mit gespitzten Lippen bedeutsam auf und ab bewegte: „Das Kind kann nicht kommen, das Kind hat eine geschwollene Backe!" Er lachte und fragte, ob es schlimm sei.

Unterdessen konnte man Anna an dem offenen Fenster stehen und lauschen sehn. Ottilie tat, als ob sie sie nicht bemerkte, und sagte: „Furchtbar schlimm! Sie ist ganz ent=

stellt." Und dann schnell ans Fenster tretend, zu Anna „Wenn du nicht die greulichsten Phantasien von dir herumspuken lassen willst, so mußt du herauskommen und dich dem Herrn Doktor präsentieren." Sie machte sich immer den Spaß, ihn unverdient zum „Herrn Doktor" zu erhöhen.

Anna zögerte noch ein Weilchen, dann kam sie lächelnd und lebhaft und mit einer reizenden Miene gespielter Verlegenheit auf die Terrasse heraus. Sie gab ihm die Hand, wobei sie ihm aber nicht das ganze Gesicht zukehrte. Und er war erstaunt, nichts von einer geschwollenen Backe zu bemerken. Nun versuchte er, sie bei der Hand festhaltend und diese im Gelenk ein wenig biegend, die andere Seite des Gesichts zu sehen, was sie aber verhinderte, indem sie in demselben Maße, in dem er sich zur Seite bog, ihrerseits den Kopf wegwandte. So kam es, daß er sie, wenn sie nicht stolpern sollte, festhalten mußte, und erst auf seine ausdrückliche Frage: „Wo ist denn die geschwollene Backe?" drehte sie sich mit einer schnellen Bewegung ihm ganz zu, präsentierte ihm die andere, die linke Wange, und sagte lächelnd und forschend: „Da!"

„So, so", sagte er und ließ ihre Hand los. „Ich sehe nichts, ich sehe durchaus nichts von einer geschwollenen Backe."

„Ja," sagte sie, „ich glaube, es ist schon besser, als es heute früh war."

Nun setzten sie sich, er aber so, daß er den Platz zu ihrer linken Seite hatte. Die Wange war wirklich ein wenig angeschwollen, doch so, daß man es ohne Vergleichung mit der rechten für eine natürliche Gesichtsform hätte halten müssen. Sie schien nur ein klein wenig voller und nach oben gegen das Auge gedrängt. Aber es war wunderlich, wie fremd sie ihm dadurch aussah. Er konnte sich nicht zwingen, die Augen von ihr abzuwenden, und eine unendlich herzliche Heiterkeit nahm von ihm Besitz. Nie glaubte er sie so gut gekannt zu haben als jetzt, wo sie fremder vor ihm saß als in der ganzen Zeit. Dieses neue Gesicht, das sie hatte, beglückte ihn, er wußte nicht wie. Er fühlte dunkel, wie doch ein Mensch nicht bloß dieses eine fest begrenzte Wesen sei, welches er scheint, und daß er Gestalten in sich berge, von denen man ohne Zufall nichts wüßte.

„Wir sollten einen Ausflug machen, Fräulein Anna," sagte er, und so freudig sagte er es, daß es niemandem auffiel, als er Ottilie nicht einlud.

„Kann ich denn?" fragte sie zweifelnd, aber schon im Ton fühlte er ihre Zusage.

„Gewiß, gewiß können Sie. Wir wollen mit dem Dampfboot nach der Halbinsel drüben fahren, in einer Viertelstunde geht das Dampfboot." Er sprang auf. „Machen Sie sich schnell bereit!" Er schlug wie ein Knabe seine geballten Fäuste aneinander. „Schnell! schnell! machen Sie sich bereit, in einer Viertelstunde geht das Dampfboot!"

Sie stand auf, besann sich einen Augenblick und sagte: „Ja, ja!"

Sie ging ins Zimmer. Auch er ging eiligst davon, Hut und Tuch zu holen. Nach wenigen Minuten trafen sie sich reisefertig auf der Terrasse. „Welch ein schöner Tag ist es!" Er sah zu den reinen, weißen Wolken auf, die er liebte, weil sie ihm ein Maß für die kristallene Höhe des Himmels waren.

„Da!" sagte Ottilie und wies auf eine zweite, zu einem andern Hotel gehörige Terrasse hin, die, einige Gärten entfernt, gleichfalls am See lag. „Ihr werdet Musik zur Abfahrt haben."

Dort sah man eine Anzahl von Leuten mit modischen Mänteln und Hüten, jedes mit einem Musikinstrument in der Hand, den Platz mustern. Dann stellten sie Stühle auf einen Haufen und legten Mäntel und Hüte hin und standen nun in bunten, prangenden Kostümen nach Art der neapolitanischen Volkskleidung da. Es dauerte auch nicht lange, so begannen sie das Konzert, Geige, Gitarre und Gesang, in heiter festem Rhythmus. Von allen Seiten kamen Zuhörer in die benachbarten Gärten. Buben hingen auf den Mauern der kleinen Bootshäfen, die an vielen Stellen des Ufers eingerichtet waren, Mädchen in verwaschenen, leuchtenden Kattunkleidern standen zu zweit und zu dritt, die Wäscherinnen ließen ihr Geschäft ruhen, und alle hörten freudig zu.

„Können Sie die Frau erkennen?" fragte Ottilie bei einem zweiten Liede, bei dem eine Altstimme auffiel. Es war aber nicht möglich, sie zu erkennen, weil die Seidenzeuge der Musikanten, die bunten Schürzen und weißen Hemden so leuchteten und strahlten, daß man nur ein Geschwirr von Farben wahrnahm. Die Luft schwirrte von den Farben wie die über einer Menschenmenge erhitzt wellende Luft und schien gleicherweise von dem Klang der Gitarren zu zittern.

Anna klatschte in die Hände und sagte: „Kommen Sie, wir wollen gehn."

Sie verabschiedeten sich von der Mutter und von Ottilie und gingen zur Dampfbootstation, wobei sie an den Musikanten vorbeikamen. Sie wies hin: „Sehen Sie dort die Frau!" Er sah eine kühne, wohlbeleibte Gestalt, deren kräftiger Hals wie ein Pfeiler aus dem weißen Hemd stieg, und seine Kraft schien nötig, den mit mächtigen schwarzen Flechten beschwerten Kopf zu tragen.

Anna war fast gerührt: „Sehen Sie! Sehen Sie!" sagte sie immer wieder. „Alle sehen aus wie Gentlemen. Sie bringen den Leuten Freude und werden geehrt dafür. Wie ist das glücklich!" Und als sei es zum Dank, erscholl jetzt ein Tutti, wobei die Geigen schmetternd ihre Melodie fegten, die Gitarren geschäftig hin und her schwirrten, die Männerstimmen sich zu einer Art von edlem Schreien steigerten und die Frauenstimme mächtig ihre Melodie sang; das war wie der Einzug einer Königin, einer geistreichen, spöttischen Königin, welche weiß, daß ihre Würde so gut zum Schauspiel gehört, wie der Jubel der sie Umdrängenden.

Sie hörten diesen Jubel bis zur Dampfbootstation und kamen, als das Boot sie aufgenommen hatte, wieder an der Terrasse vorbei und winkten und grüßten lebhaft mit den Händen den Musikanten zu. Auch Ottilie und der Mutter konnten sie sich noch, weiße Tücher schwenkend, bemerkbar machen. Dann lenkte das Boot in einem Bogen auf die Mitte des Sees.

Des Wassers verwaschene Fliederfarbe, Widerschein des rötlichen Gesteins der Berge, glänzte vor dem Boot blank und eben; hinter ihm wurde es in Wellenlinien und Strudeln erschüttert. Die Wellen am Bug, von dem

Schiffe wegschwimmend wie die Barten eines Welses, mischten sich mit denen, die die Schaufeln der Räder grün im Wasser aufregten; und zwischen diesen beiden allmählich sich entwickelnden Streifen wellte wiederum sanfter das Kielwasser aus. Das verdrängte Wasser folgte weit hinten als eine stetig rauschende Welle am Strand, die sich in den Winkeln des Ufers in lebhafte kleine Strudel umsetzte. Und alle die Wellen und Linien, die vom Bug, von den Schaufeln, vom Kiel wegzogen, kreuzten sich immer mannigfacher und zarter; sie wurden vom Ufer zurückgeworfen zu neueren, feineren Kreuzungen, und zogen hinter dem Boot wie eine gleitende, zarte Schleppe her. In der Luft kreisten Seeadler. Und wenn sie schwebend eine Beute erblickt hatten, drehten sie sich, durch leiseste Bewegung den Widerstand der Luft gegen die festen Schwingen benutzend, schossen plötzlich in zögernd drängender Bewegung nieder und erhoben sich weich und schwer, nachdem sie die Welle gestreift.

Die Fahrt dauerte nicht lange, bald näherten sie sich der Halbinsel; das Boot landete, und sie stiegen aus. Sie gingen, unbefangen plaudernd, einen Weg, der anfänglich sich längs des Ufers zog, dann aber von ihm durch parkartige Anlagen und Villen getrennt wurde. Links von ihnen zog sich ein Wald von Tannen und Kiefern den Berg hinauf, in dem altes Farnkraut stand und das Dunkel herrschte, das die Frische der märkischen Wälder auszeichnet und ihren verwunderlichen frohen Ernst. Der Wald trat zurück, und eine Wiesenterrasse kam auf sie zu, von weißstämmigen, hellgrün belaubten Pappelbäumen bestanden, während ihr oberer Saum von Ölbäumen begrenzt war. Die Bäume alle waren im zartesten Frühlingswerden. Zwei Platanensprößlinge, wie ein Springbrunnen nach allen Seiten zerstiebende Gerten, sprossen zusehends in jungem Laub. Blutbuchen, Eschen und Ölbäume hatten noch die Farbigkeit der Blattkeime, von der zarten Tönung des Melonenfleisches bis zu blutigdunklem Rost. Und überall in dem bewegten Grün standen Weiden, gelblich leuchtend.

Der Wiesenabhang begleitete sie weiter, bis sie an eine Stelle kamen, von wo aus eine aus großen Steinen gefügte und von Zypressen flankierte Treppe auf die Höhe des Bergwiesenrückens führte. Hier blieben sie stehn, und ihre Blicke folgten der Allee.

Dann sahen sie einander an. Beide wußten nicht, warum sie zögerten, die Treppe hinauf zu gehen. Und wieder sahen sie zum Rücken des Berges hinauf; und eben sank der letzte Rand einer weißen Wolke hinter ihm hinunter, — die Berglinie schnitt in das klare Blau. Da sagte Anna: „Jetzt führt es geradewegs in den Himmel."

Und er, unter dem Zwang von etwas, das ihn würgte, sagte leiser, als er wollte, und fast ein wenig heiser: „Dann wollen wir in den Himmel....."

Sie streifte ihn mit einem Seitenblick, und er hielt ihr hastig die rechte Hand hin. Die Hand krümmte sich gewaltsam, und sie legte die ihrige hinein. Er umschloß sie fest, und dann gingen sie die Treppe hinauf, er in ruhigem Steigen, sie bei jedem Schritt sich elastisch auf den Zehen hebend und wiegend, zum Himmel empor. Feierlich begleiteten die Zypressen sie, zu beiden Seiten leuchtete die Wiese, und in dem grünen Gras schimmerten weiße Gänseblümchen und blauer Klee. Die Krone eines blühenden Kirschbaums neigte sich über ein rundes Gemäuer einer ehemaligen Zisterne, die von Efeu umsponnen war und aus ihren Fugen einen Feigenbaum sprießen ließ; seine Zweige trugen kandelaberartig die grünen Flämmchen der ersten Blätter. Von allen Seiten ertönte Gesang der Vögel durch die Luft, pfeifend und schlagend, sorgloses Geschwätze.

Sie kamen auf der Höhe an, blieben stehn und gingen dann, sich immer noch in derselben Ferne, in derselben Nähe bei der Hand haltend, weiter. Eine Ebene zog sich vor ihnen her, die den Rücken der Halbinsel bildete und in derselben Senkung des Aufstiegs auf der andern Seite in den See abfiel. Ein Weg führte darüber an einem Wiesenplan vorbei, der von gelbem Hahnenfuß gesprengelt und von Ölbäumen überhangen war. Die andere Seite des Weges schloß eine Mauer ab, ganz überdeckt von den schweren blauen Trauben der Glyzinien, sausend von Bienen. In der Mitte aber hing wie ein kristallner Faden ein Wässerlein; über Stufen herab quoll es in die Wiese.

Sie wollten nicht in die Berge hinein und wollten doch auch nicht umkehren. Eine Bäuerin begegnete ihnen, deren schwarzes Haar dicht mit diademartig zusammengesteckten Pfeilen geschmückt war. Anna wollte sie anreden, errötete aber schon beim Grüßen und unterließ es, den Kopf schüttelnd.

„Gehen wir durch die Stadt hinunter", sagte sie. Und nun gingen sie, immer noch Hand in Hand, einen Weg, der in der Längsrichtung der Halbinsel verlief und sie bald in die

Stadt führte. Sie kamen vor einer Gasanstalt und vor einem Kinderasyl vorbei und fühlten sich verzauberter als vorher. Eine Gasanstalt und ein Kinderasyl mochten ihnen hier unwahrscheinlich sein, und ihre stille Heiterkeit schlug in Ausgelassenheit um. Sie ließen die Hände los. Sie verschränkte die ihrigen auf dem Rücken und ging nun, immer mit halber Körperwendung ihm zugekehrt, vor ihm. Und er folgte ihr mit dem Gefühl, mit jedem Schritt an ihre Seite zu gelangen, und doch immer sie vor sich fliehen sehend. Ihre Augen aber, kühn aufeinander gerichtet, lachten.

Dann führte der Weg hinab; dieses Mal nicht an Zypressenalleen vorbei, sondern eine breite, von Gewerbefleiß hallende Straße. Sie sahen einen Olivenholzarbeiter in gemächlicher Hantierung, der sang eine Rossinische Melodie. Sie kamen vor einer Schmiede vorbei, aus der der Amboß mit dürftiger Kraft erklang. Sie sahen durch eine offene Tür Mädchen an gelbholzigen Webestühlen beschäftigt; die lachten und sangen, und eine trat vor die Tür und sah die beiden mit spottendem Einverständnis an. Am Fuß der Straße hatte eine Händlerin sich festgesetzt und bot Orangen, Birnen, Feigen und Erdbeeren aus. Sie blieben stehn, betrachteten das Obst und kauften ein paar Orangen. Sie sahen die Straße, die sie gekommen waren, zurück.

Er warf eine Orange hoch in die Luft, fing sie wieder auf und sagte: „Wir fahren nicht zurück; wir fahren nicht zum Mittagessen zurück, wir fahren nicht zum Abendessen zurück!"

„Zum Abendessen doch!" erwiderte sie schnell.

5

In der Nacht darauf ging ein Gewitter nieder. Von einem besonders heftigen Schlag wachte er erschrocken auf und verblieb in einer Unruhe, die sich bis zum Herzklopfen steigerte. Das idiotische Trommeln des Regens auf dem Dach begann ihn zu reizen. An die Dunkelheit verloren, fühlte er sich von etwas bedrängt, was geschehen war oder geschehen würde, und dessen eigentliche Bedeutung er nicht erkennen wollte.

Er stand auf. Wieder nun empfand er die Zeit, die ihm bis zum Morgen für Nachsinnen und Grübeln gelassen war, als überlang, so daß er sich vor ihr fürchtete und sich wieder niederlegte. In einen eigentlichen Schlaf verfiel er nicht mehr, sondern blieb in einem häßlichen Halbwachen, das die aufgescheuchten Vorstellungen nicht zu Träumen reifen ließ, sondern zu quälenden Verzerrungen wacher Gebilde machte. Erlöst, aber doch verbittert und müde stand er am Morgen auf.

Der Regen hatte aufgehört; das Wasser des Sees und die gesättigten Bäume atmeten einen starken Geruch aus, der Himmel war noch dicht verhängt, die Luft schien dicker zu sein und jede Bewegung und jeden Ton einzuhüllen. Massige Wolken hingen am niedrigen Gebirge, in dem nicht himmelhoch abgeschlossenen Tal wie drohende Gespenster erscheinend.

Dennoch war Licht in der Welt. Die Kähne glitten traumhaft dahin. Die Weiten und Tiefen erstreckten sich, wenn auch zögernd, hinaus. Das Grün der Saaten brachte einen Schimmer hervor, und der Himmel mit allen seinen

Wolken war hoch und schien immer höher zu steigen, so daß das Auge vermeinen mußte, gleich, gleich werde es die blaue Wölbung erschauen, und nur ein dünner Flor trenne sie von dem Blick.

Ihn aber erheiterte nicht diese Hoffnung, sondern quälte die nicht sofort eintretende Erfüllung. Er war plötzlich des ganzen Anblicks ungewohnt, und alle vergangene Schönheit war ausgelöscht. Die Phantasie verlängerte quälerisch den Zustand; ein geschwätziger Springbrunnen im Garten hielt die unbehagliche Illusion des Regens lebendig. Und schon war der Dichter seines Ärgers so genießend, daß er sich nur schwer entschloß, den Springbrunnen abzustellen.

Es stellte sich, ihn schwer bedrückend, das Gefühl eines falschen Weges ein. Wenn die Freude der Erinnerung an den gestrigen Tag hoch kam, war es, als ob eine unwillige Hand sie gleich wieder niederdrückte. Wohl dachte er mit Glück und Dank an Anna, aber jedem Gedanken an sie war ein anderer an Ottilie verschwistert, der ihm seinen Gewinn auch als die Ursache eines endgültigen Verlustes zeigte.

Bald spielte das Wetter in leiser Veränderlichkeit; es wurde lichter, und eine traumschaffende Schönheit enthüllte sich. Smaragden glänzte das Grün der Saaten. Die Sonne schimmerte durch die Wolken; sie durchdunstete die Schlucht des jenseit der Halbinsel liegenden Seearmes und machte das trübselige Gewölk zu einem fröhlichen Rauch verborgener Hirtenfeuer. Eine erste helle Stelle auf dem See leuchtete klar, der übrigens farbiger, kühler, frischer, herzhafter bewegt als sonst war, wie ein kleiner deutscher Landsee.

Die wachsende Helligkeit tat ihm nur immer weher. Ihm war, als würde in dem Augenblick, in dem die Sonne hell durchbräche, sein Schicksal entschieden, — und das Glück hierin hob ihn nicht über das Entscheidende hinweg.

Er hatte gestern, einem Wunsche Annas folgend, die Mutter und Ottilie nicht mehr gesehen. Jetzt freute er sich darüber. Hatte Anna Scheu, sich der Mutter und der Schwester zu vertrauen, Scheu wegen der Schnelligkeit des Ereignisses? Gewiß nicht! Es war ihr eine Nach= denklichkeit eigen, die sie zuweilen mitten im lebendigen Verkehr überkam und die ihr Recht haben wollte.

Der Wirt brachte ihm einen Brief. Er öffnete ihn hastig und erschrocken und sah, daß er von Anna war. Anna bat ihn darin wunderlicherweise, erst gegen Abend zu ihnen zu kommen. Gründe dafür konnte er nicht ver= muten und verstand nicht die zarte, zögernde Scham.

Er fühlte sich bereit und dankbar, und doch überkam ihn ein heftiges Zürnen. Im ersten Augenblick beschloß er, ihr nicht zu gehorchen, aber sofort überfiel ihn eine quälende Weichheit, und er ging auf sein Zimmer.

Die Unruhe lähmte ihn so, daß er nichts Rechtes vor= zunehmen wußte. Er las eine Seite ohne Aufmerksam= keit, schrieb ein paar Zeilen voll Flüchtigkeit, legte sich einige Minuten aufs Bett und wechselte mit diesen dreien ab.

Seine Unruhe wuchs. Jäh und krampfhaft überkam ihn die Gewißheit, daß Ottilie die Einzige wäre, mit der ihn das Gefühl der tiefsten, der besten Ruhe verbinden könnte, wonach sein Wesen verlangte. Sie erschien ihm als die

Notwendigkeit seines Lebens, das andere nur als Zufall. Und er fürchtete dieses Zufällige, das, mochte es auch an sich beglückend genug sein, doch immer wieder sein Wesen in Unruhe und Trübe erhalten mußte. Nie hatte er so verantwortungsreich vor Augen gehabt, daß das Leben der Menschen nur einmal gelebt wird, und daß es sich geziemt, es im Ernst zu leben. Er blieb den ganzen Tag in seinem Zimmer.

Erst am späten Nachmittag zwang er sich, als das Herannahen des Abends seiner Unruhe eine andre Richtung gab, ins Freie.

Er ging ein trockenes Flußbett hinauf, das sich in Wiesen verlor. Zwei kleine Burschen weideten dort eine Ziegenherde; kaum hatten sie ihn erblickt, so stürzten sie auf ihn zu und boten ihm kleine Veilchensträuße an. Er nahm sie, gab ihnen etwas Geld und klopfte, während der eine seine rote Mütze in den Händen drehte, dem andern auf die braune Kopfbedeckung, worauf auch der sie zog und nach schnellem Dank sich und seinen Gefährten in Sicherheit brachte. Nun klomm er weiter in die Höhe, die Veilchensträuße betrachtend, die er in der rechten Hand hielt. Plötzlich legte er sie ins Gras und ging weiter.

Der Himmel hatte sich im Norden über dem Gebirge grünblau gefärbt. Die Farben waren rein und regenbogenhaft bunt, zugleich aber zart in den Übergängen, wie ein Hauch vergänglich. Der reiche Himmel krönte die Erde, deren Entsprossenes nach dem Regen in mächtigem Drang zur Fülle strebte. Die Rinden der Platanen, vorher staubig wie ausgetrocknetes Gemäuer, waren mit ihren großen Flecken saftig. Ihr Laub sproß, es flimmerte und wechselte mit dem des Weines, das bescheiden sich kräuselte, und dem der Feigen, das in grünen Flämmchen leuchtete. Der Ölbaum aber, wahrlich der heroische Baum, mit seinen silbergrauen Blättern, gleichsam trauernd um den Mond, dessen Glanz er in den Nächten wollüstig still und, wenn ein Wind geht, schauernd trägt, stand von grauem und grünem Moose mächtig überwachsen da. Gewaltige, deutschere Obstbäume, schwer und reich ihre Äste tragend, und riesige Eschen umstanden ein verwunschenes, verwahrlostes Haus. Schluchten, Terrassen und Abhänge wogten vom gesättigten Grün, und überall hinein flechten gelb die Weiden, kicherten zerstreute Birkenkinder. Pappeln aber mit weißem Stamm und schlank aufragend führten die Melodie des Irdischen ins heiter Himmlische hinüber.

Er konnte dem in Fruchtbarkeit und Schönheit edlen Anblick nicht widerstehen. Er machte ihn weich und nahm seinem Schmerz den Stachel der verletzten Eitelkeit. Er sah weit ins Land und sah nun auch die beiden Frauen in einer Ferne, die einen wahreren Vergleich, als die Nähe es tat, ermöglichte.

Aber schon wies sein Herz den Vergleich zurück und nahm Annas Bild, unter einem innigen Zwang des Glücks und nicht mehr wählend, in sich auf. Wußte er nicht eine Fröhlichkeit in sich, die der Aufgeregtheit nicht bedurfte? Kannte er nicht den Sieg des Menschlichen, — nicht den des Leichtsinns —, der dem Schicksal alle Verantwortung überläßt? Wußte er nicht, daß das Bewußtsein, nur einmal zu leben, beflügeln darf? Gestern war er auf breiten Stufen in den Himmel geschritten. —

Es wurde Abend. Er ging hinunter. Die Schatten der Berge, von denen er abstieg, lagen auf der Halbinsel. Diese selbst warf einen klar abgegrenzten Schatten auf die Felswand, die den andern Seearm abschloß. Zerstiebender Lichtdunst stand überm Tal des Sees. Mächtige Wolken mit dicken, gewölbten, graufahlen Rändern zogen. Das letzte Sonnenlicht lag schwer und weiß und hing auf den immer noch schneeigen Kuppen in lockerem, gewitterähnlichem Leuchten herabgegossen. Und der See glitzerte, spiegelte die Berge und war leichtestens bewegt; wo er sich an den Fuß der Berge schob, war schon die Nacht.

Schon klangen die Glöckchen der Fischerboote, wie Glöckchen verzauberter, unsichtbarer Herden. Bebend zog die Stille sich von allen Seiten zusammen, die die Menschen nähernde, drängte sich an den immer eiliger Schreitenden und hob und trug ihn in einem Gefühl, das Sehnsucht war. Er kam zu der Straße, die ihn nach Hause führte, und kaum konnte er sich zu einem Schritt anständiger Hast zügeln.

Die Fylgja
Eine Studie

Daß alles, was geschieht, mit Notwendigkeit geschieht, das ist ein Gedanke, an dem die Menschen vorbeileben müssen, wenn sie die Kette ihres Tuns und Wirkens nicht verwirren wollen. Jede Hoffnung widerspricht ihm, jeder Wunsch empört sich wider ihn; und läge er nicht scheintot und vergessen in seinem Grab, so könnte kein Herz in Reue schwellen, keine Seele sich in das Bad der Buße stürzen zur fröhlichen Urständ.

Denn der Mensch ist ein Zeitwort, das unregelmäßig konjugiert wird: sein Präteritum heißt Notwendigkeit, sein Futurum Freiheit.

Er hat das Fatum über alle seine glänzenden Götter gesetzt, aber hoch noch über das Fatum sich selbst, den Gott in ihm. Wenn der indische Heilige in die letzten Gründe der Kontemplation taucht, gerät die Himmelswelt ins Beben, und Dämone müssen den Menschenwillen zerstreuen, um seine Übermacht zu brechen.

Aber der Mensch sitzt nicht sicher in seiner Herrlichkeit; Kampf und Friede mit dem Fatum und wieder Kampf ist ihm zugeteilt; und froh mag er sein, daß sein Kampf und sein Friede in ihrer Ratlosigkeit und kläglichen Zufälligkeit sich verbergen dürfen. Wie oft opfert er der Gottheit heuchlerisch vor allem Volk, und seine Stirn ist ungläubig und trotzig! Ein andrer verweigert die Demut, während doch sein Herz im Pulsschlag der Angst und des Grauens schlägt.

Zu dunkel ist die Stimme, die zu ihm spricht! Ist er sicher, ob er nicht statt einer geisterhaften Warnung nur das Surren seines eigenen Bluts vernimmt?

Notwendigkeit! aber es kann vorkommen, daß er der widersinnigen Vorstellung fähig ist, als gebe es zwei Notwendigkeiten; — ähnlich wie man im Traum zwei Gestalten hintereinander sehen kann, ohne daß die eine die andere deckt.

Eben diese Verwirrung lag dem Schicksal eines Mannes zum Grunde, dessen Selbstmord vor vielen Jahren die kleine Stadt, in der er wohnte, in Aufregung versetzte.

An einem Sommernachmittag, als die Schüler des Gymnasiums, alle mit kurzen graugrünen Leinenjacken bekleidet, um die Turnhalle wimmelten, kam ein langer Bursch vom Schulhof hergerannt, sah sich um und stürzte auf einen etwas abseits stehenden Knaben zu, in höchster Verlegenheit mit den Worten herausplatzend: „Andersen, du sollst nach Hause kommen; dein Vater hat sich erschossen!" Zwischen den Schreck und das Mitleid schob sich bei allen, die es hörten, gleich der Zorn über die unbeabsichtigte Roheit des Boten ein; so vermieden sie es, Andersens Gesicht zu sehen, auf dem die graue Blume des wehrlosesten, gläubigen Leides jäh aufbrach. Ohne eine Frage, ohne einen Laut ging er fort. Wie bleich war sein feines, stilles Gesicht! Sie sahen ihm nach und fühlten mit einem wunderlichen Schmerz seinen Gang, bei dem immer der eine Fuß eilen, der andere zögern wollte. Er war noch nicht lange, kaum ein halbes Jahr, bei ihnen und war in seinem stillen, zarten, großäugigen Wesen mit keinem enge verbunden. Aber sie liebten ihn alle, mit einiger Scheu, wegen des Wohlklangs seiner ganzen Erscheinung.

Sie sahen ihn nicht wieder. Niemand sah weder ihn, noch seine Schwester, noch seine Mutter, die gleich, nachdem den Polizei= und Gesetzesvorschriften genügt war, die Stadt verließ, mit der Leiche, die, zur weiteren Erregung des Stadtgeschwätzes, verbrannt werden sollte.

Das Geheimnis eines solchen Todes ist nie ganz zu erkennen. Unser Verstand hat nicht so reine Hände wie die Gattin des Brahmanen, die das Wasser mit ihren Händen zur Kugel ballte und davontrug.

Damals, als das traurige Ereignis geschah, gab es in der ganzen Stadt wohl keinen, der einen Anhalt hatte, es zu erklären. Es war darum natürlich, daß die kleinbürgerlichen Leute ungereimtes Zeug von Mutmaßungen herumtrugen: von einem amerikanischen Duell sprachen die einen; andere hatten zu berichten, der Tote sei Freimaurer gewesen, und es sei eine ausgemachte Sache, daß die kein natürliches Sterben haben. Es war dabei bezeichnend, daß diese am Ende siegreiche Meinung, wie=

wohl sie also in dem Selbstmord den Fluch wiedererkannte, den sie über den Freimaurern waltend glaubte, dennoch kein nachträgliches Grausen vor dem unglücklichen Mann erregte. Vielmehr fand man eine Art Beruhigung darin, daß durch den Tod auch allerlei in dem Leben des Mannes eine plausible Deutung bekam, was man sich nicht bis zur Überzeugung gewiß hatte erklären können, obgleich man es lobte.

Denn Andersen war in der kurzen Zeit, die er in der Stadt zubrachte, und trotz der äußersten Zurückhaltung, in der er sich hielt, schon oft in den Mund der Leute gekommen. Man hatte von ihm Beweise einer ungewöhnlichen Mildtätigkeit, die er in einer so beherrschten Weise ausübte, wie sie, an sich selten, in dem kleinen Städtchen überhaupt noch nicht beobachtet war. Er schien über die Scham des Almosengebens weit erhaben zu sein, so ohne Hast gab er, und er verfuhr darin ganz ohne Prinzip. Er wußte, daß in Fällen großer Not die einzelne Gabe fast ohne Wert ist, daß echte Hilfe Dauer und Ziel haben muß, und so, mit Ernst und Verantwortungsgefühl, gab er sich hin; aber sie hinderten ihn nicht, dem letzten Landstreicher Genüge zu tun, der ihn um einen Groschen für Schnaps ansprach. Bei alledem wurde er nicht überlaufen; und wer ihn auf der Straße gehen sah, hatte die Empfindung, als ob es einigen Mutes bedürfe, ihn aufzustören.

Er war ein stattlicher, wohlbeleibter Mann, dunkel von Haaren, mit dichtem Schnurrbart, und hatte einen etwas kürzeren Fuß, den er mit einem dicksohligen Stiefel bekleidet trug und dessen Hinderung beim Gehen er trotz vieler Übungen nicht ganz überwunden hatte. Seine Kleidung, immer in dunkeln Farben, war äußerst sauber und sorgfältig und gab schon auf den ersten Blick den Ernst kund, der seinem Stande schicklich war.

Er war Jurist, und schon mit verhältnismäßig jungen Jahren, da er früh von der Schule gekommen war, Landgerichtsrat. Eine Karriere schien vor ihm zu liegen, die erst bei den letzten Staffeln seines Berufes Halt machen würde. So gehörte er zu jenen begabten Beamten, die der Strom der Verwaltung, durch Beförderungen und Versetzungen in Bewegung gehalten, durch die Städte schwemmt. Sie werden nirgends eigentlich heimisch; und soweit sie Richter sind, verfeinert sich ihre Wirksamkeit über die Realität, Einzelheit und Unmittelbarkeit des Lebens hinaus und verflüchtet wohl gar. Sie kennen die Menschen nicht und ihre Händel; und indem sie also oft die singuläre Gerechtigkeit der singulären Fälle verfehlen, repräsentieren sie eine abstrakte Gerechtigkeit, oder wenn man will: die Idee des Rechtes. Auf diese Weise gehen sie in den Mechanismus der Gesellschaft nicht heimisch hinein, sondern sind etwas Fremdes, Unpraktikables, das heißt: etwas Aristokratisches.

Auch Andersen hatte nichts Volkstümliches an sich, nichts von den verdächtigen Derbheiten, durch die die Beamten dem gemeinen Manne verständlich werden. Und doch war er kein theoretischer, kein trockener Mensch; und wenn man ihn mit seiner Familie sah, schien es einem natürlich, daß dieser Mann eine so schöne Frau, die ruhig stolzeste Gestalt der Stadt, und so eigene, feine Kinder hatte.

Als er etwa zwei Monate in der Stadt war, siedelte dorthin ein neuer Rechtsanwalt über. Es war ein Mann, der schon weit in der Welt herumgekommen war, der bei Konsulaten und großen überseeischen Unternehmungen einen angeborenen Drang zur Tätigkeit mit seinem Ehrgeiz und seiner Freiheitsliebe zu vereinigen gesucht hatte. Daß er sich nun in einer so kleinen Stadt seßhaft machte, hätte man nicht zu erklären gewußt, wenn man seinen Namen nicht schon aus Zeitungskämpfen gekannt hätte, in denen er einen kolonialen Skandal in der Weise eines Mannes behandelt hatte, der die Verhältnisse und überdies die Menschen im allgemeinen zu gut kennt, als daß er sich wohlfeile Entrüstungen aufdrängen ließe. Man nahm an, daß er einen Sitz im Parlament anstrebte und zu diesem Zweck in einen Wahlkreis einsitzen wollte, dessen ungewöhnliche Zerklüftung, da es außer den politischen und sozialen noch nationale Parteiungen gab, einem Außenseiter Chancen bot. Er hatte bei den Besuchen, die er nach seiner Niederlassung machte, Andersen nicht zu Hause getroffen. Infolge einiger Zufälle begegnete er ihm erst ein paar Wochen später, an der Tafel des vornehmsten Wirtshauses der Stadt, gelegentlich eines Festessens für den scheidenden Bataillonskommandeur.

Der Rechtsanwalt hatte sich an dem etwas spießbürgerlichen Gelage kräftig beteiligt, klug genug, sich durch seine mephistophelischen Neigungen nicht absondern zu lassen, aber er hatte beobachtet. Und besonders häufig hatte er Andersen angesehen, als ob er ihn mit jemandem vergliche oder ihn in den Kreis nicht eingewohnt denken könnte. Andersen verhielt sich bei der Geselligkeit kaum sonderlich, als säße er nicht bei sich zu Haus im kleinen Kreis. Er war von denen, die keine Uniform trugen, der einzige, dem der Frack wie sein Alltagsgewand saß.

Gegen Ende des Essens, als bei Kaffee und Zigarren die Ordnung sich auflöste und neue Gruppen sich bildeten, kam Andersen auf den Rechtsanwalt zu, reichte ihm die Hand und sprach sein Bedauern aus, seinen Besuch verfehlt zu haben. Sie setzten sich am Ende der Tafel zueinander und gerieten in ein Gespräch, bei dem aber der Rechtsanwalt immer schweigsamer wurde; schließlich fragte er: „Verzeihung, Herr Landgerichtsrat, mir schwebt schon seit einiger Zeit eine indiskrete Frage auf den Lippen." „Bitte," sagte Andersen.

Der Rechtsanwalt lächelte, sah zur Seite, sah dem andern ins Gesicht und fragte: „Haben Sie noch einen Bruder?" „Ja," lautete, im Tone des Erstaunens, die Antwort. „Und darf ich fragen, wo er ist und was er ist?" „Er ist in Paraguay und baut seine Scholle." Als ob ihm ein Rätsel glücklich gelöst sei, sagte der Rechtsanwalt: „So! Dann ist das also der!"

Andersen sah ihn mit einiger Betroffenheit fragend an, und der Rechtsanwalt sammelte sich aus der nachdenklichen Zerstreutheit, in die er immer wieder fiel, und erklärte sich: „Ich habe einen Jugend= und Schulfreund Ihres Bruders gekannt, der mir viel von ihm erzählt hat."

Darauf sagte Andersen: „Ich bin mit meinem Bruder nur um ein Jahr auseinander, und wir haben durchaus dieselben Bekannten und Freunde gehabt, nur ein wenig abschattiert; wie wir denn überhaupt in unserer Thüringer

Klosterschule jeder den andern kannten. Sagen Sie mir doch, wer jener Kompennäler ist. Zwanzig Jahre sind es her, aber mich dünkt, ich brauchte nur zu wollen, brauchte nur das Türlein aufzuschließen, und ich sehe jene Zeit so deutlich, wie ich Sie sehe."

Der Rechtsanwalt nannte den Namen; es war der jenes merkwürdigen Mannes, um den der Kolonialskandal ging, in den sich der Rechtsanwalt verflochten hatte.

Für den Kenner hätte in diesem Augenblick Andersen die wesentliche Höhe seiner Natur bewiesen: er verwunderte sich nicht, tat keinen Ausruf eines schnellen Urteils über den Mann, war aber auch nicht gerührt, sondern sprach sofort im Tone ruhiger, doch eindringlicher Erinnerung: „So! Der! Er ist ein harter Mann geworden. Es ist schade, daß der Prozeß um ihn Urteile von der falschen Gemütsseite herholen muß. Ich habe mich gefreut, Herr Rechtsanwalt, daß Sie Ihre Partie so unphiliströs genommen haben. Ich bin zwar nie mit ihm befreundet gewesen, aber ich weiß, daß seine Härte nicht von der Art ist, hinter der sich's eine niedrige Natur wohl sein läßt. Man darf nicht sagen, daß sie ihm selbst weh tut, seine Härte; das würde eine sentimentale Lüge sein. Aber es ist etwas Erzenes darin, etwas Künstlerisches, etwas von der Härte der Form."

Der Rechtsanwalt verlor bei diesen Worten seine bequeme Haltung; seine Backen glühten; und feurig, gleichsam beglückt, dankte er dem Redenden. „Wie sehr haben Sie recht, Herr Andersen!" sagte er. „Wie freue ich mich über dieses Wort! Man sollte meinen, daß jedem Manne die Psychologie geläufig sein müßte, diesen Kondottiere zu verstehen. So nennen ihn ja die Zeitungen. Aber es ist einer von jener Sorte, die nach dem Kampf, nach nötiger und wohl auch unnötiger Grausamkeit fähig sind, nach dem Horizont des Lebens auszuspähen und darunter zu leiden, wie sie ihn in die Unendlichkeit verdämmern sehen. Dieser ‚Mörder‘ lobt keinen höheren Geist als die Güte; — wir wissen ja, daß den Heiligen niemand leidenschaftlicher liebt als der Sünder, und jedenfalls kennt keiner Gott so gut, wie der Teufel. — Seine Intrigen wurden mit Schadenfreude aufgedeckt; aber wer, der alles das las, möchte wohl glauben, daß dieser Mann an Abenden, wenn die Ruhe über ihn kam, von nichts lieber sprach, als von einem Jugendfreund, den er nie wieder gesehen hatte. Das war Ihr Bruder."

Andersen erwiderte mit einer Aufmerksamkeit, wie man sie ähnlich hat, wenn man einen vergessenen Gedanken sucht, der doch nicht verloren ist und seine Gegenwart im Gehirn noch bemerkbar macht: „Seltsam ist mir das aber! Was hat er Ihnen von meinem Bruder erzählt?"

Der Rechtsanwalt sann eine Weile nach und begann: „Nun, da ich erzählen soll, bin ich in einiger Verlegenheit. Wie wenig weiß man doch oft von Erscheinungen, von denen doch der Eindruck zum Besitz geworden ist. Vielleicht liegt es auch daran, daß ich von Ihrem Bruder, wenn ich es überdenke, nur in träumerischen Stunden gehört habe. Der Erzähler träumte und der Hörer träumte. Und das Bild, das ich mir gemacht habe, ist wohl nicht bloß aus der Tatsächlichkeit des Berichtes erwachsen. Ist doch eine Gestalt, wie Ihr Bruder eine gewesen sein muß, uns nicht völlig fremd, Gott sei Dank.

Wie sehr wir auch verholzen, einmal haben wir doch grün im jungen Saft gestanden; und wenn wir uns unseres besten Teiles geschämt haben, so verachten wir jetzt diese Scham. Das Christushafte in Ihrem Bruder mag überdies so siegreich auf ihm gelegen haben, daß auch schon damals seine Mitschüler ihrer Scham sich schämten."

Andersen unterbrach ihn: „Was sagen Sie da für ein Wort! Christushaft!"

„Ja," sagte der Rechtsanwalt, „oder vielleicht ist es besser, johanneisch zu sagen. Wobei wir uns eine Gestalt denken mögen, die aus dem Evangelisten und dem Täufer gemischt ist; das heißt: dem Täufer ohne Kamelshaar und wilden Honig. Wie sonderbar es doch ist, daß man ihn so zart als Knaben und so waldmenschmäßig als Erwachsenen hinmalt. Der Evangelist, der ist ja immer jung. Ich denke mir so Ihren Bruder, und in jener simpeln, etwas sonderbaren Geschichte mit dem Bettler kommt es zum Ausdruck."

„Erzählen Sie mir doch die Geschichte zwischen meinem Bruder und dem Bettler."

„Gott", meinte der Rechtsanwalt, „es ist wiederum eigentlich keine Geschichte. Sie begegneten einmal, Ihr Bruder und einige Mitschüler, auf der Chaussee einem jungen, ärmlich gekleideten Menschen. Er grüßte sie und ging weiter. Irgend etwas Besonderes war in seiner Erscheinung, was die fröhlichen Schüler reizte, sich nach ihm umzusehen. Es soll ein zartes, stilles Gesicht gewesen sein. Merkwürdigerweise rührte aber der Eindruck von seiner Haltung her. Sie alle erblickten ihn, als ob er —

was nicht der Fall war — im Gehen innehielte, mit vorgesetztem linkem Fuß und eben vom Boden sich lösendem rechtem. Wer weiß, was im Rhythmus dieser Stellung lag, daß es die jungen Leute in ihrem Plaudern verstummen ließ! Sie gingen weiter, nur Ihr Bruder nicht. Der blieb stehen und hing mit seinen Augen an dem sich entfernenden Burschen, dann eilte er ihm nach. Die Freunde glaubten, er wolle ihn beschenken, und wunderten sich nicht wenig, als er mit ihm weiterging. Ja, er kehrte auch nicht um, als eine Senkung des Weges ihn den Blicken seiner Gefährten entzog; und denken Sie, er kam an dem Tag nicht wieder, auch am nächsten und übernächsten nicht. Erst am dritten stellte er sich ein, und nahm, ohne Aufklärung zu geben, die empfindliche Schulstrafe hin. Den Freunden erschien danach sein Gesicht auf längere Zeit, fast vierzehn Tage, wie verklärt. Auf die vielen Fragen, mit denen sie ihn bestürmten, soll er niemals eine gerade Antwort gegeben haben. Und nur einmal, so erzählte mir mein Afrikaner, deutete er etwas an. Er antwortete nämlich mit einer Gegenfrage: ob man es nicht für möglich halte, daß Christus auch heute noch auf der Erde wandle. „Wie!" lärmten die Freunde, „glaubst du gar oder willst uns glauben machen, daß jener Handwerksbursche auf der Landstraße Christus gewesen sei?" „Weil er es nicht war, war er es", gab Ihr Bruder zur Antwort ohne weitere Erklärung; er lächelte dabei, und mein Kondottiere sagt, sein Lächeln sei listig und göttlich gewesen."

Auch Andersen lächelte. Er lächelte wie jemand, der nachsichtig ist und Freude darüber empfindet. Und er lächelte mit einer schmerzlichen Zerstreutheit, denn er spürte einen Stich in seinem Herzen, und wünschte zu erfahren, was da weh täte.

Er verabschiedete sich so schnell, wie es schicklicherweise ging, und verließ den Saal. Er ging auf der Straße, die direkt in eine Chaussee mündete, zur Stadt hinaus, promenierte kurze Zeit unter den schnurgrade aufgereihten Pappeln und schlug dann einen Feldweg ein.

Die Saat stand dicht und fußhoch, das Grün war frisch und die Luft rein. So flach die Gegend war, gab es doch für den Fuß und noch mehr für das Auge kleine Hebungen und Senkungen des Bodens, so daß das Land die Fragen suchender Augen nicht ganz ins Endlose verschweben ließ und leise Antwort gab. Andersen, mit seinen Ohren begabt, hörte diese Antwort und fühlte sich nicht länger von dem geheimen Stachel gequält. Die Nachwirkung des Weines, dem er zwar nicht unmäßig, doch kräftig zugesprochen hatte, und der Luftzug, der ihm um die Stirn wehte, lösten die Spannung auf, die des Rechtsanwaltes Erzählung in ihm hervorgebracht hatte.

Denn nicht sein Bruder, er selbst war es gewesen, von dem der Rechtsanwalt gesprochen hatte. Er, Andersen, im Amt heute und in wohlverdienten Würden, war damals dem Bettler gefolgt — und mußte lächeln, wenn er bedachte, daß man diese Tat und die ihr zum Grunde liegende Gemütsverfassung seinem Bruder hatte anheften wollen, der alles mit festen Händen angriff und nichts angriff, was sich mit festen Händen nicht durfte fassen lassen, der in Paraguay „seine Scholle baute", das heißt: Wirtschaft im amerikanischen Stil betrieb, nur freier noch als ein Großfarmer in den Vereinigten Staaten.

Andersen empfand eine schmerzliche Genugtuung, daß er den Rechtsanwalt im Irrtum gelassen hatte. Er hatte ihn ein Unrecht begehen lassen, das tat ihm wohl. Auch war ja freilich gleich das erste Lobeswort des Rechtsanwalts zu stark gewesen, als daß der Hörer es für sich hätte in Anspruch nehmen dürfen. „Der Horcher an der Wand hört seine eigne Schand'," sprach Andersen laut vor sich hin, „— auch Ehr' ist Schand'." Da war der Stachel wieder.

Denn, fragte sich Andersen, was ist an mir, der ich jetzt bin, daß er gar nicht auf den Gedanken kam, ich könnte der Mann sein, von dem ihm erzählt war? Und noch strenger formte er den Gedanken: es war nicht einmal so, war nicht bloß negativ; sondern er war ja sogar überzeugt, daß ich es nicht sein könnte. Warum?

Und Andersen fühlte in sich Zorn aufsteigen. Der Rechtsanwalt hatte über den fremden Charakter, über das fremde Leben geurteilt, wie die Menschen gemeinhin tun; tief, aus Oberflächlichkeit. Es ist die Art der Menschen, von anderen große Erwartungen zu hegen, nicht aus einem Drang zur Verehrung, sondern aus der Lust an Schadenfreude. Er entwirft große, grobe Umrisse, und tut sich was zugute darauf, daß der Mann, wie ihn Gott geschaffen hat, kleiner als das Maß ist, das menschlicher Fürwitz ihm zuschreibt.

Und der Zorn steigerte sich in Andersen. Fast wie eine Beleidigung empfand er es, daß zwischen seinem

Jugendbild und seiner jetzigen Gestalt ein Widerspruch sein sollte.

Er wußte, daß da kein Widerspruch war. Er überschaute sein Leben, das nicht schwer zu überschauen war, es stand fest und lauter, wie nicht oft in unserer Zeit ein Leben steht. Er hatte die Schule verlassen, die Universität bezogen und hatte, mit Menschlichkeit und Tiefblick begabt, seinen Beruf gefördert. Er hatte mit jungen Jahren die Frau seines Lebens gefunden und mit ihr, als die Zeit reif war, Ehe und Familie gegründet. „Eine und Alles" durfte er von seiner Liebe sagen wie ein Lehrer der Deutschen, Lagarde, nur, wer weiß, vielleicht noch inniger, weil gänzlich ohne Stolz, weil ohne Wille und Absicht, aus dem Grunde seiner Natur heraus.

Dieses alles — ein einfaches Schicksal. Und Andersen sah im Geiste Masche sich an Masche knüpfen und nirgends eine andere Möglichkeit als die eine, die eben Wirklichkeit geworden war; einzig, daß die schmückenden Linien das notwendige Leben kraus und frei umspielten; eine Reise war nach Italien gemacht, die auch nach Schottland hätte gehen können; das Studium der Muße war altenglischen Dichtern nachgegangen, das auch vom andern Land und anderer Zeit sich den Ferienhauch hätte holen können, dessen er bedurfte.

Indem Andersen so sein Leben bedachte, fühlte er die Fülle seines Schicksals schwer und süß, fühlte sich von einer Woge getragen, deren Gesetz, das ewig unbekannte, er verehrte. Er vergaß den Rechtsanwalt und sehnte sich nach seiner Frau und den Kindern. Er unterbrach den Spaziergang, schüttelte den Traum von sich und ging geradenwegs nach Haus.

Als er haftig, ohne Hut und Stock abzulegen, sein Wohnzimmer betrat, stand seine Frau der Tür gegenüber, mit lachendem Gesicht. Sie hörte dem Töchterchen zu, das eben mit zierlicher Entschiedenheit irgendeine lustige Anklage mit beiden Händen seitwärts auf den Bruder warf, der lächelnd einzugestehen schien. Die Gruppe löste sich sogleich auf; sie begrüßten, umschmeichelten den Vater, erzählten ihm den Streit: er hörte es, ohne zu verstehen. Die Anstrengung von dem schnellen Gang verlor sich beim Anblick der Seinen in eine schwächende Seligkeit; und er dachte, während die Frau ihren Arm in den seinen hängte und die Tochter erzählte: wäre mein Leben ein Fehlweg gewesen, wie muß ich dafür dankbar sein, weil er mich hierher geführt hat! Wäre es anders gekommen, so wäre ja auch dieses nicht da!

Er schreckte auf, er zuckte zusammen: hatte er sich nicht eben seiner Familie unwillkürlich wie einer Entschuldigung bedient? Und wieder fühlte er den Stachel.

Und er wurde ihn nicht mehr los.

Schon am nächsten Tag, während er die Verhandlungen in der Strafkammer leitete, spürte er mit wachsender Unruhe, ja schließlich mit Zerstreutheit und Angst, daß seine Tätigkeit eingeübt, gewohnt und unlebendig sei. Er sah die Männer nacheinander, fünf an der Zahl, in den Käfig der Angeklagten treten — jede Verhandlung von einem Schwall von Zeugen umspült. Er sah diese Menschen und fühlte seine Ohnmacht über sie, die doppelte Ohnmacht, des Erkennens: denn sie standen ganz fremd, ganz ausgeschlossen, ganz anders vor ihm, und des Handelns: denn da er die Fäden in ihren Gehirnen nicht einmal tasten konnte, wie wollte er sie schlichten? Mit Erstaunen gewahrte er seine Kollegen in ihren Talaren, und mit den schwarzen Baretten, die sie bald absetzten, bald auf den Kopf stülpten, bald in den Nacken, bald in die Stirne zogen. Er sah, daß sie, durch ihre Kleidung geschützt und verwandelt und zu Dämonen gemacht, eine Gewalt aus sich herausspielen ließen wie die Wolke Donner und Blitz, sichtlich ohne Zweifel darüber, ob Blitz und Donner Segen seien, und blind und taub gegen die Schrecken dessen, den sie trafen. Dieses wunderlich automatische Wesen wurde vollends zu einem Spiel, wenn Anklage und Verteidigung die Waffen kreuzten: so haspeln Kinder ihr Spiel von innen heraus, nichts wollend als das Spielen und unbekümmert um sein Objekt. Besonders die Advokaten trieben alle Fälle in eine eitle, spitzige Höhe; eitel wiegten sie sich in den Hüften; und gar abscheulich war das, was die Feinen unter ihnen und zumal der eine, ihm Wohlbekannte, für Psychologie mochten ausgeben wollen. Auf ihn sah Andersen mit Hohn. Er fühlte, daß das, wovon jener zu meinen schien, es individualisiere den Fall, eine ausgemacht tückische Unwahrheit enthalte, die ihm, als er den Rechtsanwalt nach erledigter Verhandlung geschäftig seine Akten zusammengreifen sah, wie geflissentliche Sünde und schlimmer erschien als das harte Handhaben der Macht von seiten der Richter.

Die Erinnerung an das gestrige Gespräch glitt ihm durch die Seele, unglaubwürdig. In welchem Nebel von Wein, Weite und Gewöhnlichkeit hatte er mit dem fremden Mann Übereinstimmungen über einen fremden Mann getauscht!

In einer Pause dachte er sich plötzlich einen Menschen, der, mit Wahrblick begabt, diesen Saal prüfte und auch ihn in seinem Talar und mit seiner schwarzen Kappe sähe. Ihn fröstelte vor diesen unsichtbaren Augen, und er strengte sein Gehirn an, ein Gesicht zu ihnen vorzustellen; aber es gelang ihm schlecht, und beginnender Kopfschmerz quälte zugleich und lähmte seine Phantasie.

Es versuchte ihn, seinen Kopfschmerz zum Vorwand zu nehmen, die Leitung der Verhandlungen niederzulegen; aber das erste Wort, das er sprach, die Anrede an einen Kollegen, ernüchterte ihn, so daß er mit Ärger das Ungereimte seines Wunsches spürte, und so hielt er aus.

Zu Hause fiel seiner Frau und seinen Kindern wohl auf, daß er nicht gerne sprach. Aber da er niemals verdrießlicher Natur war, schoben sie es auf einen Rechtsfall, der ihn beschäftigte; denn seine Teilnahme an den Schicksalen, die durch seine Hände glitten, war größer, als seine jetzige Verfassung ihn glauben ließ.

Am Abend erbat er Urlaub von seiner Familie und machte einen Spaziergang über die Felder. Die Schmerzen im Kopf waren linder geworden; und wenn er auch noch nicht prüfend nachdenken konnte, so fühlte er doch die so seltsam erweckten, so gebieterisch erstandenen Mächte, die an seinem Stamm rüttelten, die Wurzeln lockerten und aus den Zweigen tote Blätter schüttelten.

Er erinnerte sich seines Ganges mit dem Handwerksburschen. Nein, nicht seine Augen waren es gewesen, die ihn heute im Gerichtssaal anstarrten. Seine Augen waren naiv und ruhend gewesen und ohne Fähigkeit, zu suchen und zu fordern. Und doch hatte das Erlebnis, das auf eine so unerwartete Weise gewandert war und gewirkt hatte, seine ganze zarte Form noch nach Jahrzehnten behalten.

Es war ein dumpfruhiger, beschwichtigender Tag gewesen, frühherbstlich im zähen Septembernebel, der die tauschweren Spinnennetzlein wie kleine Wölkchen zwischen die Kiefernäste geklebt hatte. Vom Nebel gequollen, hingen die wie Hände offenen, flachen Blätter der Akazie regungslos, die Seradellafelder breiteten sich grün-silbergrau wie Gletscher.

Sie waren friedesam nebeneinander gegangen, Andersen mit neugierigen Fragen, der Bursche mit neugierigen Antworten. Sie kamen an einer Berghalde vorbei, wo eichene und tannene Hölzer aufgestapelt lagen. Der Bursche blieb an ihnen stehen, befühlte sie und roch an ihnen. „Sie sind wohl Stellmacher?" fragte Andersen. „Nein, ich bin kein Stellmacher." „Dann sind Sie wohl Tischler?" Und in demselben kindrigen Ton antwortete er: „Nein, ich bin kein Tischler." „Was sind Sie denn?" „Ich? Ich bin etwas schwach auf der Brust — ich bin ein Schuster. Mein Vormund wollte es nicht leiden, daß ich Stellmacher werde." Andersen fragte darauf, nicht ohne Scheu und spöttische Absicht: „Sie wissen doch, daß Jesus Christus ein Stellmacher war. Wollten Sie es deshalb gern werden?" „Nein," antwortete der Bursche,

„ich wollte es werden, weil es so gut riecht und weil man saubere, trockene, treue Hände davon bekommt." Dabei sah er traurig auf seine schwarzen, schrundigen Hände mit den harten Nägeln, nahm sie auf den Rücken und ging mit derselben eigentümlichen Haltung des Kopfes weiter, die Andersen und seine Schulfreunde auf ihn aufmerksam gemacht hatte.

Etwas ganz Kindliches, ganz Wehr- und Sorgloses war in dem Menschen gewesen. Und Andersen, der jetzt tief versonnen über die Felder ging, fühlte den Nachklang in sich und fühlte aufs neue, was ihn damals bewegt hatte, den Wunsch, der ihn damals durchjubelt hatte. Der junge Mensch, der neben ihm ging, war kein Ziel; nicht einmal der Frührausch der Seele schmeichelte ihm vor, daß er etwas Nacheifernswertes sei; aber indem er ihn hörte, indem er ihn fühlte, hatte sich seine Seele, seine Zukunft, sein Wunsch und Wille zu ihrer höchsten Freiheit geregt. Das Wort Hyperions hatte ihn beseligt: „Es ist ein Gott in uns, der lenkt, wie Wasserbäche, das Schicksal; und alle Dinge sind sein Element."

Unvergeßliches Wort, und unvergessenes! Mahnendes, unvergessenes!

Armer Handwerksbursche, armer Bettler! Wo mochte er jetzt sein? Wie mochte nun diese Pflanze zum Baume und zu Holze geworden sein?! Andersen schüttelte sich. „Nein, er ist sicherlich tot!" dachte er. Und weniger um das Bild der Erinnerung zu retten, als um ein Urteil über sich zu fällen, sprach er ihm den Tod zu.

„Wie er die Tauben geliebt hat!" erinnerte er sich mit Entzücken. Es war am zweiten Tag ihrer Wanderung

gewesen, als sie vor dem wotanblauen Gewölk eine weiße
Taube ins Lichte blitzen sahen, sie verschwand, sie leuchtete
wieder auf, wenn ihre Flügel den Tagesschimmer voll
den Wandernden zuwarfen. Der Bettler griff mit einem
leisen Laut in die Luft, dann hielt er sich wie schwindelnd
an Andersens ihm zugekehrter Schulter fest. „Ach, ent=
schuldigen Sie," sagte er lächelnd und nahm sich zusammen.
„Ja, ich habe die Vögel sehr gerne. Sind sie nicht von
Gottes freiester Luft in den Raum geworfen? Aber die
schönsten, das sind die weißen Tauben. Als Jesus Christus
die Wechsler aus dem Tempel jagte, warf er die Tische
um, und schlug mit einer Geißel alle, die Rinder und
Schafe feilhielten; als er aber zu denen mit Tauben kam,
ließ er gleich die Geißel sinken und sagte, wie man Kin=
dern einen Vorwurf macht, zum Guten redend: geht doch
mit den Tauben hinaus, macht doch nicht meines Vaters
Haus zu einem Handelshaus! So gern hatte er die Tau=
ben. Und kein Mensch kann anders. Jedem fällt sein
Bestes bei, wenn er sie sieht. Als Johannes Jesum taufen
sollte und ihn doch noch nicht kannte, sah er einen Mann,
der sich ihm näherte, und gerade in dem Augenblick blitzte
eine Taube auf: da wußte er gleich, daß es Jesus war.
Es war ihm hier oben im Kopf alles steif vor Erwartung
und Gedanken, und wie er die Taube sah, kam es in
Fluß von ihren Flügeln, und er wußte, daß es Jesus war."

Andersen konnte nicht lächeln bei dieser Erinnerung;
er mischte sie aus seinen Gedanken und aus den Worten
des Bettlers halb bewußt und wie um sich zu zerstreuen.

Die zunehmende Nacht machte den einsam Grübelnden
schreckhaft, ein ihm so ungewohnter und in seiner An=

Sicherheit verdrießlicher Zustand, daß er nach Hause ging. — — —

Die nächste Zeit wies es aus, daß keine vorübergehende Erschütterung ihn heimgesucht hatte. Der Schatten eines Hauses schwankt, wenn eine Wolke vor der Sonne zieht; dieses aber war mehr als eine Wolke, und nicht der Schatten nur, — das Haus schwankte. Es ging nicht vorüber, und der Jugendsturm war vorübergegangen, schmählich!

Die Augen, die jetzt auf ihm ruhten, die vorwurfsvoll fragenden, die seine Empfindlichkeit, so gering sonst seine Phantasie und Neigung zu Halluzinationen war, wie körperliche Augen empfand, sie waren nicht die unschuldigen Blumenaugen des jugendlichen Handwerkers, es waren seine eigenen:

Er hatte seine Fylgja, sein Daimonion erschaut; und der Mythus sagt wahr, daß derjenige sterben muß, dem solches geschieht; — wenn auch der Tod nichts anderes wäre, als die nun entschiedene Gewöhnung an das Dumpfe, Gemeine und für ewig Zufriedene. Aber wie es eine Wiedergeburt gibt, wie der Biene Stich in den Nacken, daß man vor wollüstigem Schmerz in die Kniee bricht, so schlägt auch der Tod in edlere Naturen seinen Gedanken wie einen Blitz.

Andersen hätte seine Veränderung gegen das Amt, das er ausübte, wohl ertragen können. Im Grunde war ja der Verdacht gegen die Justiz längst nicht mehr neu, weder in ihm, noch in den Denkern und Dichtern, die er für wesentlich hielt. Das Schlimme war, daß er die Veränderung gegen alles fühlte, was sein Besitz geworden war, das Schlimmste, daß sie auch vor der Frau und den Kindern nicht Halt machte.

Die stille und edle Gewohnheit seines Tages, der Morgen, der Abend, sie hörten auf, ihn zu überraschen. Und indem er sie erwartete und indem er wußte, daß er ihrer sicher war, empörte er sich gegen sie und ertrug sie mit wachsendem Mißtrauen und mit wachsender Verödung.

Er erkannte, daß jeder Tag mit seinem Gefühl, seiner Liebe, seiner Freundlichkeit ihm nicht als erworbenes Gut zu eigen war, sondern als Erbteil. Fruchtbarkeit ist erblich, die der Mütter wie die der Tage. Ein Tag voll Arbeit verspricht einen zweiten Tag voll Arbeit; ein Tag der Liebe einen zweiten der Liebe. Wann leben wir? Wir leben nicht heute von unserem Heute, sondern erst morgen. Wir erben und schaffen uns selbst das Erbteil.

Ist es noch Liebe, die sich täglich erneut? Kraft, die sich täglich erneut? Es ist Erbteil. Und, fühlte Andersen, wenn das Truggebäude zusammenstürzt, ist es nicht wieder aufzurichten. Wir erinnern uns nur; wir leben nicht.

Indem diese Gedanken ihn nicht mehr losließen, schufen sie in ihm den Zustand, den sie vorhanden glaubten und erklären wollten. Fremd, fern und mit bitterer Sehnsucht begann er auf seine Frau zu sehen; fremd, fern und voll Erstaunen auf seine Kinder.

Und so herausgeschleudert aus dem Kreise, aus der Kette der Notwendigkeit, hörte er die Anklage seiner ersten Notwendigkeit, seines ersten Willens und seiner, wie er glaubte, ursprünglichen Gestalt immer deutlicher.

Dieses war die Verwirrung, aus der er, sei es als Flucht, sei es als Erlösung, den Tod als Ausweg fand. Zurückzusinken in die Gewohnheit seines Lebens, hinderte ihn die Wahrheit der inneren Spaltung. Den Faden aufzunehmen, wo er ihn als Jüngling hatte fallen lassen, war unmöglich, weil die Ordnung nur durch Zerstörung wieder zum Chaos werden kann, und überdies hätte die Schamhaftigkeit des Jahrhunderts aus dem neuen Gesicht eine Fratze gemacht. In früheren Zeiten würde ein Mann mit diesem Konflikt ins Kloster gegangen sein.

Die Tobias=Vase

1

An einem Frühjahrsabend stand der Pfarrer eines kleinen märkischen Dorfes am Zaun seines Hofes und sah einem Bretterwagen nach, der eben vom Sand auf die gepflasterte Straße klomm und sich auf dieser klappernd entfernte. Der Pfarrer stand noch, als das Fuhrwerk verschwunden war, dann wandte er sich nach dem Hofe. Er begegnete seiner Frau, und in der Art von Leuten, die einen Ärger nicht anders als in der Form des Vor= wurfs zu äußern wissen, sagte er zu ihr: „Ich bin sicher, daß sich Seiffert wieder betrinken wird — heute wie jeden Sonnabend; wir hätten ihm einen so kostbaren Transport nicht anvertrauen dürfen. Warum bin ich nur nicht bei meinem ersten Gedanken geblieben, ein eigenes Fuhrwerk zu nehmen, das die Vase abholt!" Die Frau, die weder des Kutschers Nüchternheit verfochten, noch sich dem Gedanken, ein eigenes Fuhrwerk anzunehmen, im geringsten widersetzt hatte, schwieg bei den wenig freundlichen Worten; aber ihre grauen Augen nahmen einen Ausdruck von Hilflosigkeit an, sie kehrte sich ab und ging ins Haus.

Der Pfarrer sah ihr beschämt nach. Er wußte wohl, daß ein Wort genügt hätte, das liebevolle Gleichgewicht zwischen ihnen herzustellen; aber er wußte auch, daß das Wort schon im Herzen sich gleich wieder unfreundlich verwandeln würde, sobald er es auf die Lippen würde zwingen wollen. Zu gern verstockte er sich; er wußte es und konnte doch nur schwer dagegen kämpfen. In Unbehagen schritt er den Hof auf und ab. Drüben verließ eben der Schullehrer sein Haus, grüßte und trat zur Kirche ein; und nach wenigen Minuten schollen die Feierabendklänge in breiten, schweren Wellen aus den Schallöchern des Glockenstuhls heraus. Die Augen des Pfarrers senkten sich, und nach seiner Gewohnheit nahm er eine andächtige Haltung an, bis das Läuten von den dreimal drei Schlägen an die große Glocke geendigt wurde.

Es dauerte kaum so lange, wie das Ohr des Pfarrers den schon verklungenen Ton noch zu empfinden glaubte, als sich dem Hause ein etwa vierzehnjähriger Knabe näherte. Er ging in eigentümlicher Weise wackelig und stützte sich fest auf einen derben Krückstock. Als er auf den Hof getreten war, klinkte er erst mit der Hand, die den Stock hielt, die Tür sorgfältig ein, dann fuhr er herum und sagte: „Feierabend, Herr Pastor!" und hielt ihm die linke, von Hobelspänen kraus umquollene Faust hin. Er roch erst einmal noch selber an den Spänen, dann drückte er sie dem Pfarrer in die Tasche: „Das habe ich Ihnen mitgebracht." Der Pfarrer ließ es sich gefallen, bedankte sich, meinte aber spöttisch: „Du hast es schön eilig, Tischler=

meister; hast wohl nur gerade darauf gewartet, daß es Abend läutet!"

Der Bursche ließ seinen starken Körper auf den zu schwachen Beinen hin und her schwanken, und indem sich sein volles, rosiges Gesicht in einem Lachen breit zog, erzählte er: „Ich habe schon über eine Stunde kein Handwerkszeug mehr angerührt. Der Meister hat mir den Hobel weggenommen. Und weil er wütend war, habe ich mich auf die Hobelbank gesetzt und ihm zugesehen. Meister Haube schimpft immer wie nicht klug, wenn ich ihm die Bretter verderbe. Dabei bezahl' ich sie ja."

Der Pfarrer machte ein ernstlich tadelndes Gesicht und sagte: „Wenn du etwas nicht recht machst, so wird es dadurch nicht gut, daß du den Schaden bezahlst. So klug solltest du, bald ein großer Mensch, wohl schon von selber sein. Was gäbe das wohl für eine Ordnung, wenn man all den Unfug anrichtete, den man nachher bezahlen kann. Fensterscheiben sind auch nicht teuer, aber der würde dich wohl schön ansehen, dem du sie einwürfest."

Kaum hatte er das gesagt, so riß der Junge blitzschnell eine Schleuder aus der Tasche, ließ den Stock fallen, und ehe der Pfarrer hatte zugreifen können, war ein Steinchen nach dem Giebelfenster unter dem Dach gezielt und geworfen. Das Geschoß flog zu hoch, fiel klappernd auf die Ziegel und kollerte den moosigen Abhang des Daches herab. Der Junge sah dem Pfarrer erwartungsvoll in die Augen; und dieser, der schon den Arm des Missetäters am Gelenk ergriffen hatte, nahm mit demselben spöttischen Lächeln, mit dem er dem Knaben schon einmal begegnet war, die Schleuder aus der noch aufgesetzten Faust und sagte: „Nun also, du kannst ja nicht treffen. Du bist immer zu stolz, Gaston; du zielst immer zu hoch. Jetzt nimm mal deinen Stock auf." Der Knabe tat es, und der Pfarrer fuhr fort: „Nun wüßt' ich doch gern, woher du die Schleuder hast. Du hast sie gekauft? Von wem?" Der Knabe zog beleidigt eine Grimasse. „Gekauft? Das wär' wohl ein Kunststück! Gemacht hab' ich sie mir, ganz allein. Die Holzgabel habe ich von einem Kirschbaum in der Allee geschnitten; — sehen Sie: dann wird ein Endchen Strippe an jedes Horn gebunden, und an jede Strippe ein Endchen Gummischlauch, und dann wird wieder mit zwei Bindfaden das lederne Tellerchen angebunden, das den Stein aufnimmt. Und wissen Sie auch, Herr Pastor, wo ich das Leder her habe? Sehen Sie: doppelt ist es genommen. Das habe ich von Ihrem großen Lederlappen abgeschnitten, mit dem Sie sich das Rasierzeug putzen, — Sie haben es nicht einmal gemerkt."

Das mußte der Pfarrer zugeben, und er tat es mit anerkennender Miene. Dann aber sagte er, indem er unauffällig die Hand mit der Schleuder hinterm Rücken versteckte: „Du könntest mir wohl jetzt einen Gefallen tun, Gaston. Geh doch einmal zum Meister Haube zurück, und bitte ihn, mir Handwerkszeug zu leihen, womit ich eine hölzerne Kiste öffnen kann." „Handwerkszeug?" fragte Gaston, „dazu braucht man nicht groß Handwerkszeug. Hammer und Stemmeisen genügen." „Schön," sagte der Pfarrer, „so bring mir Hammer und Stemmeisen." Gaston ging, und der Pfarrer steckte die Schleuder in seine Tasche zu den Hobelspänen.

Der Knabe war der Sohn jüdischer Eltern, die bei dem Brande eines Theaters umgekommen waren. Er war von einer geistigen und körperlichen Verfassung, daß es sich nicht empfohlen hatte, ihn in eine öffentliche Schule zu tun. Da er reich war, konnte eine vorteilhafte Gelegenheit, ihn aufs Land zu geben, abgewartet werden; und diese fand sich, als der Pfarrer, selbst kinderlos und mit der Neigung zum Erziehen begabt, durch Freunde mit dem Vormund des Knaben bekannt gemacht wurde. Nach kurzen Verhandlungen war der Junge als Pflegling ins Pfarrhaus gekommen.

Er wurde vom Pfarrer und vom Lehrer privatim unterrichtet, und mit leidlichem Erfolg. Nur weil allmählich zu fürchten stand, daß in der zunehmenden Fettheit und Trägheit seines Körpers sein Geist ganz ermatten könnte, ließ der Pfarrer den Jungen bei Handwerkern arbeiten, die alle ihn willkommen hießen, der vieles verdarb, aber den Schaden reichlich ersetzte. Lange hielt er es nirgends aus; seiner Neigung, es sich auf dem Schusterschemel bequem zu machen, widersetzte sich der Pfarrer und brachte ihn endlich beim Tischlermeister einigermaßen zur Ruhe.

Während Gaston zu der Werkstatt zurückging, durchmaß der Pfarrer wieder den Hof mit hastenden, ungleichen Schritten. Es war schon dunkel geworden, und die kalte, gelbliche Ferne, die eben noch ausgesehen hatte, als würde sie ohne Sang und Zauber sich unmittelbar in die Nacht verlieren, wurde entzündet. Hin und her gehend sah der Pfarrer abwechselnd die immer wildere Glut des Abends von den spärlich belaubten Kronen der Bäume im Garten schwarz gegittert, und, sich umwendend, den toten Himmel im Osten, leise verklärt von dem rötlichen Schein, der sich anschickte, an der Himmelswölbung emporzuschweben, der Sonne nach. Die Luft war kühl, und der Pfarrer rieb sich beim Gehen die mager und starr gewordenen Finger.

Er hoffte und wartete darauf, daß seine Frau aus dem Hausflur treten und ihn zum Essen rufen würde. Aber mochte sie Gaston haben fortgehen sehn, oder hatte sie sich verspätet, — sie kam nicht, und der Pfarrer gab sich an bedrückende abendliche Empfindungen hin, die ihn oft heimsuchten, und immer dann, wenn dem Untätigen ein Tag zu schnell oder zu langsam, eigenwillig, vor den ins Leere zugreifenden Händen vorbeiglitt.

Fast mit Erstaunen sah er Gaston zurückkehren; und erst als er hinter dem Knaben den Tischlermeister Haube selbst daherschlurren sah, fand er sich zurück und ging vor das Tor.

Der Meister kam heran und grüßte mit Würde, indem er seine saubere Hand, an der die Nägel rötlich glänzten, gegen die Mütze hob. Mit der Linken reichte er dem Pfarrer Hammer und Stemmeisen hin. Der Pfarrer bedankte sich; und da der alte Mann so ein Wesen hatte, vor dem einem leicht das Gefühl kam, daß man sich wegen irgend etwas entschuldigen müsse, erzählte er ihm, was es mit der Kiste, die er erwartete, für eine Bewandtnis habe. Sein Freund Thornow aus Neuenrode — den ja der Meister kenne und erst in der letzten Woche bei sich in der Werkstatt gesehen habe — habe ihm nämlich das Freundschaftsstück erwiesen, ihm eine Vase zu arbeiten, mit schönen bunten Farben und Figuren. Heute abend komme das Prachtwerk an; Seiffert, der mit der Milch zum Bahnhof sei, bringe es mit, und hoffentlich bringe er es heil und ganz mit.

„Ich will gegen Ihren Freund gar nichts sagen, Herr Pastor," meinte der zweifelsüchtige Meister, „er mag ja wohl in seiner Art ein tüchtiger Mann sein und seine Sache verstehen, so mit Töpfen und Schüsseln und ähnlichem Kram. Aber was er mir vergangenen Dienstag von der Tischlerei erzählt hat, das war nichts, Herr Pastor."

Der Pfarrer ließ sich zum Eifer hinreißen, obgleich er den alten Besserwisser kannte:

„Meister Haube," sagte er, „graue Haare und Erfahrung in Ehren. Sie haben aber einen Sohn, bedenken Sie das, und die Zeit bleibt nicht stehn. Ich glaube, daß Sie noch manchen Vorteil haben könnten, wenn Sie auf Thornow hörten, der kann mehr als Brot essen. Sie wissen doch, es hat dem Schmied in Neuenrode nichts geschadet, daß er ihn in sein Feuer hat blasen lassen."

„Wie war es denn mit dem Schmied?" fragte Haube feindselig.

„Er sollte Türbeschläge machen, für die Remisen auf dem Jagdschloß. Da hat ihn der Thornow überredet und hat ihm eine Zeichnung gemacht, ganz was Einfaches, was der Schmied mit Hammer und Zange fertig bringen konnte, aber es war so was dran. Der Jagdherr hat ein Auge dafür gehabt, und heute macht der Schmied in Neuenrode, ich weiß nicht, wohl über fünfzig Meter Zaun."

„Herr Paſtor," ſagte der Tiſchlermeiſter unwillig, „dawider habe ich gar nichts zu ſagen. Ihr Freund, der mag Ihnen ja wohl einen Topf machen — Junge, was lachſt du?"

Gaſton, der eifrig zugehört hatte, ſchüttelte ſich vor Lachen.

„Ih, ſcher dich weg," ſagte der Meiſter, „— der mag Ihnen ja wohl einen Topf machen, Herr Paſtor. Den ſtellen Sie ſich in die gute Stube, kochen wird Ihre Frau nicht drin, und der Jagdherr in Neuenrode hat ja auch nichts anderes zu tun —! Aber ich laß mir nicht dreinreden, Herr Paſtor. Hören Sie, Herr Paſtor, ich habe als Geſelle in einer Furnierſchneidemühle gearbeitet, und ich habe Fourniere geſchnitten, ſo dünn wie ein Zeitungsblatt. Ihr Freund kann mir nichts ſagen. Guten Abend, Herr Paſtor."

Damit grüßte er und ſcharrte auf ſeinen Lederpantoffeln, immer den Kopf in die Höhe zuckend, davon. Gaſton, der ſich nicht hatte verſcheuchen laſſen, meinte: „Übermorgen werd ich mal zuſehen, ob ich das Brett, das er mir gibt, auch ſo dünn hobeln kann wie ein Zeitungsblatt."

„Komm nur jetzt hinein," ſagte der Pfarrer.

Er empfand die Nutzloſigkeit, ja Sinnloſigkeit ſolcher Geſpräche.

In ſeinem empfindlichen Gewiſſen entſchuldigte er die Stumpfheit der Antworten, denn die Fragen waren auch nur ſo obenhin ausgegangen, ohne wahren Ernſt und damit die Zeit zerſtreut würde.

Noch einmal blieb er auf dem Hofe ſtehn, und ſah nach Abend, von wo es düſterer durch das Gezweig der Bäume glühte. Die scheue Röte, die vom Osten her gekommen war, hatte, ehe sie sich in den Flammenabgrund stürzte, noch auf einigen festgeballten Wolken eine Stätte gefunden. Der Pfarrer schaute aufmerksam hin. Der Knabe prüfte abwechselnd die Augen seines Lehrers und die Wolken am Himmel. Dann schob er seinen Arm durch den des sinnenden Mannes und sagte: „Die Wolken sehen alle aus wie die Insel Island." „Junge, was weißt du von der Insel Island?" „Sie ist auf der Karte ganz oben links, und es gibt auf ihr den Hekla und den Krabla." Er lachte und wiederholte: „Den Hekla und den Krabla, Herr Pastor."

So gingen sie ins Haus, und als sie auf der obersten Treppenstufe waren, stand die Pfarrerin in der Flurtür. Anstatt mit Worten zum Essen zu bitten, reichte sie ihre Hand hin und zog den Pfarrer an sich heran. In dem dunkeln Flur sprach sie scherzend zu Gaston, an der Brust ihres Mannes vorbei.

Das Zimmer, worin sie aßen, war von der Holztäfelung an Wänden und Decke und von der fast ins Schwärzliche übergehenden Farbe der schönen eichenen Erbmöbel sehr dunkel. Die Lampe auf dem Tisch führte einen Kampf gegen das Düster der Ecken, der den Raum bewegte und ihn immer aus der Ruhe störte, in die er immer versinken wollte. Der Tisch war weiß gedeckt und reichlich mit Gerät und Essen bestellt.

Sie saßen, der Pfarrer und Gaston einander gegenüber, die Frau an der Schmalseite des Tisches. Eine Magd kam und brachte auf einem Tablett Teekessel, Tassen, Kännchen, alles aus chinesischem Porzellan, auf einer gelb-

lichen Decke zierlich geordnet. Mit ihr hatte sich ein
kleiner Hund ins Zimmer gedrängt, der lebhaft seine
schwarzgrauen, langen, dichten Haare schüttelte und kläf=
fend an Gastons Beine sprang. Von diesem unwillig ab=
gewiesen, kroch er auf seine Herrin zu, mit Schmeicheln und
Heucheln, weil er ein schlechtes Gewissen hatte. Sie schalt
ihn nicht, sondern neigte sich, ergriff ihn im Nacken und
hob ihn mit ihrer schönen, kräftigen Hand in ihren Schoß.
Schließlich ließ sie ihn wieder zur Erde springen, und er
nahm an der Mahlzeit und an der Geselligkeit auf seine
Weise teil.

Im Gemüt des Pfarrers zerstreute sich das trübe Ge=
wölk, das zu gern und zu oft über ihm schattete. Die
Spannung, mit der er immer noch dem Geschenk seines
Freundes entgegensah, schnellte ins Angenehme um. Er
erzählte, nicht zum erstenmal, von dem Besuch in der Werk=
statt des Freundes, bei welchem die Abrede getroffen wurde,
daß der Künstler über seine sonstige Übung hinausgehen
und ein Gefäß mit Figurenschmuck schaffen sollte. Es war
wohl zu merken, daß er sich etwas darauf zugute tat, eine
so entscheidende Anregung gegeben zu haben; und doch
war aus jedem seiner Worte die Liebe und die Bewun=
derung zu hören, die ihn in ein ungewöhnlich zartes und
heftiges Verhältnis zu Thornow setzten. Gern hätte er
mit seiner Frau wieder einmal alle Umstände des Freun=
des durchgesprochen; aber Gaston war zugegen, für dessen
Ohren es nicht von Vorteil war, Meinungen über er=
wachsene Leute zu hören. So zog er, als das Abendessen
beendigt und das Geschirr abgetragen war, vor, mit dem
Knaben zu scherzen, ihm von der Vase zu erzählen: wie

sie schön sei und mit Figuren geschmückt, auf die Gaston sich nur freuen solle, denn es laufe dabei auch für ihn auf eine Überraschung hinaus.

Der Knabe verhielt sich, seiner Art nach, wenig neugierig, und seine Augen blinkten fast spöttisch, wenn er merkte, daß der Pfarrer am liebsten das ganze Geheimnis verraten hätte. Dieser fing bereits an, sich über die Trägheit des Burschen zu ärgern; und so wäre vielleicht wieder Unbehagen und Gereiztheit aufgekommen, wenn nicht endlich draußen ein Peitschenknall das zurückgekehrte Fuhrwerk angekündigt hätte. Da sprang der Pfarrer auf, und der Hund lärmte mit ihm zum Hause hinaus. Der Kutscher war betrunken, doch mit Maßen, gab seine Langsamkeit für Umsicht aus, polterte mit den leeren Fässern, wehrte dem Hund, — aber der Pfarrer tummelte ihn so, daß er alles Reden ließ und Hand anlegte, wie es sich gehörte.

Sie brachten die Kiste in das Bibliothekzimmer, dort stand schon die Pfarrerin mit einer Lampe und Gaston mit dem Handwerkszeug. Seiffert entfernte sich in krampfhaft würdevoller Haltung, wiederholt grüßend, nachdem er sein Trinkgeld eingesackt hatte. Der Hund hörte zu toben auf, und es wurde still.

Der Pfarrer zog einen Stuhl vor die Kiste, nahm aus Gastons Hand Hammer und Stemmeisen, setzte sich und prüfte die Kiste. Sie war an den Rändern mit Weidenruten beschlagen, die zuerst abgesprengt werden mußten. Der Pfarrer schob das Stemmeisen unter, — da blickte er noch einmal auf, sah seine Frau, die mit der Lampe dastand, sah den Knaben und den Hund. Seine Augen

begannen, mit einem erstaunten, fast beklommenen Aus=
druck sich im Zimmer umzuschauen, er stand auf, legte still
das Handwerkszeug auf die Kiste und schob es mit der
flachen Hand noch ein wenig von sich.

„Ich glaube," sagte er, „es hat Zeit bis morgen. Ich
weiß gar nicht, was ich mit dem ganzen Tag und Abend
heut angefangen habe. Morgen ist Sonntag, und ich habe
noch an meine Predigten zu denken."

Die Pfarrerin stellte die Lampe aus der Hand; ihr Mann
trat auf sie zu: „Ich will noch arbeiten und werde auch
oben schlafen. Gute Nacht, Liebste." Sie gaben sich die
Hände, und die Frau sagte: „Schlafe recht gut. Die Lampe
ist oben und alles in Ordnung."

„Ich danke dir schön," und er nickte und grüßte sie mit
den Augen, „schlaf gut. — Du kannst auch bald zu Bett
gehn, Gaston; gute Nacht."

Er ging hinaus und stieg im Dunkeln die Treppe zu
seinem Dachzimmer hinan.

2

Am nächsten Morgen ließ der Pfarrer sein Interesse an
der Vase und alles, was damit zusammenhing, hinter
dem zurückstehen, was seines Amtes war. Das Haus war
hell vom klaren Morgenlicht, darin bewegte sich Tier und
Mensch zwecklos, mußevoll, der Pfarrer sah es nicht.
Schon lange, ehe der Wagen vorgefahren war, der den
Pfarrer in das zweite Dorf seiner Parochie bringen sollte,
wußte Gaston, daß er heut zu Hause bleiben müsse.

Es war ein kühler Tag, eines kühlen, zurückhaltenden
Frühjahrs. Noch waren, obgleich es nicht weit von Pfing=

sten war, die Birken nicht zu ihrem reinen, grünen Laub entfaltet; wo sie dicht gedrängt das Vorholz zu fernen Kiefernwäldern bildeten, breiteten sie zartgoldene Schleier über den schwärzlichen, winterlichen Grund. Noch war das jubelnde Zusammendrängen nicht zu spüren, worin im Frühjahr alles Wachsende zu einem Strom des Lebens sich einigt, — sondern Baum und Strauch und Saat standen noch in ihrer ängstlichen, dürftigen Vereinzelung da. Über Nacht hatte es kräftig geweht, und die magere Feldmark war auf der Wanderung gewesen, der Wind hatte den Sand zu lauter kleinen, dünenartigen Wellen zur Ruhe gelegt — frostig sahen die unbebauten Felder aus. Aber die Luft, angenehm von der Sonne gewärmt, schmeichelte dem Gesicht des Fahrenden, und da es windstill war und er keine Sandkörner zwischen die Zähne und in die Augen bekam, so fand er sich zu Spiel und Traum mit sich geführt, ganz wie er es gewollt hatte. Über den Feldern gaukelten, schwarz flimmernd im Flug, die Kiebitze, und als das Fuhrwerk an Wiesen entlangfuhr, die an dem schmalen Band eines kleinen Flusses aufgereiht waren, lärmte aus tausend Vogelkehlen der Tumult des neuen Jahres.

Der Pfarrer predigte, besuchte Kranke und Greise, — mit Verklärtheit und freudig tat er alles. Wenn er in diesem Zustand war, empfanden die Pfarrkinder sein Wesen noch fremder als sonst, noch unpersönlicher. Er wiederum fühlte wohl, daß das Wort, das er ausschickte, nicht Ruhe und Herberge fand bei den Herzen, zu denen es kam; von dem einen grob, gleichgültig vom andern wurde es zurückgeworfen. Und nicht immer hatte der

Pfarrer die Kraft, das verirrte wieder bei sich aufzunehmen; sondern er konnte mit Bitterkeit zusehen, wie es unterwegs verkam und verdarb.

Ja, er sah „das Wort". Und heute schwebte das geflügelte, helle Ding frei und fröhlich in der Luft, als sei es um seiner selbst willen da und nicht, um Botschaften vom Geist zu den Herzen zu tragen.

Er war kein Narr und war kein Kind. Die bloße Tatsächlichkeit eines noch kostbareren, noch edleren Geschenks, als die Vase es sein konnte, hätte nicht vermocht, ihm wichtiger als für die Laune einer Stunde und eines Tages zu werden. Aber eine eigentümliche Anlage seines Charakters, eine fast krankhafte Dankbarkeit, regte bei Ereignissen, wie dieses war, sein Innerstes auf. In dichterischem Spiel fügte und ordnete er die Elemente: er sah das Gefäß und überdachte das eigensinnige Arbeiten des Freundes in Kunst und Handwerk: er probierte Entwürfe zu den Darstellungen auf der Vase, — die hatte er selber aufgegeben, es sollten Szenen aus der Tobiasnovelle sein, seinem Lieblingsstück aus den Apokryphen; sie war ihm wie ein lieblicher Vorspuk zu dem Haushalt und der Laufbahn des Heilands selbst, in idyllischer Verkleinerung fast ähnlich reich an Bildern; er wob aus ihren Fäden ein unsichtbares Netz, mit dem er nach der Seele des ihm anvertrauten Knaben haschen wollte, — und wieder trat die unerschütterte Gestalt des Freundes beherrschend in das Spiel; dann dachte er, wie seine Frau die Vase behüten, säubern, schmücken würde, und da wurde die Frau vor seinen träumenden Augen groß wie ein Riesenfräulein, das Mann und Kind und

Haus und Gerät mutwillig mütterlich in seiner Schürze trägt.

Als er nach Hause kam, tat er keine Frage nach der Vase, und nur einmal, während des Essens, sprach er die Erwartung aus, daß Thornow kommen würde. Nach dem Essen stand er lächelnd auf, auch seine Frau stand auf und lächelte, und Gaston stemmte sich auf seinen Stock, der Hund war nicht im Zimmer. Dann gingen die drei in das Bibliothekzimmer, und dort stand auf der Platte eines großen Bücherschranks, in Tischhöhe, endlich die Vase.

Der Pfarrer stieß einen freudigen Ruf aus, so prächtig strahlte die Vase, und so herrisch stand sie da.

Auch dieses Zimmer hatte einen düsteren, zumindest ernsten Charakter; die Täfelung, mit der die Wände belegt waren, war dunkel und ersichtlich alt; der Pfarrer, ein wohlhabender Mann, hatte sie auf einer Reise in der Schweiz als echt, aus dem Ende des sechzehnten Jahrhunderts stammend, gekauft. Die hohen Schränke verstärkten den Eindruck, der sonst wohl fast bedrückend sein mochte: jetzt aber stand die Vase da und sandte die lustigen, kräftigen Feuer ihrer Farben verschwenderisch nach allen Seiten.

Der Pfarrer trat nicht näher, lange blieb er betrachtend auf demselben Fleck.

Gaston unterbrach die Stille, der die Freude des Pfarrers vornehmlich respektiert hatte, weil er eine große Freude über diese Freude in den Augen der Frau bemerkte. Schließlich konnte er sich jedoch nicht länger halten und fragte: „Herr Pastor, wo ist denn nun meine

Überraschung an dem Topf?" Der Pfarrer wachte auf, ging näher und unterſuchte nun, wie der Freund die Geſchichte des Tobias dargeſtellt habe. Aber da fand er etwas ihm Neues, auf den erſten Blick Unvertrautes, ſo daß er ſich nicht gleich zurechtfinden konnte.

Die Erſcheinung des Fiſches war das Thema, das er mit dem Freund verabredet hatte.

Thornow alſo, der ein Rationaliſt ſein mochte, hatte Mitleid mit dem guten, zu langer Wanderung verpflich= teten Jungen gehabt, und hatte den Tobias, als er ihm gar zu müde ſchien, genommen und auf einen derbzier= lichen, niedrigen Kinderwagen geſetzt. Und wie es wohl Darſtellungen gibt, auf welchen die Kirche, in Geſtalt eines Papſtes auf einem Wagen ſitzend, von den ſymbo= liſchen Begleitern der Evangeliſten gezogen wird, von dem Engel und dem Löwen, dem Ochſen und dem Adler, ſo hatte auch Thornow ſeinen Tobiaswagen beſpannt. Er hatte dem Hündchen und der Ziege Geſchirre angelegt und der Schwalbe einen Faden als Zügel in den Schnabel ge= hängt; und da dieſen Dreien nicht recht zu trauen war, ſo hatte der breit und ſchwer geflügelte Engel Raphael einen derberen Strick genommen, an dem er das Gefährt hinter ſich herzog.

So waren ſie, zwar nur widerwillig einig, doch verträg= lich gewandert, bis ſie an einen See kamen. Als ſie dem Ufer ſeitlich hatten folgen wollen, waren die Wellen des Sees empört worden, aus denen ſich drohend ein mäch= tiger Fiſch erhob. Da ſtockten die Räder, der zottige Hund ſtutzte und hemmte, auf die Vorderfüße geſtemmt, ſeinen Lauf; die Ziege ſprang in die Quere und glotzte mit den immer verwunderten Augen noch verwunderter darein; die Schwalbe, die eben nach einer niedrig fliegenden Mücke geschnappt hatte — denn ein Gewitter kam über den See — schoß segelnd in die Höhe; und Tobias hob, aus dem Dämmern der Müdigkeit auffahrend, in Märchengrauen das zarte Gesicht. Der Engel aber hatte sich umgedreht und umfaßte mit seinen treuherzigen, listigen Augen das ganze Gesinde.

Dieses war der Augenblick des Bildes, dessen lebhafte Hartfeuerfarben einen glühenden Sommer ausstrahlten. Schilf umflüsterte das Ufer des Sees, und die Räder des Wagens standen in Gräsern und Blumen. Von links nach rechts war der Zug gerichtet. Alle Formen, Vließ und Horn der Ziege, Gras und Blume, Hundezottel und Schwalbenflügel, das Wams des Knaben und der Mantel des Engels, ja sogar die Hexenmeistermützen auf beiden Köpfen, hatten etwas Zierliches, Auseinanderspritzendes, was dem Bilde einen luftigen, exotischen Anschein gab.

Dem Pfarrer gefiel das alles, aber es befremdete ihn auch, und er fühlte, daß er seine Lust zu der seinem Pflegling zugedachten Exegese hieran vorläufig nicht würde üben können. Darum, als ihn Gaston wieder mahnte, besann er sich kurz und fand eine Erklärung.

Er nahm aus einem Fach des Schrankes eine Mappe heraus, suchte darin und brachte eine Photographie zum Vorschein. „Du weißt," begann er, „daß ich gerne diese Blätter ansehe, und eines der liebsten ist mir das, was ich hier in der Hand habe. Das aber ist mir auf eine Weise, die du noch nicht verstehst, überflüssig geworden, und ich schenke es dir."

"Schön," warf die Pfarrerin ein, "und ich werde es dir rahmen lassen, und du magst es dir in deinem Zimmer aufhängen."

"Oh, ich danke Ihnen, ich danke Ihnen," sagte Gaston und gab beiden die Hand. Er war verlegen und sah ohne seine spöttische Art auf das Blatt, das er ungeschickt hielt.

Der Pfarrer setzte sich und lud den Jungen an seine Seite, die Frau nahm einen Platz am Fenster ein und sah herüber.

Es war etwas Wohltuendes in der an Gaston auffälligen Bescheidenheit, und der Pfarrer gab einem alten Wunsche nach, an des Knaben Gemüt zu rühren, ob es einem minder irdischen Klange würde widertönen können.

Er begann: "Was du auf diesem Blatt siehst, weißt du doch?" Der Knabe, der sich auf Bildern leicht zurechtfand, sagte: "Ja! Hier sind drei Engel und ein Junge." "Nun, und was hat der Junge in der Hand?" "Einen Hecht!" Das paßte dem Pfarrer nicht ganz, und er wiederholte: "Einen Hecht, ja, einen Fisch!"

Und da verließ ihn schon die sokratische Methode, und statt zu fragen, erklärte er: "Das ist nämlich Tobias mit dem Fisch, und eigentlich müßten dich die drei Engel sehr wundern, denn in der Geschichte kommt nur einer vor. Du kennst doch die Geschichte?"

Da aber hatte die Befangenheit des Jungen ein Ende, der Schalk flunkerte in seinen Augen, als er die Frage in einer Weise beantwortete, wie wenn er einem guten Spaße zustimmte. Der Pfarrer merkte es gerade nicht, aber es wirkte doch auf ihn, so daß er in Hast geriet.

„Du weißt," hub er an, „wie sie an den Fluß Tigris kommen und der müde Knabe seine Füße waschen will, da fährt der große Fisch wider ihn, als ob er ihn wollte verschlingen. Und als Tobias erschrickt und mit lauter Stimme schreit: Herr, er will mich fressen, — sagt der Engel zu ihm: habe keine Angst, greife fest zu, zieh ihn dir heraus. Sein Herz, seine Galle und seine Leber enthalten dir eine köstliche Arznei. Ja, mein Lieber, du lachst, ich sehe es wohl, das ist noch schlimmer als erschrecken. Du weißt eben noch nicht, was du hörst. Ich habe dir oft gesagt: wenn du dich zusammennimmst und deine guten Gaben nicht im Stiche läßt, so sollst du Dinge zu lernen bekommen, die dich mit dem Schönsten auf der ganzen Welt bekannt machen. Griechisch sollst du lernen, und wir wollen mal gleich einen Anfang machen. Hier ist ein Fisch. Merke dir: Fisch heißt auf griechisch Ichthys. Sprich es nach!" Gaston sprach es nach, aber der Pfarrer wußte nicht, wie fortfahren und veränderte also gänzlich den Ton: „Ichthys, in diesem Wort sind die Anfangsbuchstaben eines Satzes enthalten, welcher lautet: Jesus Christus Theou Yios Soter; das heißt auf deutsch: Jesus Christus, Gottes Sohn, Heiland. Und darum war den ersten Christen, die noch dem Geheimnisse des Herrn nahe waren, der Fisch ein bedeutungsvolles Zeichen. — Mein lieber Gaston, wenn ich mit dem Tobias an den Fluß Tigris käme und der große Fisch ihn erschreckte, so würde ich auch sagen, wie der heilende Engel Raphael: habe keine Angst, du mußt ihn fest anfassen; sein Herz und Galle enthält dir wunderbare Heilkraft."

Dem Jungen wurde bei diesen Worten doch eigen zumute, sie hatten geklungen, als würden sie gar nicht zu ihm gesprochen, als wehten sie hoch über ihn und kalt hinweg. Denn der Pfarrer, der eine ähnliche Rede oft im Geiste gehegt und vorbereitet hatte, spürte, während er sprach, um wie viel gröber seine Absicht in der Wirklichkeit erschien und daß sie wie eine ordinäre Proselytenmacherei allen Zauber verlor; und die Scham darüber hob den Klang seiner Worte ins Ungewisse.

Er stand auf, reichte dem Jungen den Stock und sagte: „Weißt du was? Geh mal nun auf dein Zimmer und such' dir eine Stelle, wo du das Bild hinhängen willst. Miß auch, wie groß der Rahmen sein soll. Und da eine kahle Stube durch ein Bild noch kahler wird, so sieh nur gleich zu, wo du ein paar andere Bilder hinhängen magst; die sollst du haben, sobald du sie forderst." Gaston ging.

Der Pfarrer blieb mit seiner Frau in bewegter Unterhaltung, die sich um den Freund und seine Arbeit drehte. Und hierbei bedachte der Pfarrer nicht, daß seine Frau den ganzen Vormittag im Hause gewesen war, und daß sie das, worüber er sie belehren wollte, schon wissen mochte.

3

Am späten Nachmittage kam Thornow. Er begrüßte die Freunde und wußte ihrem Lob und Dank aufs beste zu begegnen und ein natürliches Ende zu machen, indem er ihnen nicht erst wehrte. Er verkehrte fast brüderlich mit dem Pastor, brüderlich auch in einem gewissen nachlässigen gegenseitigen Vorbeihören; dabei aber hatte gegen die Pfarrerin sein Betragen nichts von der Ver=

traulichkeit, die leicht mit der Frau eines so nahen Freundes hätte eintreten können.

Die Magd brachte Kaffee und kräftig duftenden Kuchen, und die drei setzten sich zu einer rechten Sonntagnachmittagsfriedseligkeit zusammen. Thornow, im Gegensatz zum Pastor, mischte seinen Kaffee stark mit Milch, und gleichfalls im Gegensatz zu ihm aß er große Stücke von dem frischen Gebäck. Hierbei sahen ihm der Pfarrer und seine Frau, wie gewöhnlich, wenn er aß, verstohlen und mit gemeinsamer Freude zu; denn er hatte eine fast zierliche Art, den Kuchen in kleinen Stückchen abzubröckeln, schnell in den Mund zu schieben und behende zu kauen, alles mit solcher Sauberkeit, daß kaum ein Krümchen über seinen wie das Vlies eines Lammes in festen, kleinen Löckchen krausen Bart zur Erde fiel. Sein Mund war klein und ernst, seine Augen lächelten, die ganze Gestalt war gedrungen und trug den starken, blonden Kopf auf kurzem Hals.

Es war natürlich, daß ihm aufs neue Lobsprüche über seine Arbeit auf den Kopf fielen; er duckte sich und ließ sie vorübergehen, mit so großem Gleichmut, daß der Pfarrer veranlaßt wurde, zu bemerken, er habe den Freund doch schon oft über seine Kunst reden hören, noch nie aber mit so ruhigem Gewissen wie heute: „Man merkt dir an, was du dir innerlich sagst: ich habe meine Schuldigkeit getan, indem ich das Ding machte, und brauche kein übriges zu tun, indem ich es beurteile, — das ist seine Sache. Ist er zufrieden, so ist es gut für ihn; ist er es nicht, so mag er versuchen, sich zu helfen; ich bin fertig, — ich habe einen Auftrag gehabt und habe ihn ausgeführt."

Als er das Wort „Auftrag" mit einiger Betonung aus=
sprach, fingen beide Freunde zu lachen an; die Pfarrerin
sah verwundert auf sie und fragte nach dem Grunde der
Heiterkeit. Anfänglich versuchte man sie hinzuhalten, als
sie aber auf ihrem Willen bestand und erklärte, derartige
Hieroglyphen in ihrem Verkehr nur ungern zu dulden,
sagte der Pfarrer behaglich:

„Nun gut, so sollst du eingeweiht werden. Was das
für ein wunderliches Kind Gottes ist, dieser Töpfermeister
Thornow, habe ich dir ja genugsam erklärt, und du weißt
es auch aus eigener Erfahrung. Wenn ich an die Schul=
zeit denke, Thornow, — ich sehe dich noch in deinem schö=
nen geräumigen Zimmer, das damals schon mehr ein Ate=
lier als eine Gymnasiastenbude war! Er knetete und grif=
felte in allen freien Stunden; er hatte eine Sucht, sich in
allen möglichen Übungen zu versuchen; er schnitzte Holz,
backte Ton, er machte in seinem biederen eisernen Kano=
nenofen den ersten Gießversuch, indem er aus Flaschen=
kapseln über verlorener Form einen Aschenbehälter goß.
So habe ich ihn auch auf dem Gute seines Vaters han=
tieren sehen: in der Schirrkammer, in der Schmiede, beim
Pflügen, überall war er bereit, wo es anzufassen galt, und
sein Vater scherzte, er würde einen guten Knecht, aber
einen schlechten Inspektor abgeben. Nie werde ich es ver=
stehen, daß ein solcher, geborener Künstler nicht den Schul=
sack hinwirft, sobald er kann; und wie früh warst du doch
ein freier Mensch, Thornow. Obwohl ich glaube, daß dein
Vater dir nichts in den Weg gelegt hätte, — nach sei=
nem Tode und bei deinem bequemen Vormund hielt dich
überhaupt nichts mehr. Und doch bleibst du bis zum

Punktum Streusand auf dem Gymnasium und gehst dann gar auf die Universität! Warum? Zu welchem Ziel? Und was hast du davon gehabt?"

Thornow antwortete trocken: „Erkläre deiner Frau nun aber endlich, was es mit dem ‚Auftrag' für eine Bewandtnis hat." Der Pfarrer fuhr lebhaft und mit einiger freundschaftlicher Bosheit fort:

„Denn schließlich ging er doch auf die Akademie, und verließ sie wieder, und jetzt sitzt er in Neuenrode und macht Töpfe und lehrt ein halbes Dutzend märkische Büdnerjungen gleichfalls Töpfe machen. Dabei steht heute noch wie je sein Sinn nach großen Bildern, die möglichst festlich die Erscheinung des Geistes im Leben darstellen. Und wenn man ihn fragt, warum er solche Bilder nicht male, so sagt er nicht etwa, daß er zu spät auf die Akademie gekommen sei, und den Geist der Kunst wohl in seinem Geist, ihr Handwerk aber nicht in seinem Gelenk habe, sondern macht sich, in der Art von Dilettanten, die ihr Unvermögen mit Hilfe von allerlei Psychologie zu einem besonderen Verdienst stempeln, eine schöne private Erklärung zurecht. Er sagt nämlich, er würde auf der Stelle die schönsten Bilder malen, wenn man ihm den Auftrag dazu gebe; ohne Auftrag könne er nicht malen."

Es war nun doch in diesen Worten, ohne daß der Pastor es wußte, eine Schärfe, zu der, da die besprochenen Verhältnisse ja nicht neu waren, kein Grund vorlag. Seine Frau fühlte sich peinlich beunruhigt, so bekannt ihres Mannes Weise ihr war; Thornow aber sagte, ganz zur Pfarrerin gewendet: „Das wahrhaft Lustige hierbei ist, daß Severin jedesmal, wenn ich mich so ausspreche, glaubt, ich beabsichtige, einen Witz zu machen. Während ich es doch ernst und simpel meine. Ich meine es so: man gebe mir einen Auftrag zu einem großen Bild, und ich werde ein großes Bild malen."

Die Pfarrerin wägte und prüfte diese Worte, ob sie nicht doch einen Schalk verbärgen. Als aber ihr Mann darüber lachte, durchs Zimmer ging und allerlei Rufe über die Verdrehtheit des Freundes ausstieß, fühlte sie sich angeregt, einen wahren Sinn bei Thornow zu vermuten. Und sie fragte: "Warum aber malen Sie nicht ein Bild, wie Sie glauben es zu können, und überlassen der Zeit, ob jemand kommt und es kauft und Ihnen durch die Wahl Ihres Bildes etwas wie einen nachträglichen Ersatz für den Auftrag gibt."

"Das wäre kein Ersatz," sagte Thornow, "das wäre Indemnität."

"Was ist das?"

"Das ist, wenn ein Minister eigenmächtig hunderttausend Taler ausgibt, und nachher kommt der Reichstag und verzeiht es, und tut so, als ob er den Minister beauftragt habe, hunderttausend Taler auszugeben."

"Ganz verdreht," meinte der Pastor.

"Es stimmt nicht," sagte die Frau, "und Sie sollen mich nicht verwirren. Wenn man die Gabe hat, ein Stück Zeit, Leben festzuhalten, es aus der Vergänglichkeit zu reißen, ohne es dem Tode zu überliefern, — das muß, denke ich mir, eine schöne Sache sein."

"Das ist es sicherlich," sagte Thornow.

"Warum also malen Sie nicht?"

„Was soll ich malen?" Draußen irgendwo mußte sich ein Fenster gedreht haben, denn ein Streifen hellstes Sonnenlicht fiel jäh ins Zimmer.

„Alles," sagte die Pfarrerin.

„Ja, alles," erwiderte Thornow, und seine Augen waren strahlender dabei als die der schönen, ihm gegenübersitzenden Frau. „Daß man indessen nicht alles abmalen könne hintereinander, sieht ein jeder ein. Stückwerk aber anzufangen, davor hat die Menschenseele Angst. Und noch etwas: Ein Mann, der um diese Dinge besser Bescheid wußte als irgendein anderer, hat gesagt, daß am Ende der Künstler nichts zu geben habe und nichts gebe als seine Individualität. Jetzt denken Sie sich, daß ich mich in meinem Zimmer einschließe und mich damit beschäftige und mich dafür bezahlen lasse, daß ich meine Individualität darstelle. Individualität als Beruf, — ein netter Beruf. Nein," sagte er, und sein vorhin doch wohl zweideutiger Ton wurde entschieden. „Ich will es weder auf die Individualität noch auf die Natur absehen, wenn ich Kunst mache. Und darum: bitte um einen Auftrag."

„Was würde es helfen," warf neckend der Pfarrer in die Nachdenklichkeit ein, „gibt man dir schon einen, so kommt die Künstlereifersucht dazwischen, und du drückst dich um ihn herum. Oder wagst du zu behaupten, daß das hier mein Tobias sei oder überhaupt irgendein vernünftiger, schriftgelehrter Tobias?"

Und so standen sie wieder vor der Vase, und der Pfarrer fragte, zum Ernst einlenkend: „Es ist wohl nicht bloß Eifersucht? Erzähl' uns!"

Thornow willfuhr ihm gern, und hatte bisher den Pfarrer und seine Frau das Werk, fertig und siegreich wie eine Improvisation, hingerissen, so sahen sie jetzt sein Werden, die Einzelheiten, Zufälligkeiten, Nachträglichkeiten, die sich fester ineinanderflochten, als dem ersten genießenden Blick offenbar sein konnte.

Noch mehrmals erneute sich die Betrachtung und mit ihr das Werk den Freunden; und als auch Gaston dazu kam und der Hund sich einfand, gab es manchen Spaß, zum Verdruß des Jungen, dem es nicht schmeichelte, wenn Thornow ihn mit dem Tobias verbrüderte. Der Tag verlief heiter und reich, und nach dem Abendessen blieben sie noch beim Wein zusammen, bis Thornow, nicht lange vor Mitternacht, aufbrach.

Der Sommer, der lange zurückgehalten hatte, erschien schnell und flüchtig und war schon dahin, als die Klagen, daß er nicht kommen wollte, kaum noch vergessen waren. Mit stürmischem Regenwetter näherte sich die Erntezeit, und die überheißen Tage, die wie von einer wildlaunigen Hand in die bewölkten, stumpfen Wochen geworfen wurden, schienen dem Korn mehr zu schaden als zu nützen. Der Pfarrer — der aus dem Warthebruch stammte — sah auf seinen sonntäglichen Fahrten durch die Parochie der drohenden Mißernte mit Bedauern entgegen; als aber schließlich das Ergebnis der Ernte mit Zahlen annähernd geschätzt werden konnte, war er erstaunt, festzustellen, daß seine Pfarrkinder, die den ganzen Sommer über mit Kopfschütteln und mit Stirnkräuselung zum Himmel aufgesehen hatten, eher noch eine günstigere Ernte vermelden mußten als im vergangenen Jahr. Sie wirtschafteten fleißig mineralischen Dünger in ihren dürren Boden, und hatten gerade in nassen Jahren reichliches und gesundes Korn.

So klar der Pfarrer sonst dachte, empfand er doch etwas wie Unbehagen, als er das Schicksal des Landmanns, das ihm, wie kein anderes, unmittelbar mit dem Leben der Erde, der Luft, des Lichtes verknüpft schien, sich so listig unter der Herrschaft der über ihn gesetzten Mächte fortstehlen sah. Doch war das keine bloße dumme Grille; er fühlte, daß, wie sie den Regen überlisteten, sie sich auch dem Gotte entzogen, der ihn schickte. Gerade daß er versucht war, ihnen übel auszulegen, was auf der ganzen Welt kein Mensch ihnen übel gedeutet hätte, bewies ihm wieder, wie fremd er gegen sie und sie gegen ihn waren, und daß er mit seinen Gemeinden wenig anders als durch das Amt verbunden war; mehr noch als früher zog er sich auf das Spiel persönlicher Geisteswünsche zurück.

Hierbei spielte das Geschenk des Freundes eine über sein Erwarten große Rolle. Sie war ihm im Laufe der Monate nicht zum Symbol verflüchtigt, sie hatte ihre Realität und Gegenwart erhalten. Zwar hatte er sich mit dem Inhalt der farbigen Darstellung so vertraut gemacht, daß er, gefragt, um Deutungen nicht verlegen gewesen wäre. Er hätte Beziehungsreiches über den Menschen zu sagen gewußt, der, in seinen Traum verloren, auf die Wahl eines Augenblicks der Wahrheit gegenübergestellt wird, und hätte wohl den Hund, die Schwalbe und die Ziege auch an seinen Wagen binden können. Aber sobald er immer anfing, solcherlei Exegese zu treiben, unterbrach er sich bald. Unter den Photographien nach Gemälden, deren er viele besaß, gab es doch nicht wenige, zu denen er die Originale kannte; aber beim häufigen Durchblättern seiner Mappen hatten die Nachbildungen ihren selbständigen Wert bekommen und waren die Urbilder verblaßt. So hatte er sich gewöhnt zu glauben, daß die Kunstwerke in der Reproduktion ihr Wesentliches gar nicht verlören. Und da er sich jahrelang von der Stadt fernhielt, war diese Anschauung ihm so natürlich geworden, daß man annehmen kann, er würde auch ein Gemälde, das etwa in seinen Besitz gekommen wäre, für ersetzbar durch eine Photographie gehalten haben; — weniger schon eine Statue, gar nicht die Vase. Dieses Ding, einen Nutzen heuchelnd und doch mit gutem Gewissen unnützlich, das so fremd und zuversichtlich, so gegensätzig und passend in dem dunklen Zimmer stand, schien ihm von Tag zu Tag ein unersetzlicheres Gut.

Er empfand zum erstenmal, eifersüchtig und beglückt, den Zauber eines einzigen Besitzes. Er, dem das herrschsüchtige Wort der Deutung zu leicht auf die Lippen kam, lernte das lebenvolle Stummwerden vor dem Kunstwerk. Und wenn er aus dieser neuen Ruhe den Gedanken, mühsam wie aus einem Starrkrampf, aufwachen sah, daß alle die ungezählten Werke des menschlichen Geistes, die, welche er kannte, und die, um welche er von ferne wußte, in gleicher Weise souverän seien, niemanden zu Dienste, in dem zerstörenden Werden der Natur den reinen Triumph der Existenz wahrend, so wurde ihm schwindlig vor den Augen. Dann konnte es geschehen, daß ihm fast um seine Seele angst wurde und er fürchtete, in einen schlimmeren Bilderdienst zu verfallen als je ein Ketzer.

Aber er wurde nicht lahm an seiner Angst, sondern lächelte über sie, als wäre sie ein Geist, welcher noch eine Blume fremden Duftes in den Strauß verbärge, der, wechselnd im Wechsel der Monate, über den Rand des kostbaren Gefäßes üppig schwoll und niedersank.

4

So war es denn ein Augenblick gänzlichen Versagens aller seiner Gedanken, als er eines Morgens einen Brief von Thornow bekam, in welchem die Vase zurückerbeten wurde.

Er hatte, es war ein sonniger Tag, den Briefträger auf dem Hofe empfangen. Nachdem er gelesen, verblieb er fassungslos eine Weile, ehe er, leidlich ruhig, zu seiner Frau hineinging. Sie saß am Fenster mit einer Näharbeit, und ließ gleich, als er eintrat und leise, als ob er zu stören fürchtete, zum Tische ging, die Hände in den Schoß fallen. Er wollte, daß sie aufmerksam würde und ihn fragte; zugleich aber versuchte es ihn, sich zusammenzunehmen, daß ja nichts ihre Aufmerksamkeit und ihre Frage herausfordere. Das merkte sie, und es war ihr nicht angenehm; doch zwang sie sich und fragte, ob ihm etwas Ärgerliches begegnet sei. Er legte den Brief auf den Tisch, und erst nach einer Pause richtete er seinen Blick auf sie, aber auf ihre Stirn, nicht auf ihre Augen, und sagte: „Ein Brief von Thornow!" „Was gibt es?" — sie stand auf und legte Garn und Weißzeug auf den Fensterbord.

Er lächelte und gab seine Erklärung mit einer erzwungen verdachtlosen Verwunderung: „Er bittet mich,

— ihm die Vase zurückzugeben —" und jetzt sah er ihr in die Augen.

„Warum? Was will er damit?" fragte sie, näher gehend.

„Er will nichts, als sie wieder haben. Er hat, schreibt er, vor, sie anders zu verwerten; ob ich nicht selbst glaubte, daß sie in einem schönen und reichen Museum mehr an ihrem Platze stünde als bei mir."

„Das versteh' ich nicht," sagte sie, und er:

„Ich versteh' es auch nicht," und die Worte kamen vor Gekränktheit fast mit einem Stöhnen aus seinem Mund; jetzt wie er sie nun gesagt hatte, war es ihm, als ob er alles begriffe und alles entschieden wäre. Er verließ das Zimmer, sie hörte ihn durch den Flur auf den Hof gehen; nicht lange, so kam er zurück und wandte sich in die Bibliothek.

Es wäre ihm besser gewesen, wenn er nicht so schnell hätte zusehen und prüfen wollen. Die Bitterkeit in ihm, deren angeborene Lust über jedes Ereignis, das sie aufstöberte, so hinflutete, daß seine eigenen Augen nichts weiter sahen als das empörte Gefühl, und sein Sinn sich an diesem Augenblick nährte, machte ihn, als er vor der Vase stand, zum Opfer einer bösartigen Ungeduld. Er hatte so viel zu fragen und zu sagen, und das blanke Ding stand da und versagte sich allen Sinnen, außer den Augen. Aber die Augen des Pfarrers hatten ihr inneres Licht verloren, und damit war auch aus dem Licht der Sonne das Leben entwichen.

Er versuchte, gegen den Dämon zu kämpfen, der ihm die Maske der Selbstgerechtigkeit vor das Gesicht zwang, und betrachtete aufmerksam die Vase. Aber siehe da, er konnte sich schon nicht mehr helfen, sie gefiel ihm nicht.

Der Raum war, wie das ganze Haus, vor kaum einer Woche gründlich gesäubert worden, und die Gardinen hingen, noch nicht aufgesteckt, die ganzen Fenster verhüllend nieder. Zum erstenmal bemerkte der Pfarrer, daß die Vase die schwere Ruhe des Zimmers beleidigte, und daß, wenn sie fort wäre, er wieder ungestörter die Zwiesprache mit seiner Seele würde halten können.

Als er zu seiner Frau zurückkehrte, legte sie eben hastig den Brief auf den Tisch zurück, sie war errötet, er wagte nicht von seinen schlimmen Zweifeln sogleich zu sprechen.

Aber nachdem jene kalten Betrachtungen ihm einmal überzeugend vorgekommen waren, konnte er ihnen nicht mehr Einhalt tun. Die folgenden Tage verstrickten ihn immer enger in Gedanken, die das Werk des Freundes gering schätzten und herabsetzten. Und er glaubte gar, daß er nur diesen Gedanken zuliebe noch zögerte, die Vase zurückzuschicken und sich mit Thornow zu verständigen. Mit jedem Tage aber, mit jedem halben Tage, mit dem er das hinausschob, verdarb er sich gründlicher die Möglichkeit, der Befangenheit ledig zu werden.

Denn das Schlimme trat ein, daß nicht nur die Vase in seinen Augen ihren Glanz, ihre Schönheit, ihre Wahrheit verlor, sondern daß er mit seinen Zweifeln den Freund selbst anfiel. Wie er nicht mehr das Ganze der Vase empfand, von dem ihre Wahrheit ausging und von dem aus sie einzig zu verstehen war, sondern sie nach Forderungen prüfte, die er selbst willkürlich aufstellte, zum Beispiel des Zweckes, den ein Gerät haben soll, oder des Ernstes, mit dem Gestalten aus der religiösen Welt empfunden sein müssen, — in ähnlicher Weise versündigte er sich an dem Freund. Die Gestalt, die seiner herzlichen Empfindung die klarste und reinste gewesen war, wurde seinem mißtrauischen Verstand bedenklich und, wenn er es sich gestehen wollte, unerkennbar. Hierüber empfand er, über aller Lust an seinen Scheingründen, tiefen Schmerz.

In diesen Tagen sprach er nur wenige, bittere Worte zu seiner Frau. Und sie schwieg und verhehlte ihren Tadel, so lange sie seinen Schmerz aus lebendigen Kämpfen aufwachsen sah. Sobald sie aber bemerkte, daß der Schmerz ihm zu einer Trägheit ausartete und ihm ein Ersatz der Tätigkeit zu werden anfing, hielt sie sich nicht zurück und widersprach ihm, als er sich wieder einmal gehen ließ, mit entschiedenen Worten.

Er erstaunte darüber, und gereizt holte er den Brief aus der Tasche, schlug ihn auf und rief aus: „Was du sagst, damit weiß ich nichts anzufangen, das ist unbestimmtes Zeug. Dieses hier ist eine Tatsache." Da schwoll ihr im Unmut der Busen so, daß ihr war, als hätte sie einen Gurt zersprengt, der zu lange ihren freien Atem eingeschnürt hatte. Mit Kraft und Kälte blitzten ihre Augen ihn an, und sie sagte: „Thornow ist auch eine Tatsache und eine mir länger bekannte als dieser Brief und als die Vase. Ich werde heute nachmittag zu ihm gehen und ihn fragen."

„Ja, tu das! Geh hin und frag ihn!"

Und wirklich machte sie sich am Nachmittag, nachdem sie eine Viertelstunde zerstreuten Nachdenkens überwunden hatte, auf den Weg, ein graues, weiches Tuch um die Schultern, Handschuh und Strohhut in den Händen tragend. Zu beiden Seiten des Landwegs, den sie ging, schimmerten die Felder im schönsten, herbstlichen Licht. Der Tag war klar, die Luft, von weißen Sommerfäden durchzogen, hatte einen leichten milchigen Glanz, und das Vorholz der fernen Wälder leuchtete in einem goldenen Nebel. Eine rührende Stille lag über dem Felde, die der wandernden Frau noch verzauberter vorkam, wenn sie auf die Frauen sah, die weit von ihr im Kartoffelacker knieten, oder auf die Pferde, die, noch entfernter, die Eggen durch den silbrig braunen Acker zogen, und dieses ganze arbeitende Leben je nach der Entfernung in abgestufter Langsamkeit erschien und sich nur dem Auge, nicht dem Ohre kundgab.

Sie ging nicht in der Weise nachdenklicher Leute, denn obwohl ihre Gedanken auf mannigfache Weise beschwert waren, konnte sie es nicht verhindern, daß ihr Sinn freudig war, und so schritt sie rüstig aus.

Nur einmal wurde die Stille der Felder unterbrochen, als sie sich drei mächtigen Pappelbäumen näherte, aus deren gelben Kronen es ihr schon von weitem entgegenrauschte, — es toste, es klapperte über ihr, toste, und rauschend erstarb es. Dann blieb der Weg wieder gleichförmig, bis sie in den Wald kam: erst in Bauernheide ohne Unterholz mit gefegtem Boden, dann das königliche Gebiet, in dem zwischen den hochgewipfelten Säulen sich Wacholder und Farne drängten.

Wohl zwei Stunden ging sie, dann überschritt sie auf einer alten, halbverfallenen hölzernen Brücke ein kleines

Flüßchen, das seine Wiesen in gewundenem Lauf durch den Wald flocht, der noch ein zweites Mal, vom Bahndamm, durchschnitten wurde. Der Wald wurde üppiger und das Unterholz so dicht und hoch, daß der Wandernden der sich krümmende Weg verborgen wurde; als sie die Krümmung erreichte, hatte sie den wie immer überraschenden Blick auf leicht sich senkende Felder und ersah ein Dorf, das war Neuenrode.

Sie begegnete keinem Menschen in der Dorfstraße, auch bemerkte sie gleich, daß es auf Thornows Hof still und offenbar der Brennofen nicht beschickt war. Nur ein paar junge Burschen, fünfzehn oder sechzehn Jahre alt, verließen gerade das Gehöft, sich nach Schuljungenweise tummelnd und neckend.

Vielleicht weil sie glaubte, daß Thornow nach beendigtem Unterricht vor seine Haustür treten würde, setzte sich die Pfarrerin auf die eine der sandsteinernen Wangen, die, vom rotglühenden wilden Wein überwölbt, zum Hausflur führende Stufen einfaßten. Die Jungen waren verschwunden, nichts bewegte sich in dem wie ausgestorbenen Dorf, nur das ungeheure Orgeln der Dreschmaschinen heulte durch die Luft, kaum daß das Ohr dazwischen den hell klappenden Dreischlag von Dreschflegeln unterschied.

Die Sonne stand nicht mehr sichtbar hinter den Häusern, bald mußte Feierabend sein.

Die Frau saß still da, es bewegte sich nichts an ihr als ihre Wimpern.

Sie wartete, und hatte nicht lange zu warten, bis die Haustür ging und aus dem dunkeln, feuchtatmenden Flur Thornow ins Helle trat. Überrascht und, wer mag es sagen, doch nicht überrascht, hieß er den Gast willkommen, und wie um sich ihrer noch mehr zu versichern, lud er sie und zwang sie fast, während sie sich die Hände schüttelten, ins Haus. Drinnen setzten sie sich einander gegenüber an den Tisch, sie legte Hut und Tuch auf ihre Kniee.

„Sind Sie müde?" fragte er. „Gar nicht," antwortete sie, „ich habe mich draußen ausgeruht." „Saßen Sie denn schon lange da?" fragte er verwundert. „Nein," sagte sie, „aber es hat genügt, mich wieder frisch zu machen. Es ist so schön heut draußen, daß man in einem fort wandern möchte und würde keine Müdigkeit spüren."

„Ja," meinte er, „an solchen Tagen ist es mir immer, als ob Besuch kommen müßte. Ich stecke dann aller Augenblicke die Nase vor das Fenster und schaue nach rechts und nach links, ob sich wer blicken läßt. Dabei bin ich gar nicht so sehr für Besuch, und ich glaube, ich meine immer nur Sie, wenn ich auf jemanden warte, und Severin. Wenn Sie heute nicht gekommen wären, hätte ich morgen bei Ihnen vorsprechen müssen."

„Wegen der Vase?" fragte sie.

Er lachte. „Haben Sie sie mitgebracht?"

Ein Blick in sein Gesicht genügte der Pfarrerin, sie zu überzeugen, daß, was immer hinter jenem Briefe Thornows stecken mochte, Unanständiges nicht dahinter steckte. Und also nicht aus ihrer Seele heraus, sondern gleichsam, als ob sie einen Auftrag ihres Mannes ausführte, prüfte sie ihn scharf, als sie, wie beiläufig, fragte: „Was ist es mit der Vase? Wollen Sie sie wirklich zurück haben, und weshalb?"

Er fragte, ob sie es geglaubt habe.

„Das mußte ich wohl," erwiderte sie.

„Sie nicht," meinte er schmunzelnd. „Severin, ja. Ich habe geglaubt, daß er mir wütend ins Haus rennen würde, und das wäre mir lieb gewesen, weil ich einen bedeutenden Ärger auszukrakelen hatte. Er kam aber nicht, obgleich er doch sonst in solchen persönlichen Kunstdingen schnell genug wild wird."

„Ja, das tut er," sagte die Pfarrerin, „und ich wüßte nicht, wie Ihnen irgendwer eine größere Ehre erweisen könnte!"

Thornow stutzte und erwiderte: „Wem sagen Sie das? Ich kenne ihn von meinem zwölften Jahre an, ich habe nie eine so unbedingte Leidenschaft zu den Künsten gesehen, wie bei Severin, der nicht einen geraden Strich zeichnen kann. Und das ehrt uns und schmeichelt uns; — und eben darum müssen wir ein wenig darüber lächeln dürfen und uns am Ende auch einen Scherz machen, wenn die Gelegenheit sich trifft.

„War das mit der Vase ein Scherz der Art?" fragte sie.

Er wehrte schnell ab: „Nein, beileibe nicht. Ich habe, als ich den Brief schrieb, kaum an eine Wirkung auf Sie beide gedacht. Sie können mich nicht verstehen, ich muß ausführlich erzählen."

Er erhob sich und ging einmal durch das Zimmer. „Ich bin ja schon wieder in Frieden mit mir," sagte er halb zu sich, „und Wichtigeres ist dazwischengekommen; aber wie ich nur daran denke, kommt der ganze Unmut zurück."

Er stand am Tische, setzte sich und begann zu erzählen: „Hören Sie also! Vor acht Tagen hatte ich Besuch, — hohen Besuch, den Direktor des neuen Kunstgewerbe=

museums. Das ist ein kluger, weltmännischer Mann, mit der Kunst auf du und du, gar nicht beamtenhaft. Ich glaube, daß jetzt eine ganz neue Sorte Professoren aufkommt; — aber trauen sollte ihnen unsereins doch nicht. Mir gefiel der Mann, eine kleine, lebendige, durchgeturnte Gestalt, ein Köpfchen, woran ihm der Bart zwei Spannen lang hinunterhing, und Augen, ich will nicht sagen, kluge Augen, — sondern: klügere Augen. Sie wissen, was ich meine. Nun — ich zeigte ihm, was ich hier in meinem Bereich zu zeigen habe, fertige Ware, Modelle, Zeichnungen. Ich nahm ihn auch in die Schulklasse mit, und die Arbeiten der Jungen hatten, jedenfalls im Prinzip, seinen Beifall. Ich muß es sagen, es war ein schöner Tag für mich; denn da der Mann seine Sache versteht, so konnte ich einmal meiner ganzen Leistung, wie ich sie ihm präsentierte, recht genau ins Gesicht sehen. Sein Lob machte mir Freude, und zu tadeln gibt es, hoffe ich, nichts, — dafür sorgt der Schutthaufen auf dem Hofe. Und so wäre alles sehr schön gewesen, wenn nicht nach Feierabend, als wir nun das Ganze noch einmal durchsprachen, der Teufelsfuß herausgekommen wäre. Zuerst ertappte ich ihn auf einer Sentimentalität in betreff der Jungen. Oder vielmehr, daß er mir die albernste Sentimentalität zutraute. Als ob es mir einfallen könnte, meine Sachen zu treiben, mit. dem frommen Hintergedanken, dem Volke die Religion oder doch die Tugend zu erhalten. Ich kannte meine Leute, als ich ihnen meinen Plan einredete. Wenn ich den Jungen nichts zahle, schickt mir nicht einmal die lahme Graberten ihren Enkel in die Schule. Ich würde sehr froh sein, wenn sie sich auf die Sache eingelassen hätten, weil sie sich was „Reelles" davon versprechen, das schiene mir durchaus anständig, ich verzichte gern auf das ideale Interesse.

Das Schlimmste indessen ist, daß sie meine Sache ergriffen haben, nicht als ein Geschäft, das Geld abwirft, sondern als einen Schwindel. Sie halten das Ganze hier für einen Schwindel. Der Schmied sogar, dessen Glück den Leuten den Kopf verdreht hat, oder muß ich sagen: zurechtgesetzt hat, in seinem Innern glaubt er weder an mich noch an die Augen, die an seiner unfreiwilligen Kunst Gefallen finden. Sie meinen alle, ich lehrte sie eine neue, ungefährliche Art, die Menschen übers Ohr zu hauen. Und das danken sie mir, soweit von Dank die Rede sein kann, und tun mit. Dieses alles setzte ich dem Professor auseinander, da griff er recht geschickt die Gelegenheit an, ich merkte aber nun, daß er mit Plan, Absicht und Auftrag zu mir gekommen war, und wollte mir meine Art, hier zu arbeiten und zu wirken, verleiden, und zu was Ende? Können Sie es erraten?"

Die Pfarrerin schüttelte den Kopf, ohne erst nachzudenken: „Nein, sagen Sie es nur!"

„Nun, man will meine Arbeiten für das Museum kaufen und mich dazu. Ich soll Professor werden und in die Stadt ziehen."

„Sie haben es abgelehnt?" rief die Pfarrerin, und konnte eine plötzliche, törichte Spannung nicht gleich überwinden, die etwa in diesem Augenblick eingetreten wäre, wenn sie der Entscheidung Thornows nicht schon versichert gewesen wäre.

„Das will ich meinen," sagte Thornow, „und so deutlich, wie ich höflicher Mann imstande war."

Die Pfarrerin warf ihm vor, daß er nicht hätte zürnen dürfen, wo man ihm mit soviel Schätzung entgegengekommen sei.

„Mit Überschätzung," sagte Thornow nachdrücklich, „und wer mich überschätzt, der unterschätzt mich irgendwie. Die Dinge, die ich mache, sind dafür, daß man sie in die Vitrinen eines Museums stelle, zu schlecht und zu gut. Ich will, daß sie für ein angemessenes Geld gekauft werden, daß sie gebraucht, zerschrammt, wenn es sein muß: zerbrochen werden. Meine Ware — und ich auch. Nun, — ich habe dem Professor meinen reinen Wein eingeschenkt, er ist ein moderner Professor und hatte Nachsicht mit meinen Schrullen. Als er weg war, habe ich mir alles noch einmal überlegt; — Sie kennen meine Anschauungen. Einen guten Landgeistlichen an den Dom, einen tüchtigen Landarzt an ein großstädtisches Krankenhaus, einen braven Dorfschulmeister an eine städtische Unterrichtsanstalt von Riesenformat zu bringen, sowie man nur hört, daß sie was taugen, damit tut man etwas Unersprießliches. Es gibt ein Gesetz von der Nichterhaltnng der Kraft; ich wollte, daß einer käme, der es uns beschriebe. Wenn eine große Stadt den Regen ihrer ganzen Landschaft auf sich zieht, so dürstet die Landschaft, und die Stadt selbst hat nicht mehr davon als die Durchspülung ihrer Kanäle und je zuweilen einige Kellerüberschwemmungen. Und so weiter! Also das alles habe ich dem Professor gesagt. Als er aber gegangen war, kam mir seine gesamte Museumswirtschaft doppelt kalt und leichenhaft vor; ich dachte an Severin und an das lebendige Leben, worin sein Herz mein bescheidenes Stück Arbeit täglich erhält, und setzte mich hin und schrieb ihm, ob wir nicht die Vase in ein Museum tun wollten: Zuerst wollte ich, daß er beim Lesen lache, dann aber plagte mich doch der Teufel, es etwas geheimnisvoll zu machen, damit er verwirrt würde und herkäme. Warum kam er nicht?"

Die Pfarrerin hörte die Frage nicht, sie nickte nach= denklich: „So also hängt das zusammen. Ich habe viel herumgeraten, und das war alles recht phantastisch. So ist es viel besser, viel natürlicher. Severin wird sich freuen, er hätte sich ungern von seinem Tobias getrennt."

Thornow schwieg, dann sagte er, indem er sie anblickte: „In lieberen Händen wüßte ich die Vase überhaupt nicht als in den seinen; zumal jetzt. Er hat einen guten Anteil an ihrer Entstehung gehabt; — — und ich möchte, daß auch Sie sich nun meine Sachen ansähen und sich einiges auswählten, was Sie für die Küche gebrauchen können —" und da sie ihn fragend ansah, schloß er mit einem un= freudigen Lächeln: „zum Andenken."

Sie erschrak und wurde blaß, mit hastigen Händen nahm sie die Kleidungsstücke, die auf ihrem Schoß lagen, und legte sie auf den Tisch. „Sie werden fortgehen?"

„Ja," antwortete er; und beiden war diese Erklärung so schmerzlich, daß weder sie nach einem Grunde fragte, noch er einen sagte. Aber da doch wieder gesprochen werden mußte, bat sie ihn, ihr Genaues zu sagen; ob das Erlebnis mit dem Professor ihn aufgescheucht habe, be= vor noch seine Zeit in Neuenrode ihr natürliches Ende gefunden?

„Es ist das natürliche Ende," erwiderte er, „was ich hier geschaffen habe, wird für meine Leute bestehen bleiben, ja recht eigentlich ein ernsthaftes Gesicht bekommen, wenn es vom Staat weitergeführt wird, wozu Aussicht vorhanden ist und was ich betreiben werde. Für mich selbst muß es hintanstehen, seitdem ich — es ist gut, daß Severin nicht hier ist, er würde nun gleich auflachen — ich habe nämlich jetzt meinen Auftrag."

Wieder erst nach einer Weile und ohne daß sie ihm Glück wünschte, fragte sie, welcher Art der Auftrag wäre. Er berichtete, daß ein Verwandter, ein Stiefbruder seines Vaters, im Thüringischen begütert, seiner Dorfgemeinde eine neue Kirche baue, — an dem Bau solle sich Thornow beteiligen und die Kirche ausmalen. Es sei dies nicht so wohl eine Lust des Onkels an der Kunst, als eine Gefälligkeit gegen den müßiggängerischen Neffen, „aber," fuhr Thornow fort, „alle ungünstigen und wenig prächtigen Umstände beiseite gelassen, es ist die erste Gelegenheit zur vollen Freiheit, und ich will sie mit allen Kräften nutzen." Als habe er den Sinn über eine persönliche Unruhe hinauszuführen nötig, sprach er weiter von seinem Plan; sie aber verharrte in ihrer Beklommenheit, deren kaltes Licht jeden Gedanken wie jedes Bild, das ihrer Phantasie aufgedrungen wurde, um Reiz und Schimmer betrog. Als er geendigt hatte, wünschte sie ihm Glück und gutes Gelingen, und indem sie die Betrachtung seiner Arbeiten und, auf seine wiederholte Bitte, die Auswahl einiger Stücke aufschob, erklärte sie, gehen zu müssen, wenn sie nicht zu spät nach Hause kommen wolle. Er schaute zur Erde, und das Einverständnis zwischen ihnen war so groß, daß er keine Einwendungen mehr machte.

Sie war schon aufgestanden, nahm ihr Tuch um und schloß es am Hals mit einer Nadel. „Es ist kalt," sagte sie, „nehmen Sie den Mantel." Er schüttelte den Kopf: „Ich friere nicht, höchstens an den Händen." Sie sah zu, wie er die Handschuhe anzog, sie tat das gleiche, und sie verließen das Zimmer.

Als sie durch das Dorf gingen, kamen ihnen schon die Häuser übergroß und dunkel aus der Dämmerung entgegen, und das Feld, von leichtem Nebel bezogen, hatte keine Grenzen mehr am Himmel und kaum erkennbare an dem erhöhten Walde. Zwischen den Bäumen war es dann fast Nacht, durch den Wald rauschte ein Eisenbahnzug, die Wandernden fühlten sich zueinander gedrängt, als gingen sie in einer Grotte. Ihre Augen gewöhnten sich an die Finsternis, doch verbreitete der Weg sich so ungewiß in den Wald, daß sie, um Stoß und Stolpern zu vermeiden, zwischen den Fahrgeleisen gingen. So schnell verdichtete sich die Nacht, daß die kleine Lichtung, die der Fluß machte, mit ihrer geringen Helle den Wald kaum vom Himmel unterschied. Als die Schritte der beiden, bisher von dem feuchten Sand gedämpft, auf der hölzernen Brücke hallten, flog es mit heftigem Brausen und Knattern aus dem das Ufer umsäumenden Elsengebüsch empor, ein Zug Enten, und strich in silbern ersterbendem Klingen davon. Die Pfarrerin fuhr zusammen und blieb stehen. „Sie sind erschrocken, es ist so dunkel, ich will Sie führen," sagte er, und schob seinen Arm in den ihren. Sie schloß die Augen, und da er dies nicht gewahren konnte, verstand er den Doppelsinn nicht, als sie sagte: „Ich sehe wirklich nichts mehr." Ihm aber war es eigen, als er sie führte.

Es war ihm, als seien sie beide von höherem als ihrem natürlichen Wuchse, und als gingen sie nicht enger nebeneinander als sonst, sondern getrennter. Ihre beiden Gesichter, inmitten der neuen, gewaltsamen Empfindung einander nicht zugekehrt, waren in dieselbe Ferne gerichtet; beide kosteten sie, wie nie in ihrem Leben, den gleichen schweren Takt des Einatmens und Ausatmens.

Aber nach einer Weile legte er seine Hand an die ihre, seine Hand umfaßte die ihre, und sie ließ sie ihm und erwiderte den Druck. Und wieder nach einer Weile löste er seine Hand, doch nicht den Arm, und zog vorsichtig, so daß sie es nicht merken konnte, den Handschuh ab. Dann ergriff er wieder ihre Hand, bald fühlte sie die nähere Lebenswärme, und da tat sie wie er.

Und in dem Maße, in dem der Druck ihrer Hände fester und fester wurde, spannte sich ihr Gefühl so hoch, so klingend und so gefährdet, daß beide glaubten, es müsse, wenn ein Wort gesprochen würde, zusammenstürzen. Da schwiegen sie, wie stürmisch es auch aus ihren Herzen aufschwoll. Aber je weiter sie gingen, um so qualvoller wurde das Schweigen, und immer unmöglicher, es zu brechen. Beide wußten, daß sie ihr Schicksal, sich zu trennen, entschieden.

Als sie aus dem Wald heraus waren, war es über dem flachen Land heller. Noch war der Nebel über den Feldern nicht ganz gefallen. Die Kleider der Wanderer waren feucht, Thornows Bart entkräuselte sich und troff. In dem Geräusch der Pappelblätter sprach er ein paar Worte zu ihr, die sie nicht vernahm, sie schritten schneller aus und schwiegen weiter. Beider Augen waren, mit dem gleichen kalten, klaren Ausdruck, weit geöffnet, doch in der Anstrengung dieses Blickes wurden die ihrigen starrer, und seine füllten sich mit Tränen. Ohne sich loszulassen gingen sie den ganzen Weg bis an die Pforte im Zaun des Pfarrhauses. Hier gaben sie sich noch einmal die Hände und trennten sich.

Als die Pfarrerin ins Haus kam, vernahm sie von der noch wachenden Magd, daß ihr Mann oben in seiner Dachstube sei und die Nacht über dort bleiben werde.

5

Am nächsten Morgen betrat sie zufällig das Frühstückszimmer in dem gleichen Augenblick mit ihrem Mann. Bevor sie sich begrüßen konnten, sprang der Hund mit lautem, freudigem Gruß auf seine Herrin zu; mit Erstaunen gewahrte der Pfarrer, mit welcher Kälte sie, fast mit Widerwillen, das Tier abwies. Auch Gaston war über ihr Verhalten verwundert, und nachdem das Frühstück beendet war, drückte er sich, den ihm sonst verfeindeten Hund leise rufend, zur Tür hinaus. Nun gab die Pfarrerin ihrem Manne Rechenschaft über ihren Auftrag an Thornow und erzählte alle Umstände, aus denen der Brief entstanden war. Davon, daß Thornow weggehen würde, sagte sie nichts, sprach aber flüchtig von dem wahrscheinlichen Kirchenbau.

Sie hatte in der Nacht wenig geschlafen, doch war ihr nichts anzumerken; ihre Wangen waren nicht blasser als sonst und ihre Augen in voller Ruhe. Daß eine Erschütterung ihres Gemüts stattgefunden hatte, vor der alle übrigen Angelegenheiten klein wurden, äußerte sich nur darin, daß sie ihre Auskunft ganz ohne Triumph und auch ohne Stolz auf Thornow gab. Aber der Pfarrer wurde durch etwas an ihr, durch etwas im Zimmer, aufs äußerste betroffen. Er sah an den Wänden entlang und sah sich nach dem Hund um. Er hatte ihr, während sie sprach, starr auf die Lippen geblickt, so daß er, um es zu verstehen, noch einmal hören mußte, was sie zu berichten hatte.

Dann aber füllte Freude sein Herz, eine überschwengliche Freude. Fast zur Qual wurde es ihm, daß er Thornow nicht im Bereich seiner Hände hatte, ihn nicht streicheln und necken konnte, wie er gewohnt war. Er lief in die Bibliothek zu der Vase. Wie herrlich stand sie ihm nicht wieder zur Augenweide und zum Glücke da und sandte die kräftigen, heiteren Feuer ihrer Sommerfarben nach allen Seiten! Gerührt betrachtete er das schöne Werk.

Aber während er seine Freude an dem Gedanken steigern wollte, daß ihm die Vase, nun solche Schwankung und Prüfung daran erlebt war, noch teurer geworden sei, kam eine bedenkliche Überlegung in ihm zu Worte. Er war Thornow so hingegeben dankbar, wofür? Weil er etwas Arges, Kleinliches nicht getan hatte. Doch braucht es dafür Dankbarkeit? Aber der ihm das Arge, das Kleinliche zugetraut hatte, der mußte sich schämen.

Severin ertrug es nicht, sich zu schämen. Er rang mit dem Gefühl und wand sich frei. Darüber aber erblaßten die Farben der Vase, erstarb und erkaltete ihr Leben. Langsam sank sie in seinem Urteil zu der Stufe herab, die einmal sein Groll ihr zugewiesen hatte; es wurde wieder zum Fehler an ihr, was er vordem als solchen angesehen hatte, zum Fehler, Makel und Vorwurf.

Und zum zweitenmal: wie die Vase, so Thornow. Was einmal gegen den Freund gesprochen und gefühlt war, das war da, das ließ sich nicht so einfach stumm machen. Es war ein Scherz, so sprach die neue alte Stimme in dem Pfarrer, aber man macht nicht einen solchen Scherz, wenn man dergleichen nicht, und sei es in dem flüchtigsten Gedanken, erwogen hat. Muß man einem Menschen viel verzeihen, Tun und Denken, wohl — nur ihm, dem Thornow, durfte es nichts zu verzeihen geben.

Als der Pastor dieses dachte, war er stolz auf seine Fähigkeit zu einer so strengen Liebe. Aber einmal ausschweifend in seinem Dichten und Richten, glitt er in eine Niedrigkeit der Empfindung, in der kein eingebildeter Stolz ihn schützen konnte. Wer weiß, sprach es in ihm, ob er die Wahrheit gesagt hat! vielleicht hat er die Vase wirklich für den Professor haben wollen, dann ist ihm das Glück mit der Kirche dazwischengekommen, sein Ehrgeiz hat ein höheres Ziel, und nun verursacht es ihm nicht viele Kosten, großmütig zu sein.

Die Pfarrerin saß noch, als ob sich etwas Entscheidendes ereignen müsse, wartend am Tisch. Sie hatte mit einem Wunsch ihn weggehen sehen in seiner Freude, sie sah ihn mit dem verdüsterten Gesicht zurückkehren. Er trat zu einer Schieblade, nahm einen Brief heraus und las darin, sie sah, daß es Thornows Brief war. Da stand sie auf und verließ den Raum. Der Pfarrer steckte den Brief in die Tasche und nahm Hut und Stock; es war ihm, als müßte er fliehen, um nicht in ein Gespinst verstrickt zu werden, dessen Fäden sich unsichtbar in seinem Hause spannen.

Auf der steinernen Brücke des Dorffließes saß Gaston, ließ seine Beine über dem Wasser baumeln und sonnte sich den Rücken. Neben sich hatte er den neugewonnenen Freund, den Hund, und kraute ihm ohne Scheu das Fell. Der Pastor vergaß in seiner Zerstreutheit, den Jungen zu tadeln, weil er aus der Werkstatt geblieben war, und achtete auch nicht darauf, daß Knabe und Hund sich ihm anschlossen.

Bald zögernd, bald stürmisch ging er dahin, und ohne ein Wort zu sagen folgte ihm Gaston, ohne einen Laut der Hund.

Der Pfarrer, dem es nicht um Wahrheit, sondern um sein vermeintliches Recht zu tun war, gedieh zu keinem Ergebnis und kam in ein dumpfes, rastloses Zürnen.

Plötzlich wandte er sich mit einem heftigen Ruck nach seinen Begleitern um; er sah sie an, und da blitzte ihm ein verzerrtes Bild ihrer Gemeinschaft durch den Sinn, die lächerliche Ähnlichkeit mit der Wanderung Tobiä, Engel, Knabe und Hund. Die Wut rötete sein zartfarbenes Gesicht, mit harten, scheltenden Worten trieb er den Jungen zurück. Nach ein paar Schritten drehte er sich nochmals um, drohte mit der Faust, ja vergaß sich so weit, daß er, als der Knabe wieder stehenblieb, sich in der Art, wie man einen Hund scheucht, zur Erde bückte, als wenn er einen Stein aufheben wollte.

. Kaum aber war er nun, wie er meinte, erleichtert, weitergegangen, so kam es mit einer peinvollen Bitterkeit über ihn. Er erkannte, daß der Junge, dem er ein geistigeres, seelischeres Leben so oft hatte einreden und aufschwätzen wollen, heute zum erstenmal aus einem zarten Gefühl und guten Herzen sich ihm genähert hatte.

Er hatte an einem Schemen von Liebe die Welt gemessen und zu klein befunden; aber weder Liebe noch Gerechtigkeit hatte er bewiesen, er hatte nur um sie gewußt und hatte gewünscht. Die Welt aber gibt der Seele nur wieder, was die Seele ihr gibt, und achtet Wünsche noch nicht als Gabe.

Da wehrte er sich nicht länger gegen die Scham, er rang die Hände, und es lief ihm kalt über die Haut. Er kehrte um und eilte heim.

Zu Hause traf er seine Frau mit verweinten Augen. Er erschrak und fragte, was ihr begegnet sei. Sie lächelte und sagte, es sei nicht so arg. Dann führte sie ihn in die Bibliothek, und er sah, daß die Vase zerbrochen war. Sie stand übrigens fest, nur ein großes Stück der bauchigen Rundung war eingeschlagen, und die Scherben lagen, schon sorgsam gesammelt, neben dem Gefäß.

Der Schrecken des Pfarrers wuchs. War ein Wunsch ihm erfüllt?

Doch diesen Verdacht, der sich in ihm regen wollte, ertrug er nicht.

Er fragte, wie das Unglück geschehen wäre, und erfuhr, daß Gaston mit seiner Schleuder mutwillig und boshaft die Vase zerbrochen hatte.

„Wo ist er?" fragte der Pfarrer, zur Verwunderung seiner Frau ohne Jäheit. „Ich habe ihn auf sein Zimmer gewiesen," war die Antwort.

Der Pfarrer, der bleich geworden war, als er den Namen Gastons hörte, konnte sich nicht erholen. „Ich denke, Liebste," sagte er, „wir lassen ihn aus unsern Händen. Nicht zur Strafe! Ich fürchte nur, wir haben ihm nichts zu geben. Was soll er hier? Wir werden ihm immer Unrecht tun." Die Pfarrerin nickte sehr ernst zwei-, dreimal.

Er aber fing an, mit äußerster Sorgfalt die Scherben in die Lücke zu fügen, und sah zu seiner Freude, daß alle Stücke da waren; die Bruchflächen waren nur an wenigen, nicht zum Bilde gehörigen Stellen zersplittert, und nur wo der Stein aufgeschlagen war, in das Gewölk zur rechten Seite, war die Farbe abgesprungen. Er ließ sich ein Schächtelchen mit Watte geben und legte behutsam jedes Stückchen hinein.

„Wie traurig das aussieht," sagte er, auf die Vase zeigend; „Thornow soll kommen und wird es uns heil wieder zusammenfügen."

Sie überwand das Zittern ihrer Augen und sah ihn um so fester an, wie das Erröten sie tiefer und tiefer erglühen ließ und fast des Atems beraubte.

Sie schwieg, und sie beschloß, zu schweigen. Und hätte sie nicht sollen fest und freudig sein, mit ihrem Geheimnis, trotz ihrem Geheimnis?

Wenn die Magnetnadel nicht zittern könnte, könnte sie auch nicht nach Norden zeigen.

Inhalt

Dr. Wislizenus	9
Die Erscheinung des Vaters	70
Die vergebliche Botschaft..	95
Das Begräbnis im November	120
Die letzte Ohnmacht	130
Einer für Alle.	141
Wintergespinst	150
Spaziergänge — in Form einer Novelle	197
Die Fylgja	235
Die Tobias-Vase	258